인간시장

10

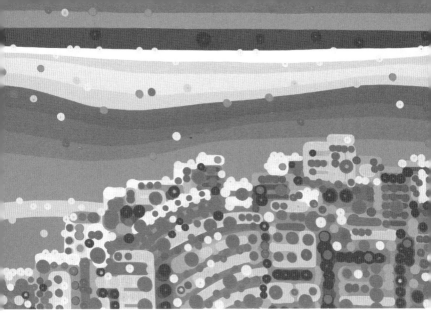

김홍신 장편소설

10

너 만 사 랑 해

인간시장

| 차례 |

황천문전

겨우 눈을 떴다. 아직은 살아 있었다. 사물은 모두 뿌옇거나 서너 개씩 흔들려 보였지만 내가 숨을 쉬고 있다는 것과 아직은 살아 있다는 것을 알 수 있었다. 어른거리는 사람들의 형체도 또렷하게 보이진 않았다. 촉수 밝은 전등이며 제법 실내장식이 호사스러운 곳에 누워 있다는 것을 알 수 있었다.

"물……."

목이 타고 있었다. 아무도 알아듣지 못한 것 같아 두어 차례 마실 물을 달라는 시늉을 했다. 입 안에 물기가 한 방울도 남아 있지 않았다. 내 몸 안에 습기조차 없는 느낌이었다. 딱 한 방울의 물만 먹었으면 당장 죽어도 좋을 것 같았다.

"물을 달라나 봐요."

또르르 구르는 여자 목소리를 들었다. 사내가 뭐라고 대꾸를 했지만 알아들을 수가 없었다. 나는 바싹 마른 입술을 자꾸 가리키기만 했다.

"줄까요?"

계집애의 목소리를 들었다. 사내가 또 뭐라고 말하는 것 같았다. 나는 엉금엉금 기어서 환한 쪽으로 몸을 움직였다. 뭉뚝한 구둣발이 내 머리통을 질끈 밟았다.

"물……."

"살고 싶으냐?"

"물……."

"살고 싶냐니까?"

목청이 되바라졌다.

"물……."

내가 할 수 있는 소리는 그것뿐이었다. 사내가 다시 옆구리를 발길로 밀어젖혀놓았다. 그러고는 주전자째 사정없이 부어버렸다. 입을 딱 벌리고 정신없이 마셨다. 달고도 달았다. 이렇게 기막히게 맛을 느껴본 적은 없었다. 머리칼과 옷이 다 젖도록 주전자 물을 쏟아버린 사내가 나를 내려다보고 씨익 웃었다.

낯선 사내였다. 기골이 장대하고 상하체가 고루 발달된 것으로 미루어 힘깨나 써 보이는 사내 같았다. 정신이 좀 들었다. 사내 얼굴도 바로 보였고 사물도 밝게 보였다. 골이 쑤시고 어찔어찔한 것이 독한 약을 먹었다가 깨어나는 기분이었다. 그러나 일어서거나 움직일 힘은 없었다. 보이지 않는 힘이 나를 찍어 누르는 것 같았다.

"너는 누구냐?"

겨우 목청이 트여 누운 채 이렇게 물었다.

"네놈이 장총찬이냐?"

사내가 대답 대신 이렇게 물었다.

"그렇다."

"네가 장총찬이면 나는 장칼찬이다."

"왜 나를 잡아왔냐? 너하곤 원수진 일이 없는 것 같은데."

"저승에서 왔지."

사내는 이렇게 말해 놓고 저 혼자 웃었다.

"나를 함부로 건드렸다간 후회한다. 느이 두목이 누군지 모르지만 내가 보잔다고 해라. 조무래기는 상대하기 싫으니까."

"으흐흐흐흐……."

가소롭다는 듯이 웃었다.

"염라대왕 앞에 가서도 큰소리쳐볼래? 공갈도 통할 곳이 따로 있다. 널 살려둔 건 이뻐서가 아니라 아직은 써먹을 가치가 있기 때문이다."

다른 사내가 옆에서 이렇게 서들었다. 아까 상대했던 사내에 비해 왜소한 체구인데 태도로 보아 꽤 높은 자리인 것 같았다. 검정 양복에 하얀 와이셔츠와 하늘빛 넥타이가 사내의 차가운 인상과 어울리는 차림이었다. 나는 겨우 몸을 일으켜 소파에 기댔다. 계집애가 얼른 수건을 내밀었다. 무릎이 보일 만큼 짧은 치마와 길고 윤기 도는 목이 시원하게 보이는 계집애였다. 서글서글한 눈매며 화장기 없는 밝은 모습으로 미루어 앳된 계집애인 것 같았다.

"그럼 살려둔 이유를 알자."

"너처럼 죽고 싶어 안달하는 놈 처음 봤다."

"이봐, 죽는 것도 내 성질이니까 딴소리 말고 얘기 좀 하자."

나는 바락바락 대드는 것처럼 사내에게 말을 걸었다. 그들이 죽이기로 작정을 했다면 이렇게 살려놓고 따질 까닭이 없었을 것이었다.

그들에겐 나를 살려두어야 할 곡절이 있는 게 분명했다. 고분고분하다고 살려둘 위인들이 아니라는 게 내 판단이었다. 내가 죽고 사는 일은 전적으로 그들의 소관이었다.

"침착해라. 알려줄 때가 되면 어련히 말해 주겠느냐."

그러고는 이층으로 올라갔다. 내가 눈을 떴다니까 확인하러 내려온 것 같았다. 그들이 누구이며 왜 나를 이런 식으로 납치했는지 알 재간이 없었다. 때가 되면 말하겠지만 그때까지 참고 견딜 수가 없었다. 덩치 큰 사내는 담배를 연신 피우고 있었다. 힘이 있다면 당장이라도 사내를 걸어차고 싶었지만 내게 어떤 약물을 투여했는지 그럴 힘이 없었다.

한참 만에 사내들이 우르르 내려와 내 눈꺼풀도 뒤집어보고 독화살 맞은 자리도 살펴보더니 두 손을 뒤로 묶어버렸다. 느슨하게 묶었지만 매듭을 단단히 조여 내 힘으로는 어쩔 수 없었다.

"뭘 좀 먹여라."

검정 양복의 사내가 말했다.

"이봐, 쬐꼬만 친구. 나랑 얘기 좀 하자."

나는 내친김이어서 시비조로 말을 걸었다.

"빨리 죽으려고 빽 쓰는 놈도 처음이다. 네 성질 모르는 건 아니다만 내 앞에서까지 까불면 금방 후회한다. 알았냐?"

"네가 누군데?"

"허헛!"

어이없다는 듯이 웃었다. 그 순간, 느닷없이 덩치 큰 사내가 등짝을 걷어찼다. 나는 앞으로 고꾸라져 다시 바닥에 쓰러졌다. 내 스스로 혈을 짚어 고통을 면케 했고, 뼈를 이단시켰으니 망정이지 그렇지 않았으면 어디가 부러져도 부러졌을 강타였다.

"내 몸에 손댄 놈은 반드시 처절하게 후회하게 될 거다."

"아직도 입은 살았구나."

그 말이 떨어지기 무섭게 다른 사내가 어깻죽지를 무섭게 내리쳤다. 나는 데구루루 굴러 양반자 모서리께까지 나가떨어졌다.

"그래도 할 말이 남았냐?"

검정 양복의 사내가 차갑게 물었다.

"이봐, 날 함부로 다루지 마라. 네놈도 이렇게 대하는 날엔 끝장이니까."

"아직도 정신 못 차리는구나. 애들아, 저 성질 좀 눕혀봐라."

사내가 다시 이층으로 올라가자 둘러섰던 사내들은 기다렸다는 듯이 사정없이 나를 걷어차고 짓밟기 시작했다. 이렇게 내가 꼼짝 못하게 묶여져서 사정없이 얻어맞아보기는 처음이었다. 나로서는 수치스러운 일이었다. 그렇게 한참을 마구 다루더니 방 안으로 끌고 가 침대 위에 내팽개치고 나갔다. 한심한 생각뿐이었다. 말이 통하는 녀석도 없었고 말대꾸하는 녀석도 없었다. 내 성질을 다잡으려고 그런다는 건 알겠지만 나 같은 사내는 설 건드는 게 아니라는 것을 모르는 것 같았다. 다잡을 상대가 있고, 구슬려댈 상대가 따로 있는 법인데 나를 이런 식으로 다루는 것으로 미루어 나를 잘 아는 녀석들은 아닌 것 같았다.

계집애가 밥상을 들고 들어와 내 옆에 얌전하게 앉았다. 물수건으로 얼굴을 닦아주며 안쓰러운 표정이었다.

"식사를 하세요. 이럴수록……."

"이런 꼴로 하란 말요?"

"제가 먹여드릴게요."

"그래도 괜찮겠소?"

"제 임무예요."

"운동을 시켜줘서 밥맛은 나겠소. 그나저나 오늘이 며칠이

오?"

"여기 오신 지 하루가 지났어요."

"내처 잤단 말요?"

"헛소리도 하고 소리도 지르고 그러시길래 깊이 잠든 것 같지는 않았어요."

계집애는 계속 사근사근하게 대했다. 생김새가 곱고 착하게는 생겼는데 눈빛은 예사롭지 않았다. 분위기 때문인지는 모르지만 어린 깜냥엔 다부진 눈빛이었다.

"내 몸에 이상한 자국이 많은데……."

"영양제를 놓았어요."

"내 몸에 말이오?"

"제가 직접 꽂았으니까요."

"다른 걸 투입하진 않았소."

"예."

대답이 시원찮았다. 왈칵 의심이 들었다. 그렇다고 쉽게 대꾸할 여자는 아니라는 생각이 들었다.

"내가 맞은 독이 어떤 종류요?"

"그건 저도 몰라요."

"그럼 영양제 말고 다른 건……."

"전 몰라요. 그 이상 물어봤자 제가 아는 게 없어요. 그리고 한 가지 부탁을 하고 싶어요."

"말해요."

"대항하지 마세요. 대항하면 죽어요."

"죽는 건 내 일이오."

"그렇지만 아깝잖아요."

"어떻게 하면 살겠소?"

"시키는 대로 고분고분하기만 해요."

"명심은 하겠소. 그러나 나는 내 방식대로 사는 놈이오. 죽이면 죽는 수밖에 없지만······."

"현명했으면 좋겠어요."

"그럼 나를 도와주겠소?"

"그건 안 돼요."

매몰차게 잘라 말했다. 나를 도와줄 수 없는 상황이리라. 계집애는 정성스럽게 죽을 떠먹여주었다. 팔을 뒤로 묶인 상황이어서 염치없이 받아먹을 수밖에 없었다. 죽사발을 더 시켜 먹었다. 그렇다고 정신이 맑아지거나 힘이 솟는 것은 아니었다. 시간을 버는 방법이 가장 현명한 일이었다.

"할 얘기는 아니지만 내 손을 풀어줄 수 없소?"

불가능하다는 걸 뻔히 알면서 계집애의 마음을 떠보기 위해 슬쩍 던져본 말이었다.

"난 살고 싶어요."

딱 잘라 거절했다. 그럴 때의 계집애 모습은 냉랭하기만 했다. 그녀에게 기대를 걸 수 없다는 걸 알아차렸다. 설사 지금 풀어준다고 하더라도 도망갈 수 있게 안내를 해주거나 특별한 방법으로 도와주기 전에는 붙잡히기 마련이었다.

나를 잡아다 놓고 그렇게 만만하게 다룰 위인들도 아닐 터이며 지금 힘으로는 그들과 대적하기는 불가한 일이었다. 그들도 그만한 것을 염두에 두고 나를 다룰 것이기 때문이었다.

저녁 무렵까지 나는 엎드리거나 앉은 자세로 계집애가 시중 드는 대로 요기를 하거나 말동무가 되어 지내게 되었다. 재잘 재잘 말도 잘하고 우스갯소리도 곧잘 하는 계집애인데 내 눈치가 조금만 이상해지면 긴장하거나 비상 연락용으로 매달아 놓은 줄 근처로 잽싸게 자리를 옮기곤 했다.

"이름이나 알아두자. 내가 죽어 황천에 가더라도 너한테 얻어먹은 신세는 갚아야지. 안 그래."

"그럴 필요는 없어요. 전 제 임무이기 때문에 옆에 있는 것이지 도와드리기 위해 있는 게 아녜요."

계집애는 솔직하게 말했다. 말하자면 나를 감시하는 역할이란 뜻을 분명히 했다. 나이가 어려 자연스럽게 반말을 하게 되었는데 계집애는 스스럼없이 나를 대했다.

"이름은 알려줄 수 있잖아."

"한설희예요."

"이름은 괜찮다. 내가 이리저리 굴러다니다 보니 남의 사주 팔자를 좀 볼 줄 알지."

"복채 얼마 드릴까요?"

계집애는 호기심 있게 눈을 빛냈다. 역시 어린 계집애였다.

자신이 감시자라는 것을 알면서 내가 사주팔자를 짚고 육갑도 한다니까 호기심을 발동한 것이었다. 자신의 미래를 누군가가 말해 준다는 것은 기묘한 호기심이 유발되는 것인지 모른다. 하긴 불확실한 미래에 대한 호기심은 인간의 심성인지 모른다.

"밥 먹여준 걸로 복채는 까고 나중에 우연히 만나게 되면 그때 차 한잔 사라."

"좋아요. 그러나 외상으로 보면 복이 달아난다니까 우선 이거라도 받으세요."

그러면서 동전 몇 개를 바지 주머니에 억지로 넣어주었다. 참 묘한 기분이었다. 주머니가 다 털리고 표창까지도 남김없이 빼앗긴 상태, 허리띠도 풀어 빼 갔고 양말까지 벗겨내어 움치고 뛸 생각조차 못하고 있는 내게 동전 몇 개를 억지로 넣어주는 계집애의 심정을 알 것 같기도 했다. 너무 순진한 나머지 복채를 외상으로 하면 안된다는 말을 기억하고 그러는 것인지 종잡을 수가 없었다.

"동전은 소리가 나니까…… 이왕 복채를 주려거든 주머니마다 나누어 넣어줄래?"

"복채가 적어서 그래요?"

"그게 아니고 이렇게 붙잡혀 있는 놈이 주머니마다 동전이라도 있다 싶으면 마음이 편할 거 아니냐."

"그러죠, 머."

계집애는 동전을 나누어 내 주머니마다 넣어주었다. 급할 때는 표창 대신 훌륭한 무기가 될 수 있다는 걸 그녀는 눈치챌리 없을 것이다.

　"돈이 없어서 동전을 드린 게 아니라 유용하게 쓰셨으면 해요."

　뭘 안다는 신호 같기도 했다. 나는 한설희를 매섭게 노려보았다. 그녀의 속마음을 알고 싶었다. 그녀는 얼른 눈빛을 피했다.

　"귀하게 자랄 팔자였는데 도중에 운이 바뀌었다. 부모와는 일찍 헤어질 수고 귀가 여려서 남 말 듣다 신세 망칠 운세다. 앞으로 고비가 세 번 더 남았는데 스물세 살과 스물일곱 그리고 서른아홉을 조심해야겠다. 네가 꼭 하고 싶은 게 있는데 앞길이 평탄치만은 않을 거다."

　"맞아요. 내가 뭐가 되고 싶은지 아세요?"

　"시를 쓰고 싶겠지."

　"그래요. 시인이 되는 게 제 꿈이에요."

　"이만하면 내가 귀신이냐?"

　"정말 그래요. 어쩌면……."

　"한 가지 더 말해 주지. 공덕을 쌓아야만 네 일생이 편하다."

　"어떤 게 공덕이에요?"

　"남에게 베푸는 일이다. 가난하고 없이 사는 사람을 그냥 지나치면 안 되고 불쌍하고 억울한 사람이면 무슨 짓을 하더라도 도와라. 그렇지 않으면 넌 네가 원하는 인간이 못 된다."

　"스물세 살엔 어떤 고비일까요?"

"나처럼 겉이 멀쩡한 늑대를 조심해라. 결혼은 절대로 일찍하면 안 된다."

"아저씨 같은 늑대라면 조심하고 싶지 않아요. 스물일곱 살은요?"

"죽을 수가 끼어 있다. 운방살이라는 건데 음력으로 구시월을 꼭 조심해라."

"어마나…… 난 오래 살아야 돼요. 꿈이 많아요."

"안다. 학교도 세우고 고아원도 해야겠고 큰 목장도 만들고 싶고……."

"맞아요. 정말 귀신인가 봐요. 이를 어쩌죠?"

계집애는 계속 호들갑을 떨었다. 내가 짚어나가는 것이 신통하게 맞아떨어지기 때문에 두 눈이 커진 것이었다. 내가 남의 미래를 내다보는 무슨 신통력이 있어서 이만큼 설희의 의중을 끄집어내는 것은 아니었다. 생김새며 말하는 투며 내게 대하는 태도로 미루어 그냥 느낀 대로 던진 것인데 설희는 호들갑을 떨었다.

"그렇게 용한데 왜 이런 일을 당할 줄 몰랐어요?"

"사람에겐 운명이란 게 있다. 잡힐 줄 알았지만 피하게 되면 더 큰일, 이를테면 죽는다든지…… 그런 일이 생기기 때문에 일부러 피하지 않고 당해주는 거다."

"그럼 앞으로 어떻게 될지 알아요?"

"알지."

"어떻게 돼요?"

"네가 날 몰래 도와줄 거고, 나도 저 친구들을 다 때려잡고 만다. 그렇게 맞았는데도 멀쩡하잖니? 그게 다 운명이란다. 두고 봐라. 너랑 나랑 웃으면서 차를 마시게 될 거다."

"……."

설희는 대꾸 없이 고개를 숙였다. 그녀는 알았으리라. 지금 내가 유도하고 있다는 것을. 나를 도와줄 수 없는 처지이지만 내 말에 마음이 약해졌거나 갈등을 느끼고 있는 것 같았다. 그렇다고 해서 금방 어떤 행동을 할 만큼 미련한 계집애는 아니었다.

그러고도 한참 동안 나는 설희의 미래에 대한 얘기들, 이것저것 주워 꿰어서 점을 쳐주거나 옳게 사는 방법이며 남의 고통을 늘 기억해 주는 사람이 되라는 식의 말을 해주었고 설희는 수더분하게 긍정하는 눈치를 보였다. 어두워질 무렵에 검정 양복의 사내가 나를 응접실로 불러냈다. 풀 수 없게 나를 묶어놓고도 못 미더웠는지 건장한 사내 두 사람이 등 뒤에 서 있었다.

"나는 무식해서 따지거나 두 번 반복해서 말하거나 예, 아니오가 분명하지 않으면 질색을 한다. 나는 너를 죽여도 좋다는 명령을 받았다. 이제부터 네 생명은 내 맘대로다."

사내가 이렇게 말했다.

"나를 죽여도 좋다고 명령할 수 있는 사람은 나 자신뿐이다."

"그건 네 생각이고…… 우린 이미 그렇게 결정을 했다. 이제부터 내가 하는 말을 잘 들어라."

"정당하게 풀어놓고 말하자. 묶어놓고 한다고 겁먹고 대답할 사람이 아니라는 것쯤은 알아라."

"그 배짱을 사고 싶다. 그러나 네가 살고 죽는 순간이란 걸 명심해라."

사내는 노트를 펼쳐 들고 나를 노려보았다. 독사 같은 눈매였다.

왜소한 체구, 뱁새 눈에 뾰족한 턱, 퍼머넌트한 머리처럼 고수머리에 기형적인 귀 모양이 사내의 인상을 독살 맞아 보이게 했다.

"나하고 흥정할 게 있으면 곱게, 신사적으로 해야 할 거다. 겁준다고 통할 사람이 아니다."

"대단한 놈이구나."

묶여서 꼼짝 못하는 내가 여전히 뻗대고 있으니까 어이가 없는 눈치였다.

"뭘 원하냐?"

내가 먼저 물었다. 그들의 속셈이 무엇인지 빨리 알아야 대처할 수 있기 때문이었다.

"우선 이 편지부터 읽어라."

그가 내민 편지를 보는 순간 내 가슴은 드세게 뜀질했다. 그것은 내가 썼다고 해야 옳을 글씨체였다. 편지지 가득 쓰인 글씨가 영락없이 내 글씨체였다. 내 글씨를 아는 사람들은 내 편지라는 걸 의심하지 않을 것 같았다. 어쩌면 내 글씨체를 그대로 흉내 낼 수 있단 말인가. 내가 쓰지 않았으니 망정이지 나 자신도 내가 쓴 것이라고 믿을 만큼 똑같았다. 이런 걸 두고 정말 귀신이 곡할 노릇이라는 것이리라.

"놀라지 말고 읽어라."

"너희들, 대단한 솜씨를 가졌구나."

이렇게 말하며 태평한 체했지만 마음은 편치 않았다. 편지 내용 때문이었다.

"이 편지는 결국 내가 쓰지 않았다는 게 밝혀질 텐데. 너희들은 어리석기 짝이 없구나."

"정밀 검사를 해도 네 필체와 똑같다. 농담이 아니라 컴퓨터로 확인까지 했다."

"내가 한 짓은 분명 아니니까 언젠가는 밝혀지겠지."

"물론 밝혀지겠지만 그 사이에 너는 사형을 당하겠지. 천하에 가장 비겁한 범법자로 낙인찍힌 채."

"그렇게 내가 호락호락 넘어갈까? 그리고 우리나라 수사관이나 법조인이 그 정도의 진위를 밝히지 못할 것 같으냐?"

"어림도 없지. 우린 완벽한 데다가 수사관과 법조인 들이 얼마나 함정에 잘 빠지고 얼마나 무기력한지를 알지. 너를 꼼짝달싹 못하게 얽어 증거를 만들고 증인도 만들면 그만이다. 결국 너는 혹독한 고문을 받고 자백할 수밖에 없을 거다."

"그게 어리석다는 거다."

"맘대로 생각해라. 결과를 보면 알 테니까."

사실 말은 걱정 없다는 투로 하고 있었지만 마음은 죄어들고 있었다. 죄 없이 현장을 지나갔다거나 특정 인물과 연관이 있다는 것 때문에 죄인 취급을 받아 악독한 범죄자로 낙인이 찍히는 경우를 많이 보아온 터였다. 죄 없는 사람을 일부러 잡아다 물고를 낸 것은 아니겠지만 범죄자로 몰릴 수밖에 없는 상황 증거 때문에 혹독한 고문을 받은 사례는 얼마든지 있었다.

정말 이들이 증거와 증인을 만든 뒤에 내 필적과 똑같은 필적으로 협박장을 보내 사회적인 물의를 일으킨다면 나는 아마 꼼짝없이 중죄인이 되어 사형까지 당할지도 모르는 일이었다.

"그게 내 필적과 같다는 건 인정하마. 그러나 내가 그따위 협박 편지를 쓰지 않으리란 걸 아는 사람이 많다."

"넌 한때 협박 편지를 썼던 과거가 있다."

"물론 있다. 못돼먹은 정치가나 법조인, 국민을 우롱하는 이름난 인사나 부자들, 겉과 속이 다른 지식인과 부정부패의 원흉들, 그따위 가치조차 없는 녀석들한테 협박 편지를 보낸 적이 있다. 물론 당당하게 주소와 주민등록번호와 이름을 밝혔다."

나도 목청을 높여 대꾸했다. 아마 수십 통도 넘게 협박조의 편지를 써 보냈지만 지금까지 단 한 통의 답장도 받아본 적은 없었다. 비서라는 친구들이 빼먹거나 몰래 태워 없앴을 수도 있고 당사자가 읽고도 고소나 고발할 체면이 아니기 때문이었는지 모른다. 저희들도 잘못했다는 걸 알기 때문에 문제를 일으켜보았자 결국 손해라는 계산을 했을 것이다.

"그런 증거가 있는 마당에 이번엔 기업체한테 색다른 협박을 하게 된다면 넌 꼼짝없이 당할 수밖에 없다. 무슨 말인지 알겠냐?"

"알 만하다."

"이미 넌 협박 편지를 보냈다. 이젠 빼지도 박지도 못하게 됐다."

"성공하지 못한다는 것쯤은 알 텐데."

"우린 성공하게 돼 있다. 적어도 너를 잡을 만큼의 실력이 있고 조직이 있다는 걸 알았으면 좋겠다."

"그렇다 치고 얼마 벌기 위해 이런 짓을 하는지 모르겠다."

"적어도 기십억은 나오겠지."

"그렇다면 정말 잘못 선택했다. 그렇게 내놓을 사람도 없겠지만 그렇게 빤한 돈은 쓰지도 못해. 그만한 건 알겠지. 실력이 정말 있다면 일본이나 미국에 가서 한탕 하지그래."

"우릴 과소평가하는구나. 틀림없이 성공한다. 우린 식품 회사 정도를 상대하진 않는다. 그 정도는 용돈도 안 된다."

보통내기가 아니라는 걸 읽을 수 있었다. 식품 회사 정도는 건드리지 않는다는 것과 적어도 기십억 원을 단숨에 빼낼 궁리를 하는 것으로 보아 대재벌 그룹을 상대하려는 것 같았다.

"왜 식품 회사를 상대하지 않아?"

내가 일부러 물었다.

"사람 먹는 걸로 미끼를 삼아 장난하는 게 가장 비열한 짓이라는 것쯤은 안다. 하기야 식품 회사들도 정신 좀 바짝 차려야지. 국민의 건강을 생각해서 식품이나 음료를 만든 게 아니라 제 배 채우려고 장난깨나 했으니까, 이번 기회에 마음 좀 바로 잡아야겠지. 독극물 사건이 터져서 가엾기도 하지만…… 그동안 이익을 위해 독극물은 아니더라도 불량 식품 만든 죗값을 이런 식으로 받는 거 아니냐?"

"쥐새끼가 고양이 생각하는 것 같아서 귀가 간지럽다."

사내가 처음으로 웃었다. 말해 놓고 보아도 제 자신이 겸연쩍었던 것 같았다. 그러나 사내의 말은 과히 틀린 말은 아니었다. 국민인 어린이부터 노인네까지 먹는 것이 식품과 음료수인데 그동안 자신들의 이익을 위해 별의별 못된 장난질을 다한 그 죗값을 이제 받는 것인지도 모른다. 더구나 협박범과 흥정을 하는 몰염치는 기업이 도산해도 할 말이 없을 정도의 괘씸죄에 해당하는 것이다. 저희 회사에 독극물이 들어가지 않고 남의 회사 제품에 독극물이 들어가 떠들썩하지만 경쟁에서 이긴다는 계산을 했다는 게 더러운 장사치 근성인 것이다.

신문과 방송은 어째서 그런 회사를 보호해 주었을까? 수사 협조를 위해서였을까? 아니면 광고 수익 때문이었을까? 그도 아니라면 정말 국민의 건강을 위한 고육지책이었을까? 그럴 리야 없겠지만 기업체로부터 떡고물 좀 얻어먹은 것이나 아닌지 모르겠다.

제 자식들에겐 외제 과자나 외제 식품을 사 먹이겠지. 폐수를 마구 버려 국민의 식수원을 오염시킨 대회사의 사장족과 간부족 들이 수돗물 못 먹고 외국인들 먹는 물을 비싸게 사다 먹는 심정처럼.

하긴 국민의 생명과 재산을 보호해야 하는 제일의 임무를 가진 정부의 관심이 혼 빠진 것처럼 방정스러우니, 환경청이라는 곳이 사람이 죽어가도 발뺌만 하고 기업체의 이익 대변자 노릇을 하고 있는 세상이니 할 말은 없다. 환경청장 가족이 온산 공단에 살고 있다면 그래도 발뺌을 할 수 있을까?

나으리께 아룁니다. 이다음에 내가 하느님께 기도를 잘해 드리지요. 국민의 고통이나 죽음을 외면한 그 훌륭하고 지당하신 처사에 깊이 감동을 받아 역사책에 화끈하게 써드리도록 말입니다.

황천에 가거들랑 염마지옥이란 데가 있으니 부디 이승에서 고생하신 때를 벗기기 위해 그 염마지옥에서 목욕이나 푸근하게 하시라고 말입니다.

"어쨌거나 좋다. 이왕 알아야 할 일이고 도망갈 재간 없으니 우리 계획을 말하마. 말한 대로 이미 협박 편지는 보냈다. 답장은 내일 아침까지 오게 돼 있다. 네가 이제부터 할 일은 믿을 만한 부하들을 불러서 우리 일에 협조를 하는 것이다."

"난 부하고 졸개고가 없는 사람이다."

"네 말 한마디면 당장 죽는 시늉까지 할 수 있는 애들이 많다는 걸 안다. 우리 말만 들으면 수익금 모두를 주겠다."

"협박해서 받은 돈을 몽땅 나한테 준다 이거냐?"

"그렇다."

"참, 납득하기 어렵다. 돈이 싫다니…… 그렇다면 뭐하러 이런 짓을 하려고 하느냐?"

"그건 나중에 말해 주지."

"분명히 하지 않으면 협상에 응하지 않겠다."

"그렇게는 안 될 거다."

사내는 자신 있게 말했다. 나를 납치할 정도로 치밀하게 내 글씨를 교묘하리만큼 만들어내는 재주로 미루어 완벽하게 나를 구렁텅이에 밀어 넣을 궁리를 한 것 같았다. 여기서 빠져나갈 길은 우선 요구를 들어주는 체한 뒤에 상황을 주시하면서 기회를 보는 것뿐이었다. 당장 어쩌려고 서두를 일이 아니었다.

"나더러 어쩌라는 거냐?"

"네 상대는 A 그룹과 B 그룹과 C 그룹이다. 시시하게 독극물 사건 따윈 저지르지 않는다."

"그렇다면 협박하고 자시고 할 회사가 아니잖아? 음료수나 식품이 아니니까."

내 상식은 그랬다. 기업이란 무슨 물건이든 생산해서 판매하는 것인데 독극물 사건처럼 협박해 통용될 상품이 있고 그렇지 않은 상품이 있기 마련이다.

"아니지. 너 정도면 어떤 상품이든 겁을 줄 수 있다고 믿는다. A·B·C 세 그룹은 자동차와 전자 상품과 건설 부문에 있어서 서로 당기고 늘이는 회사니까 세 개 회사를 솜씨 있게 해치우면 우리나라 기업은 네가 가지고 놀 수 있지."

"별로 즐거운 일이 아니다. 더구나 가능한 일이 아니다. 자동차나 전자 제품이나 건설 현장을 미끼로 무슨 협박을 하며, 그들이 들어줄 까닭도 없다. 이건 애초부터 실패할 계산을 한 것이다. 그런 일을 나보고 하라니…… 아예 날 거저 죽일 작정 아니냐?"

"넌 역시 똑똑한 놈이구나. 그러나 한 가지 착각을 하고 있다. 널 함부로 죽이지도 않겠지만 세 개의 재벌이 결국은 우리 요구를 들어주지 않으면 안 되게 되어 있다는 사실을 계산하지 못하는구나."

"결과는 뻔하다. 협박에 응하지도 않을 거고 타협점도 찾지 못할 거다. 식품 회사의 독극물 사건 때문에 웬만한 협박엔 끄떡도 않을 거다. 만약 응한다면 그건 함정이다."

"그 함정에 너를 밀어 넣으면 어찌 되겠냐? 그래도 큰소릴 칠 수 있겠냐? 어때, 우리 계획이."

나는 대답할 말이 없어 한참 동안 사내의 얼굴만 뚫어지게 쳐다보았다. 사내의 말대로 협상 장소에 내가 나타나는 작전을 쓰면 협박 편지의 장본인이 영락없이 큰 고역을 치를 수밖에 없게 되는 이치였다.

"처음엔 내가 범인으로 몰려 애를 먹겠지만 결국은 얼마쯤 고생한 뒤에 살아나겠지."

"증인과 증거가 완벽해도 그럴까."

"증거와 증인이 완벽해서 내가 고생했다 치자. 그래도 너희들이 통쾌할 이유가 있냐?"

"별로 없지."

"그렇다면 굳이 나를 끌어들일 까닭이 없잖아."

"넌 건방져. 끝까지 반말을 하고 끝까지 대드는 게 기분 나빠서라도 골탕을 좀 먹이겠다."

"이봐. 넌 큰 놈 되긴 글렀다. 우리가 좋게 만났어도 내가 마구 대할 것 같은가?"

"보다시피 난 덩치가 작은 놈이다. 그러니 끝까지 작게 구마."

얘기를 하다 보니 사내의 비위가 상한 모양이었다. 그렇다고 내 고집으로만 밀고 나가서 득 될 게 없었다.

"이젠 농담 그만하고 진담을 하자."

내가 먼저 이렇게 말했다.

"좋지. 내 명령대로 움직이지 않는다면 조금 전에 한 말은 진담이 된다. 그러나 내 말을 고분고분 따르면 아까 한 말은 농담이 된다."

"좋다."

결국 나는 사내의 말에 승복할 수밖에 없었다.

"재벌 그룹이 곧 신차종과 새로운 모델의 가전제품을 선보인다. 또 아파트 건축 붐이 시작된다. 바로 우리가 노리는 점이 그것이다."

"막연하잖아."

"계획은 우리가 세운다. 실천은 너와 네 부하들이 한다. 물론 내 부하들을 네 부하로 위장시킨다."

"그 영특한 머리로 겨우 이런 짓밖에 못하나?"

"차차 알겠지만 진짜 똑똑한 놈이 누군지 알게 될 것이다."

"이봐. 우린 이렇게 되면 동업자다. 그런 식으로 나오면 어떻게 동업을 하겠나?"

"옳은 얘기다. 넌 어차피 빠져나갈 구멍이 없다. 그러니까 얘기를 해주지. 머지않아 협상하자는 신호가 올 거다. 물론 비밀 접촉이지만 우린 협상에 응하지 않고 수사기관에 연락한 사실만 무조건 추궁하면 된다. 그러고는 본때를 보여준다. 그러면서 협상을 계속한다. 결국 새 자동차나 전자 상품은 지리멸렬하게 된다. 그때 손들어봤자 이미 한물간 상품들일 테고……."

"그럼 건설 부문에 관한 협박은 뭐냐?"

"양념이지."

"양념?"

"우리 목적은 자동차나 전자 제품이지만 주위를 산만하게 하기 위해서, 또 재벌 그룹들이 정신 못 차리게 하려면 양면작전을 써야 하는 것이다."

"응하지 않을 것을 빤히 알면서 시도하는 이유는 뭐냐?"

"그런 건 네가 알 필요가 없다."

"납득할 수 없지만…… 그만한 일이라면 너희들끼리 하는 게 편할 텐데……."

"넌 말귀가 어둡지 않겠지. 전국에서 하루에 한두 대씩 자동차가 저절로 불나고 가전제품이 폭발한다면 어떻게 되겠나?"

무섭고 끔찍한 일이었다. 그렇게 엄청난 음모를 꾸미고 있는 집단인 줄은 미처 몰랐다.

"혼란이 오겠지."

"절대 사람을 다치게 하진 않는다."

"그렇다고 너희들에게 무슨 이익이 생기겠느냐?"

"그것도 네가 알 바가 아니다."

나는 비로소 이들에게 크게 걸려들었다는 것을 알았다. 어쨌거나 보통 무서운 집단은 아닌 게 확실했다. 대재벌 그룹을 상대로 치밀한 작전을 짜서 기업을 무너뜨리려는 음모라는 걸 알았다. 사내의 설명의 의하면 자동차와 가전제품에 특수하게 제작된 소형 폭발 장치나 불길이 치솟게 하는 특수한 장치를 부착하기만 하면 된다는 것이었다. 전열을 받거나 자동차인 경우에 일정한 온도의 열을 받으면 저절로 폭발하도록 되어 있어서 백발백중의 효과를 본다고 했다. 자석이 부착돼 있어 부착이 손쉬울 뿐 아니라 물체가 아주 작아서 전혀 눈치채지 않게 부착할 수 있다는 것이었다. 세워놓은 자동차에는 이삼 초의 여유만 있어도 감쪽같이 붙일 수 있고 가전제품인 경우에도 마찬가지라고 했다.

"특정 상표 제품에만 붙일 건가?"

"자넨 영리하군그래. 우린 모든 회사 제품에 다 붙일 걸세."

"분명히 말하지만 어느 쪽의 사주를 받았는지 알고 싶다. A 재벌인가, B 재벌인가, 아니면 C 재벌인가."

"두고 보면 알겠지만 세 회사 모두 풍비박산을 내겠다."

"무슨 이익이 너희들에게 있지?"

"우린 이익을 바라지 않는다. 모든 경제적 이익은 모두 너에게 주겠다."

"그럼 어째서 이런 일을 계획했나? 원수진 일이 있나? 아니면 그래야 할 목적이 있을 거 아닌가?"

"그런 건 묻지도 말고 알려고도 하지 마라. 나중에, 먼 훗날 알게 된다."

내 머리는 자꾸 혼란에 빠졌다. 알 수 없는 일이 너무 많았고 이해할 수 없는 사연이 너무 많았다. 사내의 계획대로라면 무조건 대기업을 파멸시키겠다는 배짱이었다. 자동차나 가전제품, 건축 현장이 불길한 사고로 점철되면 그 무서운 여파는 곧 경제 파탄을 몰고올 지도 모른다. 한쪽 그룹만 망하게 하는 수작이라면 다른 기업의 농간이라고나 생각할 수 있는 일인데 그렇지도 않았다.

이건 더 큰 음흉한 손길이 도사리고 있는 것이지 결코 작은 애들의 치기는 아닌 것 같았다.

그렇다면 누구란 말인가?

적어도 나를 완벽하게 납치했고 그렇게 큰 계획을 진행시키며 우리나라의 경제계를 송두리째 흔들어놓을 궁리를 한다면 거대한 조직일 수밖에 없다.

무모하게 그런 짓을 할 조직이 우리나라에 있다면······.

그게 누굴까?

잘 짚이지 않았다. 거대한 음모가 꿈틀거린다는 것은 알겠지만 누구인지 감조차 잡을 수가 없었다. 우리나라 경제가 뒤흔들려 이득을 볼 자가 과연 누구란 말인가?

"어쨌거나 당신네들 왕초가 누군지나 좀 알자."

나는 뱁새 눈의 사내에게 이렇게 말했다. 사내가 엄지손가락으로 자신을 가리키며 클클 웃었다.

"너는 두목이 아니지?"

"왜 아니라고 생각하냐?"

아까보다는 부드러운 어투였다.

"난 적어도 사람 하나는 기차게 볼 줄 안다. 넌 두목감이 못 돼. 두목이라면 애들 거느리기 위해 최소한 관용이 있고 가슴이 넓고 졸개를 거둬 먹이기 위해 손이 커야 된다. 네 체구가 작아서 두목감이 못 된다는 뜻이 아니라 네 행색을 보니까 큰 놈은 아니란 말야."

"그럴듯한 말이다."

"아직도 나를 묶어놓고 아직도 나를 모나게 감시하고……
내가 맞먹는다고 주먹질을 할 정도라면 넌 두목 노릇 할 자격
이 없지."

"말이 되는 것 같다."

그렇게 말하더니 애들을 시켜 뒤로 묶은 줄을 풀어주었다.
묶인 자국이 뻘겋게 변색되어 있었고 어깨가 몹시 당기고 아
팠다. 이틀을 묶여 있던 탓이기도 했고 애들이 너무 옭맨 탓도
있었다. 잠도 앉아서 자야 했고 밥 먹을 때도 계집애가 먹여주
어야 했던 불편함이 사라졌는데도 나는 홀가분하다기보다는
응어리가 더 커지고 있었다. 인간이 분노를 느끼는 것 가운데
가장 민감하게 받아들이는 것은 역시 신체적으로 부당한 대
우를 받았을 때인 것 같았다. 묶여서 불편할 때는 풀리기만 하
면 고맙겠다는 생각을 했는데 막상 풀리니까 묶여 있던 때의
고통이 더 가슴을 아프게 했다.

"이제 진짜 흥정을 하자."

조금 전까지 그렇게 옹졸하게 나를 다루던 사내가 제법 두
목다우려는 듯 여유 있게 말했다.

"나도 흥정을 빨리 하고 싶다. 당신들 낯짝 보는 게 지겨우
니까."

"넌 우리가 만든 덫을 풀지 못할 테니까 도망간다고 임시방

편으로 얼렁뚱땅 지나쳐서 해결되지 않는다는 걸 명심해라."

"그 정도야 나도 알지. 당신들하고 흥정하는 게 쉽지. 괜히 여길 빠져나갔다가 협박범으로 잡혀 한참 동안 신문이나 텔레비전에 내 얼굴 팔아대는 고통을 감수할 수는 없잖아. 그러니 시작하자."

몸이 풀렸지만 내 뜻대로 이들과 대적하기에는 아직 자유스럽지 못했다. 구석구석에서 나를 감시하는 사내들 눈초리도 매서웠고 그들 앞가슴에 어떤 무기가 숨겨져 있는지도 모를 일이었다. 이들은 나를 웬만큼 아는 무리인 것이 틀림없었다.

감시자들이 사방으로 흩어져 있는 데다 몸을 반쯤씩 은폐시키고 있어서 내가 한꺼번에 녀석들을 처치하기에는 어렵게 포진하고 있었다.

"이왕 이렇게 됐으니 터놓겠다. 네가 직접 일선에 나설 필요는 없다. 그냥 내가 시키는 대로 따라주기만 하면 된다. 대기업 측에서 흥정이 잘 이루어지면 너나 우리들은 없었던 일로 하고 헤어지면 그만이다. 넌 악착같이 나를 찾으려 하겠지만 네 청춘만 손해일 것이다. 왜냐면 나는 네 눈에 띄지 않는다."

"물론 그 정도야 나도 짐작을 한다. 외국으로 튀겠지. 그리고 나는 결국 협박범으로 잡혀서 감옥살이를 할 테고."

"우린 네가 협조만 한다면 결코 너한테 피해를 주지 않는다."

"믿어도 될까?"

"얘들아, 그 사진 좀 가져와라."

문이 열리고 계집애가 큰 서류 봉투를 들고 들어왔다. 사내가 여러 장의 사진을 탁자 위에 펼쳐놓았다.

"이걸 보면 우리가 보통 힘 믿는 사람들이 아니라는 걸 알게 될 거다."

그가 내미는 사진을 펼치며 나는 과연 이들이 보통 집단이 아니라는 생각을 했다. 사진은 웬만한 사람이 보면 틀림없이 내 모습이라고 할 정도로 나를 쏙 빼닮은 어떤 사내의 모습들이었다. 남쪽만의 인구가 사천만 명이 넘었다고 했고 그 가운데 남자가 절반쯤 된다고 했다. 거기에서 청년기의 사내라면 아마 이천만 명 중 1할 정도겠지. 그렇다면 이백만 명쯤의 이십 대 사내 가운데 얼굴이 비슷한 사내가 한 명쯤 있으리란 건 그럴듯한 추리가 되는 것이었다. 전체 등신을 찍은 사진도 있는데, 키며 덩치도 얼추 나와 비슷해 보였다.

만약 나를 쏙 빼닮은 이 사내가 내 행세를 하면서 이들의 치밀한 계획대로 현장에 나타나거나 흔적을 짙게 남겨 나중에 몽타주라도 작성하는 날이면 나는 천하 없는 알리바이를 성립시켜도 꼼짝없이 몇십 년은 감옥에서 썩어야 할 것 같았다.

이들은 주도면밀하게 내가 알리바이를 성립시키도록 허술하게 굴지도 않을 것이다.

그렇다면 내가 감금당해 있는 동안 서울 시내를 누비고 다니며 협박범으로 썩 훌륭하게 일이 꾸며지게 될 것이다. 그렇지 않아도 세상엔 터무니없는 가짜들에게 속아 넘어가 신세를 망친 사람들이 많은 법이었다. 전혀 내 모습을 닮지 않은 녀석들이 어디 가서 장총찬 행세를 해서 남을 신나게 속여먹고는 가끔 그 피해가 나한테 돌아올 수가 있는데, 나를 정말 쏙 빼닮은 사내라면 무슨 짓인들 못할까.

생긴 것이야 내가 어찌 생기고 싶다고 요구한 자의에 의해서가 아니라 순전히 타의에 의해 생긴 것인데 세상이 넓고 사람이 태어나는 게 요상스럽다 보니 얼추 내가 보아온 사진으로는 착각할 만큼 빼닮은 녀석이었다. 사진으로 조작해서 나를 꼼짝 못하게 묶어두려는 장난이 아닌가 해서 꼼꼼하게 들여다보았지만 그렇지는 않았다. 정말 나를 닮은 사내를 찾아낸 것이었다.

이들은 무엇을 요구하는 것일까? 답답한 마음이었다. 나를 닮은 사내를 조종하며 마치 장총찬이가 일을 저지르는 것처럼 한다면 나는 빼도 박도 못한 채, 더구나 필적마저 같은 녀석을 훈련시켜 세상에 내보내 못된 짓을 한다면…….

꼼짝없이 당할 수밖에 없었다.

"보여달라면 보여주겠다. 우린 그런 녀석을 찾는 데도 굉장한 투자를 했다. 우린 성공했다. 비싼 돈 들여서 너하고 조금 다른 부분은 수술까지 시켜서 너와 닮게 만들었고 너답게 행동을 하게 만들기 위해 사범을 모셔다가 운동까지 시켰지. 한가지 더 말해 줄까?"

득의에 찬 표정으로 물었다.

"이왕 말 시작했으면 죄 까발려라."

"네 이빨에 가짜가 몇 개 있는가를 확인하고는 이 닮은 사내에게도 억지로 이빨을 만들어 끼워주었다. 이만하면 네가 내 말을 어기는 순간 네 신세가 어떤 꼬라지가 될지 알겠지."

"알겠다. 그러나 분명히 말해 둘 것은 내게 조금이라도 누를 끼친다면 나는 반드시 그 이상의 대가를 치르게 하는 놈이라는 걸 알아라."

"나도 분명히 말해 줄 게 있다. 이번 일이 성공하면 너를 닮은 사내를 영원히 없애주겠다. 맹세하마. 우리도 사실 이 일이 성공하면 비밀을 아는 녀석들이 가급적 적은 게 좋잖나. 내 말을 너라면 알아듣겠지."

사낸 묘하게 웃음 지으며 말했다. 나는 그런 사내의 표정 속에서 이 사내는 분명 두목이 아니라는 확신을 얻었다. 이렇게 치밀한 작전을 구사할 수 있는 집단의 우두머리라면 이렇게 득의에 찬 표정과 그런 말을 할 수가 없었다. 더구나 상대가 장총찬인데.

"일이 성공하는 것까진 좋다. 그러나 나를 닮은 사내를 죽여 없애는 것은 내가 또 그냥 두고 보지 않겠다. 너희들은 목적을 위해 사람을 죽일 수 있을지 모르지만 사람을 죽이고 살리는 일은 인간의 몫이 아니라 어떤 큰 힘, 하느님일지 모르지만 그분의 권한이지 인간의 권리는 아니다."

"그게 너를 편하게 해주는 일인데도 그러냐?"

"난 상관없다. 누가 무어라고 하든 상관없다. 나는 사형 제도만은 폐지해야 한다고 주장하는 사람이다. 그를 살려줘라. 살려준다는 약속을 하지 않으면 나는 너희들과 흥정하지 않겠다. 이건 내 신념이다."

"그거 이해 못하겠지만 네가 그렇다면 약속을 해주지. 그놈 운 트였군. 어차피 죽을 목숨이었는데."

"명심해라. 난 만약의 경우 닮은 그 녀석을 죽였을 경우 결코 참지 않겠다. 내 목숨을 걸겠다."

"다른 꿍꿍이가 있나?"

"한 놈이라도 더 살려놓고 살고 싶다. 내 말 명심해라."

"그러지. 대신 우리와의 약속은 철저하게 지켜라."

"한 놈을 살리기 위해서라도 나는 약속을 지킨다."

"됐다."

그러더니 다른 서류 봉투를 꺼내 펼쳐놓았다. 이제는 나를 믿는 모양이었다. 이럴 때의 내 의뭉이 얼마나 단수 높은 것인지 녀석은 짐작이나 하는지 모르겠다.

"보면 안다. 왜 우리가 대기업만 골라서 노리는지 그 이유는 묻지 마라. 넌 그냥 시키는 대로 하면 된다. 네가 거절하면 너 닮은 녀석이 나서게 된다. 알겠지."

"왜 하필 대기업이고 자동차와 가전제품이냐? 대기업이 그냥 대기업이 된 게 아니고 피투성이 싸움에서 이겨낸 자들이라 그렇게 녹녹치 않을 거다."

"나중에 알게 된다."

그 이상은 설명하려고 하지도 않았고 더 물어볼 수도 없었다. 경악할 사건이 일어날 수밖에 없는 치밀한 계획서였다.

내 손이 부르르 떨릴 정도의 작전 계획이었다. 참으로 끔찍한 일이 이 땅, 이 겨레들 속에서 일어날 운명이란 말인가. 누가 이처럼 거대한 음모, 한 나라의 경제를 뒤흔들어놓을 궁리를 했단 말인가. 설마 한국인은 아니겠지. 어찌 제 나라 제 땅을 이렇게 무참하게 짓밟을 수 있단 말인가?

한국인은 아닐 것이다. 제 민족에게 그렇게 큰 혼란을 주고 마음이 편할 사람이 있다면 그것 자체가 문제일 수밖에 없는 것이다.

한국인이어서는 안 된다.

이렇게 큰 혼란을 야기시킬 배짱이라면 이것은 우리나라의 미래를 넘보는 외세 집단일 것이다. 그게 누구인가?

"한 가지 묻자. 이 음모를 꾸민 자가 분명 너는 아니다. 이건 외국 놈이 개입한 거지 네 혼자 짓이 아니겠지. 내 말이 맞지?"

"으허허허."

사내는 웃음으로 얼버무리고 말았다. 더 대꾸할 수가 없었을 것이다. 내가 잘 짚었으리라.

"네가 말 안 하면 그냥 넘어갈 수밖에 없지만…… 하여간 독하긴 독한 놈들이구나."

"우린 무슨 짓이고 할 수가 있다. 설사 네가 없더라도 말이다."

그들의 계획은 너무 엄청난 것이었다. 자동차만 하더라도 특수하게 제작된, 엄지손가락 한 마디쯤밖에 안 되는 폭탄을 아무 자동차에나 던져도 자동으로 부착되어 일정 시간이 지나면 저절로 작동되어 자동차가 불길에 휩싸이게 되는 것이었다. 그것은 모든 사람에게 우리나라에서 제작된 국산 자동차가 믿을 수 없는 제품이란 인상을 강하게 받게 하는 결과를 얻기 위한 수작이었다. 한두 대가 아니라 무작위로 대상을 가리지 않는 계획이었다.

길에 세워둔 차든 달리는 차든 가리지 않고 부착할 수 있었고 그렇게 되면 연쇄적으로 전국에서 계속 자동차 불길을 국민들은 볼 수밖에 없었다.

무엇을 노렸을까?

바로 국산 자동차 메이커를 파멸의 구렁텅이로 몰아넣고 외국산 자동차를 찾게 만드는 행위였다. 국산품은 무엇인들 믿을 수 없다는 그런 심리를 국민 속에 심어주려는 수작이었다.

또 가전제품 역시 같은 근거로 분석될 수 있었다. 자동차보다도 더 빨리 그 반응을 볼 수 있는 것이었다. 집 안에 있는 텔레비전 앞에 방탄유리를 설치할 수도 없고 보면 사람들은 집 안에 텔레비전이나 냉장고를 놓아둘 수 없는 일이다.

사람들은 외제 가전제품을 찾을 수밖에 없고 국내 가전 업체는 도산을 할 것이다. 작은 회사들도 아니고 그렇다고 외국에 판로가 탄탄한 것이 아니기 때문에 대기업들은 무너질 테고 그리되면 그 많은 실업자며 기업의 도산으로 몰려올 우리나라의 경제 사정은 어찌 되어야 할까.

일차로 가전제품 일습과 자동차를 목표로 세운 그들의 전략 뒤에 얼마나 무서운 음모가 도사리고 있는지 알 것 같았다.

내가 맡아야 한다.

나는 이렇게 결심했다. 최대로 막아내야만 했다. 우리나라 사람들에게 외제가 좋다는 것은 널리 인식되어 있었다. 최근에 그나마 우리 제품도 좋아졌다는 생각을 겨우 갖게 했는데 여기서 또 한번 무너지면 기업이 네댓 개 망하는 것은 달리 회복할 수 있지만 국민들의 외제 선호 감정은 더 큰 비극을 안길 수 있었다.

"우리나라 대기업이란 게 얼마나 국민들에게 눈속임을 해가며 치부하는지 너도 알겠지."

사내가 내게 물었다.

"알기야 알지만……."

정말 딱 잘라 대기업체를 방패막이로 옹호할 수는 없었다. 그동안 대기업들이 국민들을 꽤나 기만해 온 것은 사실이었다. 밀가루 같은 치약이며 누룽지보다 못한 과자류며 색소 잔뜩 넣고 영양가 속인 식품, 얄팍한 상혼으로 만들어낸 가전제품과 국민의 생명쯤 무시하고 만든 자동차에 이르기까지 기업의 그 알량한 횡포는 이미 소문나 있는 형편이었다.

더더구나 국민의 목숨과 직결되는 약품까지도 국민의 눈을 속여 사리사욕을 채운 경우가 얼마나 허다하였는가.

국민들이 외제를 선호하는 것이 마치 사대주의나 되는 것처럼 매도를 했지만 기실 그런 자는 얼마 되지도 않았고 그런 부류는 어느 사회라도 있는 법이었다. 기업들이 국민의 편이 되어 성심성의껏 제품을 만들어주었다면 국민들이 외제 찾기에 그리 혈안이 되지는 않았을 것이다.

물론 지나친 게 없는 것은 아니었다. 풍문에 의하면 우리나라에 수입되었거나 밀수된 웅담이 곰 몇만 마리 분이나 되는데 실제 전 세계의 곰 숫자가 그렇게 되지 않는다는 것이다. 그러니까 우리나라에 있는 웅담의 수효가 전 세계의 곰을 모두 씨 말리고서야 존재해야 하는 것이다. 정통한 전문가의 얘기로는 우리나라 웅담의 대부분이 돼지 쓸개에 창호지를 붙여 기묘한 수법으로 말린 가짜라고 했다. 가짜 웅담, 그 돼지 쓸개를 비싼 돈으로 사 먹은 사람들이 병이 신통하게 낫는다는 것 또한 우리나라 사람들 특성일까.

어쨌거나 대기업은 사내의 말마따나 국민을 우롱해 온 것이 사실이었다. 이젠 좀 반성하는 빛이 있지만 아직도 그들은 매질을 당해도 싼 부분이 많이 남아 있다. 기업이란 국민의 재산이지 어느 개인의 재산은 분명 아니다. 국민의 바탕, 국민의 희생 없이 어찌 재벌이 될 수 있단 말인가. 그런데도 국민을 깔보고 있다면 그것은 초죽음을 당해도 싼 것이다.

사내가 내놓은 봉투 속의 그 치밀한 계획서를 읽어 내려가면서 나는 참담한 기분이 들었다. 우리나라 기업을 도산시키고 가장 기뻐할 외국은 어디일까?

미국, 아니면 일본이겠지.

아니면 두 나라의 모사꾼들이 힘을 합쳐 좀 사나 보다 싶은 우리나라를 어떻게든 짓밟아서 결국 그들의 상품 시장을 삼으려는 새로운 경제 전쟁, 즉 경제 침공이 아닐까.

이것은 이미 예견되어 왔던 사실이었다. 많은 양심적인 학자와 학생 들이 지적하기도 했고 마음 똑바로 박힌 정치가나 행정가들이 문제를 삼기도 했고 미래를 생각하는 순수한 백성들이 또 걱정해 왔던 일이었다.

바로 경제 종속의 얘기였다. 군화로 짓밟고 들어오면 침략자로 규정되기에 은근한 침략으로 경제 침략을 감행하여 새로운 속국 형태를 취하려는 게 강대국의 수법이란 걸 아는 사람은 알 것이다.

우린 벌써 상당히 침략을 받아 기진해 있는 형편이었다. 그런데 그들은 아예 굴복을 시킬 작정인 것 같았다.

"이봐, 일본야 미국야?"

나는 단도직입적으로 물었다. 사내가 눈을 지그시 감더니 이렇게 대꾸했다.

"그건 알 필요가 없다. 너한테는 손해가 없으니까."

"아니지. 이건 내가 사는 땅, 내가 살아나가야 할 땅의 얘기다."

"너는 너무 관심이 많아서 탈이다. 그러니 네 신세가 그 모양이지."

"나는 청정하게 살 내 땅의 얘기에 관심을 갖는 게 당연하다고 믿는다. 그러니 말해라."

"네가 어느 나라를 제일 미워하냐. 그리고 어느 편의 행동이라고 믿냐?"

"일본!"

"그럼 그렇게 알아라."

"한마디 하자. 너도 한국인이겠지?"

"보는 바와 같이."

"그렇다면 네 조국을 네 겨레를 한 번만이라도 생각해 봤냐?"

"내 국적은 이제 한국이 아니다."

사내는 불쾌한 듯이 잘라 말했다. 어처구니없는 현실이었다.

하긴 남의 집에 불난 것을 보고 뛰어갔을 때 이미 꺼지고 연기만 보게 되면 왠지 불구경 못한 것이 서운한 법이었다. 윤리적이든 인간적이든 죄책감을 가져야 할 마음이지만 사람 마음에 그만한 악의 찌꺼기는 가졌는지 모른다. 하물며 국제적인 관계에서야 남의 나라 불행이 가족의 이익이 될 때 무슨 짓인들 못하랴.

"내가 나설 수밖에 없잖아."

내가 이렇게 대꾸했다.

"생각 잘했다. 네가 하지 않으면 너만 일찍 죽는다."

"어디서부터 시작을 할까?"

"애들을 불러다가 우리 계획대로 부착하도록 명령을 해라."

"명령은 내가 하고 계획은 너희들 맘대로란 말이냐?"

"물론이지."

더 이상 말하기 싫다는 투였다. 그들은 내가 있든 없든 이미 이 작전을 완벽하게 성공시킬 준비가 다 되어 있었다. 내가 시간을 끌 수도 없었고 그렇다고 거절할 수도 없는 일이었다. 이런 걸 두고 팔자소관이라고 하는 것인지 모른다.

"그렇다면 내가 여기서 나가야 되잖나. 애들을 불러 모으려면."

내가 이렇게 눙치고 나갔다.

"우리한테 술수를 부리지 마라. 전화로 연락하면 된다. 네 한마디면 수백 명도 더 모일 거라는 걸 안다."

"그럼 나를 닮은 녀석이 필요 없잖나."

"너를 잡아두기 위해서 우린 그 녀석을 감춰두었지. 언제라도 네 대역으로 써먹을 준비를 시켜서."

"명단을 줄 테니 너희들이 연락을 해라. 나는 여기가 어딘지도 모르고 우리 애들은 내 모습이 보이지 않으면 의심할 거다."

"집합만 시켜라. 나머지는 우리가 알아서 할 테니까. 반드시 우리 명령대로 움직이라는 확답을 받아야 한다."

"하겠다. 몇 명이면 되겠나?"

"많이도 필요 없다. 대여섯 명이면 된다. 소수 정예니까."

"그 인원으로 무슨 일을 한다는 말인가."

"적을수록 좋다. 나머지 인원은 우리 쪽에서 충당해야 일을 제대로 할 수 있으니까. 무슨 얘긴지 알겠냐?"

"그 정도야 알아듣지."

나는 그들의 치밀한 계획을 빨리 눈치챘다. 나와 내 편의 사람이 분명히 움직였다는 사실을 대외적으로 알린 뒤에 나머지 일은 내가 꾸민 것처럼 그 패들을 풀어 전국을 혼란에 빠뜨릴 작정이리라.

"당장 불러주지."

이미 내 머릿속에서 불러들일 애들의 명단이 드러났다. 이 전모를 누군가가 눈치채주지 않는다면 납치된 상태에서 일을 했더라도 나는 죄를 면할 수가 없었다. 그러니 눈치 빠르고 내가 납치된 상황, 어쩔 수 없는 상황에서 강제 행위라는 걸 알아줄 녀석들이 필요했다. 내 말이라면 무조건 승복하는 그런 녀석들을 불러들였다가는 꼼짝없이 당할 판이었다.

웬만한 애들은 나를 누구보다도 잘 알기 때문에 내가 엉뚱한 지시를 내리는 순간 앞뒤를 잴 게 틀림없었다. 내가 이런 어처구니없는 짓을 하지 않으리라는 것쯤은 알고 있기 때문이었다.

우리나라 전체에서 매일 정신 못 차리게 가전제품이 폭발하고 자동차가 폭발한다면 엄청난 충격을 주어 혼란에 빠질 것이다. 빤히 그 눈치를 아는 애들이 직접 나와 대면한 것도 아니고 대리인을 시켜 그런 엄청난 짓을 하라고 했을 때 지시대로 무조건 따르지는 않을 것 같았다.

"일단 메모를 해라. 다섯 명만."

사내가 메모지와 색연필을 내밀었다. 나는 주저 없이 다섯 명의 이름을 쓰고 소집책으로 혜민이를 지목했다. 혜민이의 전화번호를 써놓자 사내는 계집아이에게 눈짓을 했다.

"이 애들은 내가 한마디만 하면 죽는 짓도 서슴지 않는다."

"그건 이미 알고 있다."

"이제 얘길 해줄 수 있잖나. 이게 누구의 짓인지 말이다."

"그렇게 궁금한가?"

"우리나라가 혼란해질 텐데, 내가 명색이 이 땅의 젊은 놈이고 이 땅의 주인 가운데 하나인데 왜 궁금하지 않겠나. 너도 한국인이잖나. 국적이 바뀌었다고 하지만 넌 분명 나와 같은 피를 가졌다. 말해라."

"나를 감동시키려고 하지 마라. 되돌릴 수 없는 일이다."

"일본 놈이 네 뒤에 있지?"

나는 확신하는 투로 물었다. 사내는 긍정도 부정도 않은 채 빙긋이 웃었다. 그의 웃음 뒤에는 내가 넘겨짚은 것이 당연하다는 것 같았다.

계집애가 전화를 연결해 놓고 의미 있게 웃었다. 내가 눈치 채지 않게 계집애한테 눈웃음을 보냈다. 계집애는 소리 없이 혜민이의 전화번호를 외는 시늉을 했다. 가슴이 조금 떨렸다. 그녀의 표정으로 보아서 나를 안심시키고 싶은 것을 느꼈다. 이들의 높은 술수를 생각하면 처음 대면한 계집아이를 믿는다는 게 위험한 노릇인지는 모른다. 그러나 물에 빠지면 지푸라기라도 잡는 게 사람 심리여서 내게 유리하도록 생각해 보았다.

계집애가 차후에라도 눈치껏 혜민이에게 상황을 전해주기만 한다면 이번 일은 보다 쉽게 풀릴 수가 있었다.

"이왕 이렇게 됐으니 못할 거야 없지. 네 말대로 난 총지휘자는 아니다. 그게 누구인지도 모른다. 나는 현장 책임자다. 내 뒤에 어마어마한 조직이 있다는 건 알지만 사실은 그 내막조차 모른다. 그만하면 네가 딴마음 먹지 못할 거다."

사내가 마지못한 듯 입을 열었다.

"네가 생각해도 이 일이 터지면 우리나라가 어떨 거라고 생각하나?"

빤한 것이지만 한번 사내의 마음을 떠보고 싶었다.

"글쎄. 큰 혼란에 빠지겠지. 가전제품과 자동차 생산은 중단될 테고…… 그러나 우린 사람이 다치게는 하지 않는다. 겁만 줄 거니까 그렇게 걱정하지 않아도 된다."

"생산이 중단되고 난리 난 것처럼 다른 분야도 타격이 엄청나게 일겠지. 그렇게 우리나라가 혼란스러우면 너희들은 어떤 이익이 있나?"

"이봐, 알면서 왜 물어?"

사내는 입을 봉해 버렸다. 어느 누구라도 짐작할 수 있는 일이었다. 국산품에 관한 불안감은 곧 외제에 대한 강한 선호로 나타날 것이고 몇 개의 회사는 도산을 하게 될 것이다. 그리고 가장 두려운 것은 외제 물건이 없어서 못 팔릴 세태, 국민들의 강력한 주장 때문에라도 외제는 이 땅의 경제를 송두리째 흔들어놓을 일이다.

가전제품과 자동차가 일차 작전이라면 그다음에는 덩치 큰 기계며 식품까지, 또 일상적 생활용품이나 아파트 붐을 죽이는 단수 높은 것까지도 서슴지 않을 것 같았다.

엄지손가락만 한 이 폭발물은 자석이 부착되어 있어서 손쉽게 보이지 않는 곳에 매달려 있게 할 수가 있었다. 인명에 피해를 주지 않는 배려를 했다고 주장하지만 자동차 같은 경우에는 가스나 휘발유 때문에 폭발 위험이 높고 하루에 수십 대씩 연쇄적인 사건이 며칠만 계속되면 대번에 우리나라는 엄청난 회오리 속에 묻히게 되는 일이었다.

군화나 총칼로 침략해서 지탄을 받지 않는 대신 우리나라 경제 구조를 혼란의 도가니로 몰아붙인 뒤 그들 상품을 자연스럽게 밀어 넣을 이 가증스런 음모의 주인공이 한국인이 아니라는 걸 어렴풋이 알게 되었다. 그것만 알아도 마음이 놓였다.

"나다."

혜민이가 나오자 일부러 목소리에 힘을 넣었다. 대꾸하는 혜민이는 긴장하는 눈치였다.

"내가 불러주는 애들만 데리고 집에서 꼼짝 말고 기다려라. 이유도 묻지 말고 무슨 일인가도 묻지 마라. 내가 보내는 사람이 시키는 대로만 해라. 좋은 일이 아니더라도 무조건 시키는 대로 해라. 이건 내 목이 걸린 문제다."

사내가 내 마지막 말을 듣더니 얼굴색이 변하며 전화를 빼앗으려고 했다. 나는 사내의 손을 쳐내며 웃었다.

"형, 무슨 일요. 뜬금없이……."

혜민이로선 놀랄 만한 일이었다. 지금까지 이런 경우가 없었고 설사 도와달라는 경우가 있으면 불러 앉히고 알아듣게 설명을 했었다.

"내가 크게 신세 진 게 있는데 이번에 꼭 갚아야 한다. 무슨 말인가 알아?"

"형이 무슨 신세입니까?"

"일본 갈 때처럼…… 나도 사람이니 신세를 톡톡히 갚을 일이 왜 없겠냐. 이번 일은 이유를 묻지 마라. 일이 끝나면 말해 주겠다. 끊겠다."

"알아듣겠네요. 지금 거시기죠."

"알았으면 끊겠다. 명단을 불러주마. 거시기하고……."

나는 네 명의 애들 이름을 불러주고 전화를 끊었다. 사내의 얼굴은 평온한 채였다. 우리끼리 주고받는 말로 미루어 전혀 이상한 낌새를 채지 못했으리라.

거시기라는 말은 말을 더듬을 때 쓰는 것인데 보통 충청도 사람들이 많이 사용하는 것이었다. 그런데 우리 패들은 거시기라는 말을 쓸 때 그 말뜻이 더듬는 것이 아니라 말할 수 없는 어떤 사연을 간직하고 있다는 암호 같은 것이었다. 더구나 전화로 의미 있게 거시기라는 말을 강조하면 위험한 상황이라거나 곤란한 일이 있다는 신호였다.

더구나 이럴 경우엔 내 말을 믿지 말고 상황을 생각해 보라는 의미가 들어 있다는 것을 혜민이는 훤히 알고 있었다. 그만큼 눈치 빠르고 그만큼 나를 깊이 아는 녀석이었다.

"이젠 됐냐?"

내가 사내에게 물었다. 사내가 어떤 눈치를 챘는지 확인하려는 의도였다. 사내는 고개를 끄덕였다. 겉으로 나타난 말투는 믿을 만한 것이었다. 혜민이가 먼저 거시기라는 말을 쓴 것은 내가 너무 일방적으로 강조하니까 은근히 떠본 것이었다.

"미안하지만 수갑을 채우겠다."

사내가 이렇게 말하자 내 대답도 기다리지 않은 채 두 녀석이 달려들어 내 손에 수갑을 채웠다.

"아직도 나를 못 믿냐?"

"일이 시작되면 그때 풀어주지."

그러고는 밖으로 나가버렸다. 호주머니 속에 있는 동전 몇 닢을 잘 이용하면 여기서 탈출할 수가 있을 것 같았는데 또 두 손이 못 쓰게 묶인 것이었다. 이제 믿을 것은 혜민이의 기지뿐이었다. 내 손에 수갑을 채울 때 사내들을 해치울 수도 있었다. 그러나 사내들은 너무나 많았고 자칫하다간 죽음을 자초하는 경우가 생길 것만 같았다. 참는 김에 좀더 참는 것이 오히려 현명할 것 같았다.

그날도 밤이 이슥해졌다. 혜민이 일행이 어찌 되었으며 밖에서 어떤 일이 생기고 있는지 도시 알 수 없으니 마음만 답답했다. 옆에서 그렇게 열성으로 시중을 들던 계집아이도 코빼기조차 보이지 않았다. 그렇다고 집 안이 텅 빈 것은 아니었다. 내가 갇혀 있는 문을 밖에서 잠그고 경비 서는 사내들이 두런거리는 소리와 전화가 연신 걸려오는 소리들이 들렸다.

혜민이 너만 믿는다.

나는 마음 편하게 침대에 기대었다. 발버둥 친다고 해결될 일이 아니었다. 상대가 웬만한 사람들이라면 용을 써서라도 헤쳐 나가겠지만 그럴 분위기가 아니었다.

야심

눈을 뜨니 창밖에 어렴풋한 여명이 스며들고 있었다. 설픈 잠결에서도 나는 무슨 소린가를 들었다. 나를 부르는 소리 같기도 했고 휘파람 소리 같기도 했다. 조심스럽게 일어나 창가에 귀를 대고 기다렸다. 아마도 새벽 네다섯 시쯤 된 것 같았다.

밖은 너무 조용했다. 바람 소리도 없었다. 그렇다고 다시 누울 수는 없었다. 수갑을 풀어보려고 더듬어보았지만 수갑은 내 실력으로 풀리지 않을 만큼 좋은 것이었다.

휘파람 소리.

그렇다. 분명히 낯익은 휘파람 소리였다. 큰길가이거나 골목 어귀이든가 아니면 비탈길 어디에선가 나를 부르는 소리였다. 약간 침을 괴어 입을 오므린 채 멀리까지 들리도록 길게 내뿜는 휘파람 소리였다.

나는 그 휘파람의 주인공이 혜민이라는 것을 알았다. 와주었구나. 네가 내 숨겨진 말뜻을 알아차리고 와주었구나. 여길 어떻게 찾아왔을까?

아마 접선하기로 약속한 장소에서 녀석들을 해치우고 장소를 알아냈겠지. 그래서 지금 나를 구하기 위해 이 집을 포위하고 있겠지.

대꾸할 수는 없었지만 혜민이의 휘파람 소리의 뜻을 알고 있었다. 포위해 들어가는데 몸을 사리고 조금만 더 기다려달라는 신호였다. 새소리처럼 들리는 휘파람 소리는 바로 내가 가까이 데리고 다니는 우리들끼리만이 통하는 신호였다.

이런 신호를 고안해 낸 사람은 바로 넙치 형이었다. 우리들은 언제나 위험한 지경에 빠지는 수가 있기 때문에 몇 가지 긴급한 신호 체제를 가지고 있었다. 그래서 그런 신호 때문에 위기를 벗어난 경우가 많았다.

지금 밖엔 혜민이 일행만 있는 게 아닐 것이다. 여기저기 연락해서 내 위험을 알렸을 것이고 발 빠르고 재주 좋은 녀석들만 뽑아서 사방을 막고 때를 기다릴 게 뻔했다.

다시 새소리 신호가 들려왔다.

행패를 부려 감시하는 애들의 시선을 분산시키라는 것이었다.

벌떡 일어나 방문을 정신없이 걷어차기 시작했다. 소리를 일부러 높이고 계속 방문을 찼다. 문 밖에 있던 녀석들이 문을 열어젖히고 내 목덜미를 잡아 앉혔다. 입에 재갈을 물려 소리지르지 못하게 하기도 했다. 한 녀석이 전화를 걸어 내가 행패를 놓는다고 보고하기도 했다.

오냐, 그 사이에 너희들이 숨어들어와 다오.

나는 몸을 뒤치며 계속 녀석들의 신경을 건드렸다. 혜민이 일행이 들키지 않고 들어올 수 있도록 이들의 시선을 집중시켜야 할 순간이었다. 한 녀석이 총신이 유난히 긴 총을 내게 겨누었다. 나는 그것이 바로 나를 기절시켰던 화살총이란 걸 알았다. 아마 계속 버티면 화살총으로 내 기를 꺾어버리라는 지시를 받은 것 같았다.

"얌전하지 않으면 쏘겠다."

총 든 사내가 말했다. 나는 얼른 몸을 바로 세웠다.

"이봐, 잠 좀 잘 수 있게 한쪽이라도 풀어줘라. 미치겠다."

그들도 내 사정을 알고 있었다. 두 팔목에 수갑을 채웠기 때문에 누워서 편히 잘 수가 없다는 것을. 한 녀석이 내 뒤를 살펴 수갑에 이상이 없다는 것을 알고 총 든 녀석에게 귓엣말로 뭐라고 했다. 총 든 사내가 고개를 끄덕였다.

"한쪽만 풀어서 침대에 채워라."

사내는 왼쪽 수갑을 풀더니 곧바로 침대 모서리에 수갑을 채웠다. 내가 도망가려면 침대를 부수든가 침대째 들고 도망가야 할 판이다.

"됐냐?"

키 작은 녀석이 물었다.

"넌 나하고 초면인 것 같은데, 그렇게 함부로 반말을 하다간 나중에 코피 좀 날 거다."

"제발 코피 좀 터쳐다구."

가소롭다는 듯이 말했다. 그 순간이었다. 우당탕거리며 바깥이 시끄러워지더니 유리창과 문짝이 박살 나는 소리가 들렸다. 사내의 비명 소리도 들렸고 집 안이 흔들리도록 벽이 울기도 했다. 마치 영화의 한 장면처럼 혜민이가 사뿐히 들어서더니 총 든 녀석을 바닥에 눕혔고 뒤따라 밀려들어온 애들이 사내들을 무식하게 다루었다.

눈 깜짝할 사이의 일이었다.

키 작은 사내의 주머니에서 수갑의 열쇠를 찾아내어 내 손목을 푼 혜민이가 씨익 웃었다.

"괜찮죠?"

"살아 있잖냐."

"이만하면 아우 노릇 제대로 한 겁니까?"

"했구말구."

나는 혜민이를 꼭 끌어안았다. 이런 위기에서 이렇게 완벽한 작전으로 나를 구해줄 수 있는 아우가 있다는 건 정말 행복한 일이었다.

"어떻게 여길 알았냐?"

"어떤 여자가 전화를 걸어서 여기 위치를 알려주고는 형이 위험하다고 했어요. 새벽이면 경비가 허술할 거라는 말도 해주더군요. 믿을 수가 없어서 다그쳤더니 '나도 한국 사람입니다'라고 하기에…… 밤새 망을 보고 기다렸죠."

"그녀였구나."

"누구요?"

"난 여복이 많잖냐?"

"무슨 말인가 못 알아듣겠네요."

"나중에 말하마. 우선 여기를 정리하자. 애들은 지하실에 처넣고 경비를 철저히 세워라. 잔챙이 말고 조금 큰 놈을 잡아야 한다. 내가 소란을 떨었으니까 찾아오겠지."

"알았어요."

애들이 잽싸게 움직이기 시작했다. 검정 신사복의 사내를 잡지 못하면 허사였다. 녀석을 잡아야만 했다.

일부러 점쳐달라고 동전을 준 것이며 혜민이의 전화번호를 기억했다가 몰래 연락해 준 것이며가 계집아이의 기지이었다는 것은 참으로 놀랄 만한 일이었다. 집의 안팎을 다 뒤져도 계집아이의 흔적은 찾을 수 없었다. 어젯밤부터 목소리를 들을 수 없었으니 아마 다른 이지드로 옮겨갔거나 나를 도우려는 눈치를 알고 끌려갔는지도 모르는 일이었다. 애들을 족쳐댄 끝에 검정 신사복의 사내가 이쪽으로 달려오고 있다는 걸 알아냈다.

나는 길목이며 집 주위에 애들을 숨겨놓고 아무 일 없는 것처럼 신호가 오기만을 기다렸다. 조무래기들을 아무리 족쳐보았자 앞뒤 사정을 알 리가 없었다. 얼마나 비밀을 철저히 지키는 그룹인가 짐작할 수 있었다.

새소리 신호가 들렸다. 길목을 지키던 애들이 보내는 신호였다. 창문으로 내려다보이는 길로 검정 승용차 두 대가 쏜살같이 달려오고 있었다. 합해서 너덧 명쯤 되리라. 내가 행패를 부리자 다급해진 사내들이 연락을 했고 급한 걸음으로 왔을 것이다. 내가 그들의 명령대로 움직이겠다는 약속을 했기 때문에 작전을 서두르던 판에 그런 연락을 받고 당황한 게 틀림없었다.

승용차 두 대가 정원 넓은 마당에 섰다. 문을 열고 내려서던 사내들이 멈칫하더니 얼른 자동차 속으로 들어가려고 했다.

"이봐, 늦었어. 움직이면 쏜다. 둘레를 한번 자세히 봐라."

우리 애들이 뺑 돌아가며 무기를 들고 사내들을 포위해 들어갔다. 수적으로도 열세인 데다가 그들이 창고에 숨겨놓았던 무기를 들고 있어서 대적하기에는 이미 늦었다. 더구나 내 손에는 혜민이가 들고 온 표창이 꼬나져 있었다.

"묶어라."

내 말이 떨어지기가 무섭게 애들이 달려들어 사내들을 묶었다. 검정 신사복의 사내 옆엔 머리를 짧게 깎은 사내가 영문 모르겠다는 표정으로 반항을 했다. 일본 애라는 걸 쉽게 알 수 있었다. 사내 일행을 집 안으로 끌고 들어가 방마다 나누어

가두고 일본 애와 검정 신사복의 사내만 응접실에 앉혔다.

"팔자가 이렇게 뒤바뀔 줄 몰랐겠지. 그동안 대접을 꽤 잘 받았다. 이왕 이렇게 됐으니 우리 서로 마음 편하게 털어놓자. 내 성깔이 어떻다는 것쯤은 알고 있겠지."

"난 아무것도 모른다. 난 그저 지시를 받은 대로 행동할 뿐이다."

사내는 꽤 당차게 대꾸를 했다.

"저 녀석은 일본 앤데 어떻게 되는 거냐? 그리고 아직도 나는 네 이름과 출신 성분조차 모른다. 신사적으로 말할 때 편하게 말하자."

"저 친구는 연락책이란 것만 안다. 단순한 심부름꾼이다. 내 이름은 일본식으로는."

그 순간 나는 사내의 턱을 매섭게 갈겼다.

"본명을 대라. 국적을 바꾼 게 무슨 벼슬인 줄 알아!"

사내는 엉거주춤 일어나더니 나를 노려보았다.

"이형섭이다."

"반말하는 건 얼마든지 이해를 하마. 내가 알고 싶은 것은 어째서 우리나라 기업들을 풍비박산 내려고 했는지 솔직하게 말해 달라는 것이다."

"얘길 했잖나. 난 할 말이 없다고."

"네가 두목이라고 분명히 말했지. 난 확실한 걸 좋아한다."

"확실한 건 이 이상 아는 게 없다는 거다."

"나를 속이진 못한다. 결국 불게 될걸. 버티면 버틸수록 네 육신만 고달프다."

"이미 죽을 각오를 한 몸이다."

"그렇게 쉽게 네 맘대로 죽진 못한다. 악착같이 너희들의 뿌리를 캐고 말 거다."

"죽기밖에 더하겠나."

웬만한 사내가 아니라는 건 알겠지만 이렇게 딱 잡아떼는 데는 달리 믿을 만한 것이 있을 것 같았다.

"뭘 믿고 까부는지 모르겠다만 내가 장총찬이란 사실을 한시라도 잊지 마라. 널 살려서, 악착같이 살려놓고 캐내마. 이거 내 약속이다."

"나도 장총찬을 안다. 그러나 이 세상에는 안 되는 놈이 한 놈쯤 있다는 사실을 명심하기 바란다."

"내기를 하자."

"조오치."

이형섭의 뱃심은 그 정도였다. 나는 조용히 다가서서 이형섭의 두 팔을 잡았다. 그리고 살며시 혈을 짚었다. 사대육신의 마디마디가 뒤틀리고 오장육부를 쥐어짜듯 통증이 심하며 힘줄과 뼈가 뒤엉키듯 고통을 받는 혈이었다.

이형섭은 대뜸 게거품을 쏟으며 나뒹굴었다. 표정이 일그러지는 속도로 보아 혈을 제대로 짚은 것 같았다. 그 고통을 참을 수 없다는 걸 나는 너무나 잘 알고 있었다. 뒹굴다가 똥도

싸고 피까지 쏟아놓은 것이었다.

사내가 뒹굴다가 내 손을 우악스럽게 잡았다. 성한 사람의 눈빛이 아니었다. 한주먹에 죽어버리면 그만이지만 이렇게 모질게 혈을 잡히면 혀조차 깨물 틈이 없었다. 천하장사인들 견디며, 혈을 짚을 줄 아는 묘기를 가진 사람인들 견딜까.

"이형섭! 말해라 난 널 죽이지 않는다. 나는 알아야 된다."

"혈을 풀어줘."

겨우 그가 한 말이었다.

"대답해라. 그러면 풀어주마."

"하라는 대로 하겠다."

"너를 믿으마. 그러나 약속을 어기면 그땐 더 극악한 혈을 짚겠다."

"나도 사내다. 너한테 졌다."

"됐다. 미안하다."

나는 그가 졌다는 말을 할 수 있는 사내라는 걸 알았다. 졌다는 말을 할 수 있는 사내라면 약속을 지킬 수 있는 사내였다. 나는 이형섭의 혈을 풀어주고 짚었던 자리에 다시 생혈을 눌러 사내가 생기를 되찾을 수 있게 해주었다.

"고맙소."

이형섭은 정중하게 말했다.

"나도 고맙소. 우린 시시하게 통하지 맙시다. 크게 통합시다. 나는 이 땅에 태어나서 이 땅에서 죽을 놈이오. 그러니 내가 사는 땅에 무슨 일이 생긴다면 내가 견디겠소? 제발 부탁이오. 이 땅은 남의 땅이 아니라 바로 당신의 조국이오. 당신이 국적을 바꾸었다고 하더라도 여기가 당신의 나라요. 나 혼자 잘 먹고 잘 살자면 당신 편이 되는 게 당장의 이익이란 걸 왜 모르겠소. 도와주시오. 그러면 나도 당신을 끝까지 돕겠소.”

나는 진심에서 우러나오는 말을 했다. 이 땅은 그리 쉽게 무너질 땅이 아니고 강대국이 넘본다고 쉽게 넘보이는 땅도 아니었다.

“부끄럽소. 난 졌다고 분명히 말했고. 말하리다. 무엇이든 말하리다. 아마 난 죽게 될 거요. 그래도 사내가 한번 약속한 거고 당신 말처럼 이 땅은 내 뿌리요.”

“정말 고맙소.”

나는 조금 전의 살벌한 분위기가 아닌 정겨운 사이처럼 사내의 손을 잡았다. 열이 많았다. 혈을 짚는 바람에 신열이 높아진 탓이었다.

“나는 일본의 앞잡이요. 한국의 경제 침략을 위해 경제전술단이라는 지하조직이 있고 아마 기업가들이 비밀리에 후원을 하는 걸로 아는데 그 이상은 사실 나도 모르지요. 경제전술단이란 단체는 일본 기업의 해외 진출을 정공으로 침투하는 조직이 아니라 비밀리에 지하로 침투하는 조직이지요. 어떤 식이냐 하면 이번 작전처럼 국산품에 대한 국민의 인식을 깨뜨린 뒤에 일본 상품을 밀수로 대량 팔아먹는 거지요. 한번 일본 제품을 쓰게 된 사람은 그다음에 또 같은 상품을 찾기 마련이라는 인간의 심리를 교묘하게 이용하는 겁니다."

"이번에 어떤 작전이었소?"

"간단합니다. 최근에 협박 사건이 잦자 자동차나 가전제품이 일제에 비해 부족한 점이 많다는 걸 인식시키는 방법으로 협박장을 보내 긴장을 시킨 뒤에 한국인 손으로 전국 방방곡곡에서 사고를 자꾸 내는 것이지요. 그러면 판매가 줄고 생산도 당연히 줍니다. 그 틈에 밀수 조직에서 이득을 듬뿍 주는 조건, 또 싼값으로 가전제품을 공급하여 장기적으로 일본 상품을 한국에 뿌리박도록 하는 겁니다. 예를 들어 집 안에 있는 국산 텔레비전이나 냉장고가 폭파되었다고 가정해 보세요. 우리 것만 그런 게 아니라 전국에서 매일 사고가 터지면 누가 국산을 쓰려고 하겠습니까."

"그런 작전은 이해가 갑니다만 자동차는 수입이 안 되니 작전대로 성공하지 못하잖소?"

"자동차 수요가 급격히 줄게 되지요. 일제 자동차를 더 빨리 수입하자는 압력, 여론 조성도 중요하고 대기업이 휘청거리게 되면 언젠가는 일본 자동차가 판을 치게 되지요. 장기적으로 보는 거지, 당장의 승산을 보는 게 아닙니다."

"성공하리란 확신이었소?"

"물론이지요. 한국 경제가 혼란하면 할수록 일본 경제는 그만큼 득입니다. 생각해 보십쇼. 일본의 제일 침략국은 한국 아닙니까. 그러니 우선 경제를 쥐고 흔들면 나머지는 쉬워집니다. 이젠 군화 발자국 남기며 침략하진 않습니다. 경제 종속이 완벽해지면 그건 주권의 삼분의 이쯤은 빼앗기는 겁니다."

"이 형이 책임자요?"

"그렇소."

"누구의 지시를 받소?"

"경제전술단 산하에 한국 담당부가 있지요. 책임자 이외에는 아무도 모릅니다. 다만 간첩 접선하듯 그쪽에서 계속 명령을 내리게 됩니다."

"왜 그런 일을 맡게 되었소?"

"상대국의 사람 가운데 현지 작전 책임자를 뽑지요. 나는 일본에서 사업을 하다가 실패를 하고 떠돌다가 그들과 접선이 되었습니다."

"어떤 조건이었나요?"

"작전을 성공시키기만 하면 큰 기업체를 하나 받게 됩니다."

"당신은 이번 작전이 성공한 뒤에 그들 손에 죽게 되어 있을 겁니다. 내가 그들이라도 당신을 살려두진 않겠죠."

"그건 그렇지요."

"왜 그런 생각을 못했나요? 당신이 하던 사업도 일부러 그들이 망하게 조작했을 수가 있었지 않았을까요? 나는 그런 꼴을 많이 본 사람입니다."

"할 말이 없소."

가슴이 부르르 떨리는 일이었다. 이렇게 철저하게 경제 전쟁을 감행할 수 있을까 싶었다. 세계에서 가장 잘산다는 일본이 한국의 싹을 잘라내고 속국을 만들기 위해 그리도 집요하게 눈에 보이지 않는 침략 전술을 쓸 수 있단 말인가.

그들은 끝끝내 포기하지 않을 것이다. 영토 확장 개념에 의하면 한국이 제일 침략국이란 건 이미 공공연한 비밀이 아닌가. 아직도 일제 시대에 대한 향수로 한국 침략의 고삐를 늦추지 않는 그들의 야심.

"그다음은 뭐요?"

"확정된 것은 아니지만 식품과 일상생활에 꼭 필요한 물건일 거고 그다음이 유통 구조의 파괴 그러고는 아마 문화겠죠."

"그렇게 되면 어찌 되는 거요?"

"한국은 껍데기일 거고…… 끔찍하긴 합니다."

"이게 어디 끔찍한 정도요."

"맞소."

사내는 아주 순순해졌다. 표정이 밝지 못한 것으로 보아 괴로운 것 같았다.

"술 한잔 주시오."

"어렵지 않소."

나는 진열되어 있는 술병을 여러 개 골라 그 앞에 놓아주었다. 사내는 독한 술로 골라 마개를 따냈다. 거푸 두 잔을 마시더니 내게 꾸벅 절을 했다.

"용서를 바라진 않겠소. 다만 내 죄를 씻기 위해 이미 죽음을 각오한 몸이니 장 형 일을 돕겠소. 나를 믿어준다면 말이오."

"믿지요. 믿고말고요."

나는 그를 믿을 수밖에 없었다. 그가 살아남기 위해 거짓말을 하더라도 지금은 믿을 수밖에 없었다. 설사 나를 배반한다 하더라도 나는 그의 말을 따라가고 경제전술단의 뿌리를 잘라내야만 했다. 그의 진지한 눈빛으로 보아 거짓은 아닌 것 같았고 제 조국에 대한 깊은 애정을 깨달은 듯싶었다. 혈을 짚어 고통 때문에 단순히 승복했다면 다르지만 그렇지 않고 내면의 어떤 변화라면 그의 힘이 절실한 판이었다.

"나도 한계가 있소. 내가 아는 것은 한국 담당 총책임자가 야마사키라는 것뿐이지요. 그 이상은 알 수도 없고요. 철저한 비밀 조직이니까요. 야마사키가 우리나라에 들어옵니다. 내가 작전 개시를 통보하면 즉시 달려오게 되어 있습니다. 그자를 잡는 겁니다."

"그자를 잡아서 캔다고 합시다. 그자도 그 이상을 모를 수가 있지요."

"물론입니다. 그러나 한 가지 확실한 것은 이번에 다부지게 뿌리를 자르면 당분간은 작전을 감행하지 않을 겁니다."

"그들이 그럴까요?"

"물론 다른 작전으로 또 침략하겠죠. 그들은 결코 물러나지 않을 집단입니다."

"아……."

나는 신음을 감출 수가 없었다. 이형섭의 말은 맞는 말이었다. 일본의 야심은 이번에 완전히 뿌리가 뽑히지도 않을 것이며 언젠가는 반드시 또 침략을 감행할 게 뻔한 이치였다.

"한국인들이 정신 차리는 수밖에 없습니다."

이형섭의 말이었다.

"나도 인정은 하겠소."

"생각해 보십쇼. 한국의 경제 수준이 그렇게 시답잖은 건 아닙니다. 그런데 자동차니 가전제품은 어째서 내놓고 자랑할 만한 수준이 못 되는지 나는 이해할 수가 없습니다. 일본 애들이 이 두 가지 큰 시장을 먼저 노린 것은 바로 대기업들이 자신들의 이익에 눈이 멀어 최선을 다하지 않았기 때문입니다. 그 불신하는 국민들의 마음을 읽은 겁니다."

왠지 할 말이 떠오르지 않았다. 사내의 말은 과히 틀리지 않은 지적이었다.

"그들에게도 그럴 만한 고충이, 말 못할 사정이야 있겠지요. 그러나 일본 애들이 교묘하게 그 약점을 노린 것을 보면 국민들의 의식에 앞서서 기업들이 보다 양심적인 기업 생리로 빨리 전환해야 합니다. 일본의 강점은 바로 기업가들의 절대적 양심이었지요. 외국인에겐 지독한 짓을 서슴지 않았지만 일본 국민들한테만은 지나치리만큼 양심을 지켰죠."

"당신 말에 별로 할 말은 없소. 그러나 내가 알기론 수출을 할 만큼 향상되었고 이젠 제법 기업의 양심을 지키는 걸로 압니다. 내가 말하고 싶은 건 우리나라 기업이 당신 말처럼 양심적이다 아니다가 아니라 우리나라를 위해 우리의 기업은 지켜져야 한다는 겁니다. 우리 국민들이 스스로 외면해서 기업이 도산하는 것은 몰라도 남의 나라의 간섭, 그것도 비열한 술수에 의해 파멸하는 것은 용납할 수 없는 일이라는 겁니다. 기업이란 우리나라의 국부의 상징입니다. 나는 결코 기업가를 두둔하려고 이런 말을 하는 건 아닙니다. 그들의 나쁜 점은 냉혹하리만큼 미워하지만 그들의 좋은 점은 아직 한 번도 칭찬한 적이 없습니다. 어쨌거나 우리나라 기업은 우리나라 국부의 상징이고 그것은 우리들의 재산이니 우리가 지켜야죠. 오해 없기 바랍니다. 나도 기업인들의 그 비양심적인 부분에 대해선 악착같이 물어뜯는 사람입니다. 그러나 어떤 사정이든 기업은 우리 재산이고 우리들이 지켜야 할 겁니다."

"나도 작지만 기업주 노릇을 했던 사람 중에 하나입니다. 내가 기업주일 땐 사람들이 야속했지요. 그러나 이젠 어느 정도 알 것 같습니다."

"연락을 해주쇼. 야마사키를 잡아야 합니다."

"물론이죠. 그런데 야마사키는 외국인이고 증거를 노출할 만큼 어리석은 인물이 아닙니다."

"나도 그를 잡아서 증거를 확보할 능력은 없을지 모르지만 다시 그따위 공작을 못하게 막을 자신은 있습니다. 혼찌검을 내줘야지요. 그래서 일본 애들이 그따위 수작을 부리지 못하게 해야지요."

"아마 다른 방법으로 침투할 겁니다. 그리고 한 가지 주의할 점은 그들이 무슨 짓을 해서든 우리 장 형을 제거하려고 할 겁니다."

"여담이지만 어떤 용한 점쟁이가 그러더군요. 결코 남의 손에는 죽지 않을 거고 여든 살 이전에는 타살 수가 없다고요. 난 오래 살아야 합니다. 할 일이 많아요. 남북통일도 봐야 되고 백두산에 가서 텐트 치고 잠도 자야 되고 일본 애들이 멋대로 그어준 탓에 잃어버린 홍안령 근처의 우리 땅도 찾는 걸 봐야지요. 또 일본을 찍어 누르고 중공과 소련 애들 먹살 잡고 흔들어보기도 해야 합니다."

"허허허, 장 형은 정말 멋집니다."

이형섭은 처음으로 기분 좋게 웃었다. 생기긴 원숭이 사촌처럼 생긴 사내인데 보면 볼수록 정이 가는 인상이었다. 사내는 그 자리에서 국제전화를 신청했다.

일본말을 알아들을 수 없는 나는 사내의 통화 내용을 해독할 능력이 없었다. 다행스럽게 혜민이가 데리고 온 아이 중에 한 녀석이 내게 눈을 찡긋해 보여 녀석이 일본말을 알아들을 수 있다는 눈치를 챘다. 사내는 통화를 끝내고 말했다.

"오후에 온답니다. 작전 개시를 알렸지요. 아마 일행이 몇 명 될 겁니다. 우리가 공항으로 마중 나가기로 약속했습니다."

"그 말을 믿어도 되겠소?"

"야마사키가 도착하면 그때 믿어줘도 됩니다."

사내의 태도는 아주 당당했다. 나는 일본말을 아는 녀석에게 슬쩍 물었다.

"네가 통역을 좀 해봐라."

"저분의 말씀이 맞습니다. 작전이 개시되는데 가능하면 현장에 와서 감독을 해달라고 했습니다. 저쪽에서 뭐라고 했는지 모르지만 오늘 밤부터 시작하는 게 가장 좋은 시기라고 강조했습니다."

"특별히 신호가 될 말이나 알아들을 수 없는 은어나 낱말은 없었냐?"

"네. 전혀 그런 눈치는 없었습니다."

"그렇다면 됐다."

내가 이렇게 말하고 몸을 돌리자 사내는 큰 소리로 웃었다.

"장 형은 의심이 많군요. 물론 매사에 신중해야겠지만 나도 명색이 일본에서 날리던 몸이었소. 내가 한번 약속하고 나를 믿어준 그룹을 배반하기로 작정했으면 무섭게 변심합니다. 장 형 말대로 내가 태어난 이 땅을 위해 한 번이라도 무엇인가 이 땅의 사람답게 죽고 싶소. 내 마음을 이해할는지 모르지만 여긴 분명 내 조국이오. 내 피의 뿌리란 말이오. 그간 일본 애들에게 이용당할 만큼 이용당했소. 이제 깨달은 거지요. 아셨소?"

사내가 정색으로 이런 말을 했다. 어쩌면 사내의 말이 진실인지도 모른다. 일본 애들이 계획적으로 사내를 이용하고 있다는 걸 스스로 깨달았을 것 같았다. 그들의 비밀문서에 의하면 한국이 제일 침략 대상국이었다. 그러기 위해서는 무슨 짓이라도 할지 모른다. 경제 종속으로 침투가 되면 그다음은 정치 종속과 군사 종속일 것이다. 그렇게 되면 군화를 신고 총을 겨누지 않고도 한국을 지배할 수 있기 때문이었다.

그들이 먼저 노리는 것은 한국의 경제 파탄이고 그 틈을 비집고 일본 상품을 팔아먹을 궁리를 하는 것이었다. 그들은 선린우호를 겉으로는 주장하면서 속으로는 침략을 시행하고 있었다. 일국의 장관이 해외의 대학 연설에서 한국의 남북통일을 원하지 않는다고 공언할 정도라면 그 저의는 이미 빤한 것이었다.

하느님. 당신의 권능을 어디까지 믿어야 합니까. 이만큼 열성으로 당신을 섬기는 국민도 흔치 않을 터인데 어찌하여 유독 한국에만 이리도 많은 시련을 주는 겁니까. 대대로 원수 척진 게 있습니까. 아니면 훗날 더 큰 영광을 주려고 이러는 겁니까.

까놓고 말 좀 합시다.

당신도 이 땅의 사람들이 선량하다는 걸 인정할 겁니다. 세상살이에서도 선량한 사람들이 피해자가 되거나 고통 받은 경우가 허다하다는 걸 모르는 건 아닙니다. 그렇다고 선량한 이들이 언제까지나 바보처럼 당하고 있지 않을 거라는 걸 당신은 또 아실 겁니다.

하느님.

하늘 아래, 사람 사는 곳을 한번 찬찬하게 살펴주세요. 눈을 크게 뜨고 과연 이 세상 돌아가는 요지경판을 그냥 보고 있어야 하는지 아닌지 요절을 내야 하는지 결정을 해주십쇼. 시련은 줄 만큼 주었잖습니까. 우리 민족이 겪는 시련이 얼마나 뼈아픈 것이었는지 아시잖습니까. 아직도 시련 받을 일이 더 남아 있습니까?

도대체 무슨 근거에 의해 우리가 시련을 감수해야 한단 말입니까.

일본이란 나라는 그렇게 엄청난 살생의 전쟁을 촉발하고도, 그렇게 많은 인명을 무자비하게 살생했음에도 오늘날 저리도 잘살게 내버려두는 이유가 뭡니까?

도대체 하느님 당신의 도리는 무엇이란 말입니까. 남을 못살게 굴고 남의 권리를 침해하는 부류들이 잘살게 내버려두는 까닭도 당신의 그 흐린 판단 때문입니까?

하느님, 제발 당신은 우리들의 마지막 보루가 되어주십시오.

김포 국제공항. 아직 햇살은 투명했다. 탑승객 명단에 야마사키 일행이 들어 있다는 것도 확인했다. 사내는 정장을 한 채 외국인 출구 쪽에 서 있었다. 혜민이와 혜민이가 데리고 나온 애들은 사방으로 흩어져 있었다. 내가 생각해도 긴박감이 돌왔다. 야마사키 일행은 야마사키까지 세 명으로 알려졌다. 한 사람은 폭파 전문가이고 또 한 명은 사내가 누군지 알 수 없다고 했다. 공항 청사 안이 오히려 바깥보다 을씨년스럽도록 햇살은 많이 따가워져 있었다. 뛰어노는 아이들의 울긋불긋한 옷차림에서도 봄날을 느낄 수 있었다.

"일단 자동차까지는 내가 데리고 나가겠소."

사내가 이렇게 말했다.

"그건 괜찮지만 여기서 놓치게 되면 안 되오."

"나를 믿어보십쇼."

"물론 믿지요."

"자동차에 타는 순간 덮치시오. 그때 나는 빠지겠소. 물론 눈치채지 않게 나까지 잡으셔야 합니다. 각자 분리해서 족쳐야 하니까 당연히 그렇게 해야 됩니다."

"고맙소."

비행기가 도착하고 짐 가벼운 외국인들이 두엇쯤 밖으로 나왔다. 사내는 미동도 하지 않은 채 입구에 서 있었다. 자동문이 열리고 정장 차림의 사내 세 명이 작은 가방만 든 채 걸어 나왔다. 머리칼 짧은 모습이나 생김새로 미루어 일본인이 분명했고 사내가 고갯짓을 하는 것이 우리가 기다리던 그 패거리라는 걸 알 수가 있었다.

사내와 일본인들이 악수를 나누고 천천히 주차장 쪽으로 걷기 시작했다. 나는 앞서서 사내의 승용차가 서 있는 곳까지 뛰었다. 혜민이가 눈치채고 옆에 나란히 세워둔 자동차의 시동을 걸었다. 다른 아이들도 몸을 재게 움직였다.

사내와 일본 애들이 가까이 다가섰다. 나는 사내와 눈을 마주쳐 옆으로 비키라는 신호를 보냈다. 사내가 몸을 비키며 접질린 듯 다리를 만졌다. 그것이 바로 신호였다.

나와 혜민이 그리고 운전사인 것처럼 옹기종기 모여 있던 애들이 동시에 달려들었다.

순식간의 일이었다. 우리는 약속대로 사내까지도 강제로 차에 태웠다. 일본 애들이 눈치채지 못하도록 한 사람씩 나누어 태우고 재빨리 공항을 빠져나왔다. 주차료 받는 곳을 통과하기 위해, 또 다른 사람들이 눈치채지 않게 하기 위해 일단 사혈을 눌러 기신도 못하게 했다. 다른 사람들이 눈치채면 일을 그르칠 수가 있기 때문이었다.

세 녀석을 소파 위에 앉혀놓고 사혈을 풀어주었다. 차디차게 굳어 있던 몸이 풀리고 생기가 돌았다. 일본 말을 할 줄 아는 애가 세 사내를 건드리며 뭐라고 말을 시켰지만 넋 나간 사람처럼 얌전하게 앉아 있었다.

"통역을 잘해야 한다. 한마디 한마디가 중요하다."

"걱정 마세요."

"시작하자. 내 이름을 알려주고 애들의 작전이 발각 났다는 것과 전모를 알고 있다고 해라. 경제전술단의 음모도 모두 알고 있다고."

통역하는 애가 열심히 설명을 해도 일본 애들은 못 알아들은 체했다.

그러나 야마사키는 내 얼굴을 훑어보며 빙긋이 웃었다.

"야마사키한테 말해라. 내가 진짜 장총찬이라고…… 입을 열지 않으면 혈을 짚어서 아예 병신을 만들어버리겠다고 이미 다 알고 있지만 그 입으로 말을 듣고 싶다고."

일본 애가 뭐라고 지껄였다.

"아무것도 모른답니다. 그저 경제인으로서 시장조사 하러 나왔답니다."

"경제전술단 총책임자가 누구냐고 물어봐라."

"모른답니다."

"어느 나라, 도대체 몇 나라에 경제전술단이 나갔나?"

"오로지 아는 것은 한국에 와서 어떻게 사업을 할까 하는 시장조사가 목적이랍니다."

"독한 놈들이구나. 애들도 알 거다. 일본에서 내가 벼락대신으로 통한다는 걸. 내 손 안에 한번 들어오면 어떻게 된다는 걸 알 텐데."

"죄 없는 사람, 더구나 외국인을 불법으로 잡아두면 어떻게 되는지 아느냐는데요. 애들만 온 게 아니라 뒤에 또 감시자가 따라와서 납치되는 걸 다 봤을 거고 자동차 번호나 우리들을 모두 사진 찍어놓았기 때문에 마음대로 못 할 거랍니다. 지금쯤 이 집이 포위되어 있을 거랍니다."

아차!

나는 가슴이 뜨끔했다. 그 생각을 못한 것이었다. 이들이 보통내기가 아니라는 건 짐작했지만 그렇게 철저한 방비까지 했을 줄은 미처 생각하지 못한 것이었다. 밖의 동정을 살피고 온 녀석의 얼굴이 벌게지며 집이 포위된 게 확실하다고 했다.

그까짓 것들이야 나가서 대적하면 그만이지만 문제는 우리들 모두가 불법 납치에 불법감금이라는 혐의, 더구나 외국상사의 무역 담당 직원을 납치한 혐의를 벗을 길이 없었다. 그들은 교묘하게 나를 얽어 넣기 위해 그런 공작을 꾸몄을 게 확실했다. 내가 너무 성급하게 움직인 것 같았다. 옆방 문을 열고 사내의 얼굴을 쳐다보았다.

사내가 씨익 웃고 있었다.

"장 형, 이만하면 내가 어떤 놈인가 알겠소?"

"네 양심을 믿은 내가 바보였다."

나는 뒤통수를 되게 얻어맞은 기분이었다. 사내를 믿고 사내의 작전대로 움직인 내가 얼마나 서둘렀는지를 알게 되었다.

"저 사람들은 한국 상품을 사려고 온 사람들이고 당신은 결국 국익을 해코지 한 사람이 됐소. 지금 밖에서 우릴 포위하고 있는 사람들이 만약 경찰에 신고를 하면 당신은 어찌 되겠소. 이건 국제적인 문제요. 당신은 그런 게 아니고 이러이러한 음모가 있다고 주장할 테지만 아무 증거도 없소. 증거를 없애기 위해 나는 당신 편이 된 것처럼 철저하게 위장을 했던 거죠. 이만하면 알겠소?"

사내는 너털웃음을 짓더니 담배를 빼어 물었다.

"내가 무슨 짓을 당하더라도 너만은 용서할 수 없다."

"장 형은 할 일이 많은 사람이오. 이까짓 일에 일생을 끝장낼 참요? 앞뒤를 생각해 보시오. 난 장 형을 아끼고 싶소. 왜냐면 당신만 한 인물이 있어야 나도 상대할 기분이 나잖겠소. 우린 악착같이 계획대로 할 테고 당신은 악착같이 우리와 붙을 거 아뇨. 그러니 여기서 신사협정을 합시다. 우리를 곱게 보내주면 우리도 당신들과 곱게 헤어지겠소. 다음에 만나면 그때 또 새로 시작해 봅시다. 어떻소? 당신이 원하는 대로 해주겠소."

혜민이가 사내의 말에 기가 죽어 내 팔을 잡았다.

"형님, 다음을 기약합시다. 재수가 없습니다. 우리가 너무 서둘렀고 너무 저 자식을 믿었어요."

혜민이 말이 옳다는 건 알지만 그냥 이대로 물러설 수는 없었다.

"저것들을 없애고 나도 당하지, 머."

내 흥분된 목소리였다.

"형님, 안 돼요. 형님이 살아 있고 뒷일을 생각하고 해야 합니다."

혜민이가 악착같이 내 팔을 잡아당겼다.

"장 형, 우리 뒷날을 기약합시다. 나도 당신 같은 상대를 살려놓고 붙어보고 싶소. 지금 우겨봤자 장 형만 죄인으로 처벌받을 뿐이오. 우린 완벽하게 증거를 없앴고 저 사람들은 정말 아무것도 모르는 무역 회사 간부들이오. 이 모든 게 사전에 꼼꼼하게 계산된 작전였소. 만약의 사태에 대비한 치밀한 우리의 작전이었소. 지금이라도 우린 당신을 몰아넣을 수 있소. 그러나 참는 것은 이번에는 일시 후퇴하는 게 한국의 사정상 좋겠다는 계산 때문이오. 당신을 살려두고 내일을 기약하고 싶소. 내 말 명심하시오. 당신은 무슨 뜻인가 알 거요."

괴로운 일이지만 못 이기는 체 물러설 수밖에 없었다. 이렇게 말려들어 당하다니…….

"한 가지 부탁을 하자. 나하고 똑같이 생긴 녀석을 내놓고 가라."

나로서는 이 마당에 가장 중요한 이야기였다. 나를 똑같이 닮은 녀석이 살아서 돌아다니며 괴상한 짓을 한다면 내 신세가 어떻게 되는지도 뻔한 이치였다.

어려서 나는 나를 닮은, 정말 나를 꼭 닮은 녀석이 있었으면 했다. 그래서 그 녀석과 같이 재미있는 일, 이를테면 동에서 번쩍 서에서 번쩍하는 걸물을 연상했었다. 어려서 생각한 것은 나를 똑같이 닮은 녀석이 내 명령과 내 뜻대로 움직여주는 것이었다. 그렇게만 된다면 신기한 장난을 얼마든지 할 수 있을 것 같았다. 학교도 번갈아가며 다니고 연애할 때도 번갈아가며 하고 동시 두 곳에 나타나 사람들을 놀래키고…….

그런데 막상 나를 닮은 녀석이 있다는 데 나는 긴장을 감추지 못하고 있었다. 내 뜻대로 움직여줄 녀석이 아니라는 건 참으로 끔찍한 노릇이었다. 그 녀석이 무슨 짓을 하든 책임은 내게 돌아올 걸 생각하면 소름이 돋을 일이었다. 그러지 않아도 가짜 장총찬이 행세를 하는 녀석들 때문에 몇 차례나 골탕을 먹은 경험이 있었다. 정말 난처하기 짝이 없는 일이었다.

하물며 얼굴이 똑같은 녀석이 나를 골탕 먹일 결심으로 일을 저지르고 다닌다면 내 신세는 형편없이 전락될 게 빤한 이치였다.

"그거야말로 들어줄 수 없는 일이 아니겠소. 장 형의 덜미를 잡고 있을 허수아비 아니오."

"내가 벌어 먹일 자신이 있으니까 돌려달라는 거 아니오."

"그 아이는 벌써 일본으로 빼냈소. 그러니 일단 여기서 신사 협정을 합시다. 내가 한 가지 약속을 하겠소. 그 아이를 한국에 보내 이상한 장난이나 장 형을 괴롭히는 짓은 하지 않겠소. 우린 그런 조무래기가 아니오."

혜민이가 나를 끌고 옆방으로 가더니 창문 틈으로 밖의 상황을 보여주었다. 완전무장을 한 저격병들이 집을 완전히 포위하고 있었다. 우리 애들은 무방비인 데다가 나 혼자야 무슨 수를 써서라도 살 수 있더라도 애들이 죽게 될 상황이었다.

"형님, 일단 다음을 생각합시다."

나는 혜민의 말에 승복할 수밖에 없다는 것을 알았다. 그들이 얼마나 철저하게 작전을 짰다는 걸 짐작할 수 있었다.

"내가 당했다."

내 목소리가 침통했다. 하긴 처음부터 계획적으로 나를 옭아 넣기 위해 계획을 세웠다면 내가 당할 수밖에 없는 일이었다. 세상엔 그런 일이 너무나 많기 마련이었다. 인간적인 믿음 때문에 아무 대책 없이 사람을 믿었다가 큰일을 치르는 사람이 많다는 걸 알면서 나도 당한 것이었다. 법정 시비를 가리는 일도 증거를 많이 만들어 가진 사람이 이길 수밖에 없었다. 하긴 인간의 양심이 너무 비뚤어져 있으니까 증거로 판단할 수밖에 없겠지만…….

"분명히 말해 두마. 내가 살아 있는 한 너희들이 발붙이진 못할 거다. 이번엔 내가 졌다. 그러니 순순히 물러나마. 너한테 한 가지 부탁을 하마. 이 나라는 그렇게 쉽게 무너지거나 멸망하지 않는다. 잠시 타격을 입을지는 모르지만 너희들의 음흉한 계획대로 되진 않는다. 넌 네 조국을 생각해라. 다음엔 널 반드시 내 손으로 요절을 내주마. 그날을 기약하자."

나는 사내에게 이렇게 말했다. 사내는 여유 있게 웃었다.

"좋소. 다음에 꼭 만납시다."

사내는 옆방의 일본 애들을 데리고 현관을 나섰다. 숲 속과 집 주위를 포위한 애들이 우르르 몰려나와 사내와 일본 애들을 데리고 내려가기 시작했다.

"형님, 실망하지 마세요. 우린 해낼 수 있습니다. 그렇게 침통해 하면 안 됩니다."

혜민이가 내 손을 힘주어 잡고 이렇게 말했다. 혜민이 생각에도 내 침통한 표정이 안쓰러웠던 모양이었다.

"그래, 다음엔 이런 실수를 하지 말자. 이번엔 어리석었다. 내가 너무 서둘렀다. 우리도 철수하자."

우리들은 힘없이 밖으로 나왔다. 전신에 힘이 쪼옥 빠지는 것을 느꼈다.

하느님.

세상일이란 정말 이런 것일까요? 인간이 인간을 믿었다가 이런 꼴을 당하는 걸 수없이 보시겠죠. 하느님, 지옥문을 활짝 열어놓고 양심 없는 무리들을 빨랑빨랑 데려가주십쇼. 제발.

유일한 증인

햇살이 투명한 날 아침, 밤새 그놈의 독감에 시달린 탓으로 늦잠을 자고는 겨우 눈을 비비고 일어났다. 독감 조심하라는 소리를 예사로 들었다가 요즘 고역을 치렀다. 밤만 되면 쏟아지는 기침과 높은 열 그리고 가슴팩기를 터뜨릴 것 같은 심한 통증이 며칠 동안 잠마저 설치게 했다. 풍문에는 이번 독감이 필리핀 독감이라고 하는데 왜 그런 이름이 유래되었는지는 모른다. 설마 배짱으로 장기 집권을 하고 별의별 소리 다 듣고도 강단으로 버티는 필리핀의 아무개처럼 질기고 악착같다고 해서 붙인 이름이야 아니겠지만 신열이 높고 목청마저 가라앉아 사람을 기진하게 하는 이름의 독감 때문에 그런 생각까지도 문득 들었다.

사람이 멀쩡할 때는 모르지만 몸이 그 지경으로 병고를 치르니까 생각도 많아지고 누워 있는 시간이 느니까 잡념이 세상 돌아가는 이치도 다듬어 생각하는 것 같았다. 가끔은 아파서 꼼짝 못하고 누워 있는 게 머리를 식히는 역할을 하는 것인지 모른다. 목숨에 지장을 주지 않고 몸이 많이 상하지 않으며 며칠 누워 있다가 벌떡 일어서서 멀쩡해지는 병이면 어쩌다 아파볼 필요가 있을 것 같았다.

누워 있다 보니 다혜 생각이 지독해졌다. 한동안 소식이 없는 다혜의 마음을 모르는 건 아니지만 아직도 화가 삭지 않은 것 같았다. 물론 나도 소극적인 태도를 보였던 것만은 사실이었다.

혜라는 누가 무어라 해도 내 생명의 은인이었다. 혜라가 목숨을 던져 나를 구하지 않았던들 내가 지금 살아 있을 수 없다는 걸 나는 뼈아프게 기억하고 있었다. 한 사람이 자신의 목숨을 던져 남의 생명과 바꿀 수 있다는 건 결코 쉬운 일이 아니며 그것은 흐르는 얘기 속에는 있을 수 있으되 현실에서는 흔할 수 없는 것이었다.

그런데 혜라는 처음부터 나를 살려내기 위해 자신을 희생할 각오를 했으며 그것이 확실한 자기의 사랑에 대한 징표라는 것을 못 박고 나섰던 것이다. 다혜한테는 정말 미안한 일이지만 그래서 나는 혜라와의 영혼결혼식까지 올렸던 것이다.

나는 아직도 무지무지하게 다혜만을 사랑한다.

한편으로는 혜라와의 약속도 지켜야만 했다. 나를 위해 목숨을 바친 여자이기에 그녀와의 약속을 어떤 희생, 이를테면 다혜와의 영원한 결별을 맛보든, 내 목숨의 전부를 내놓는 경우라도 약속을 지킬 결심을 했었다.

형식이지만 내 영혼의 반려자는 혜라일 수밖에 없었다. 그래서 시속 말로 이승 배필 따로 저승 배필 따로라고 했는지 모른다. 영혼결혼식이란 것이 무의미한 것인지 모르지만 나는 내 목숨을 지켜준 혜라에게 약속을 지켜야만 했었다.

물론 그 사실을 다혜는 모르고 있었다. 언젠가는 사실대로 털어놓고 내 마음이 어떠했었다는 것까지 소상하게 밝혀주어야 할 것이다. 이해를 해줄지는 아직도 의문이었다.

파리를 떠날 때, 혜라의 유골을 안고 떠나는 내 모습이 다혜에겐 충격이었을 것이다. 그것까지는 이해를 했겠지만 영혼결혼식에 관한 것은 아마 이해하기 어려울 것이다. 내가 보다 적극적으로 연락을 하거나 다혜의 서운한 마음을 달래주지 않은 것은 그런 일에 대한 민망함도 있었지만 다혜의 냉랭한 태도가 좀 수그러지면 이야기를 시작하려고 미룬 탓도 있었다. 다혜는 그동안 한 번도 자청해서 전화를 하거나 편지를 하지 않았다. 몹시 서운해하고 있다는 걸 알 수 있었다.

다혜에게 오랜만에 편지를 썼다. 그러나 혜라와 영혼결혼식을 올렸다는 말은 차마 쓸 수가 없었다. 아직은 그런 말을 할 때가 아니란 생각 때문이었다. 아마 그런 얘기를 편지로 했다가는 이해는커녕 의사소통까지도 단절될 게 뻔했다. 그렇게 속 좁은 여자는 아니지만 편지로 사실을, 내 심정을 죄다 알릴 수는 없는 일이었다.

편지를 써놓고 창문을 열었다. 밝은 햇살이 너무 질펀하게 쏟아 내리고 있었다. 독감의 후유증만 아니면 등산 장비를 걸 메고 무작정 산에나 갔으면 싶었다. 봉투를 펴놓고 주소를 쓰면서 혹시 다혜의 주소가 바뀌지 않았을까 싶어 다혜네 집에 전화를 걸었다. 집 안을 비웠는지 좀처럼 전화를 받지 않았다.

나는 어째서 한 여자만을 이토록 지독하게 사랑할까?

친구 녀석들이 미련한 짓이라고 장난스럽게 말할 때도 그 이야기만은 장난으로 대꾸할 수가 없었다. 나는 내 사랑이 한번 결심으로 굳혀진 이상 끝까지 승부를 갖겠다는 의지뿐이었다. 한번 태어나서 제대로 사랑하다 죽었다는 자부심을 갖고 싶었다. 다른 건 다 지더라도 내 사랑에 관한 한 반드시 이기고 싶었다.

아래층 전화 소리가 연달아 울리는데도 계집애가 영 전화를 받지 않았다. 창문을 열고 전화를 받으라고 소리를 쳐도 지하실에 내려갔는지 여전히 전화 소리만 요란했다. 할 수 없이 내려가 전화를 받았다.

"장 군인가? 날세."

굵직한 목소리, 오랜만에 들어보는 목소리, 바로 박 교수였다. 내가 붙인 별명을 싫어하지 않는 은사였다. 나는 박 교수를 크로마뇽인이라고 불러댔지만 박 교수는 오히려 걸맞은 별명이라고 껄껄 웃었다.

"자주 찾아뵙지 못해 죄송합니다."

내가 할 수 있는 말이 고작 이 정도였다. 명절과 스승의 날 외엔 별로 찾아뵙는 적이 없는 내 소갈머리가 갑자기 미안해졌다.

"갑자기 자네 생각이 나서 전활 했네. 할 얘기가 있어. 답답한 일이 생겼는데…… 여기저기 상의할 일도 못 되고…… 그러자 궁하면 통한다고 자네 생각이 문득 나더군."

"무슨 일인데요. 선생님?"

"전화로 얘길 할 수도 없고……."

한동안 연락이 없던 박 교수에게 무슨 일이 생겼는지 모른다. 한때는 미나가 천국직행교에 빠져서 크게 고민을 했던, 마음이 여리고 순박한 양반이어서 문제가 생기면 어쩔 줄 몰라 하는 박 교수에게 또 무슨 문제가 생긴 모양이었다.

"미나는 별일 없죠?"

"학교 잘 다니지."

"미나 문제 아니죠?"

한동안 미나도 연락이 없었다. 가끔씩 엽서로 약 올리는 사연을 짤막하게 적어 보내기도 하고 재미있는 얘깃거리를 적어 보내던 미나가 요즘은 통 연락이 없어 궁금하던 참이었다. 은주 누나와는 자주 연락을 하는 눈치였다. 아직도 은주 누나는 다혜보다는 미나 편이었다.

"이건 내 문제일세."

"그럼 지금 찾아뵐까요?"

"답답하니 자네 얼굴이라도 봐야 맘이 편하겠네."

"거기가 어디세요?"

"학교 연구실이네."

"한 삼십 분 후에 도착하겠습니다."

"내가 점심을 맛있게 사지."

"아닙니다. 제가 오랜만에 모실랍니다."

"어쨌거나 빨리 오게."

"무슨 일인지 모르지만 걱정 마세요. 제가 가겠습니다. 선생님 일이면 제 일입니다."

"고맙네."

무슨 일인지 모르지만 꽤나 답답한 모양이었다. 심성이 착한데다 싫은 말도 잘 않고 언제나 열성으로 가르치기 때문에 제자가 무척 많은 교수였다. 제자 많기로 따지면 법대에서 아마 당할 사람이 없을 정도였다. 그런 양반이 나를 찾는 것을 보면 예삿일은 아닌 것 같았다.

연구실엔 박 교수 혼자뿐이었다. 내가 온다는 걸 알고 일부러 나른 사람들에게 자리를 피해 달라고 한 것 같았다.

"선생님, 무슨 일입니까?"

"우선 앉게. 차라도 마셔가며 얘길 하세."

박 교수는 손수 차를 따라주며 서류 봉투 하나를 내밀었다.

"궁금해 죽겠습니다."

"내가 오죽 답답하면 자넬 오라고 했겠나. 세상이 하도 험하다 보니까 내가 자네한테 사정할 일도 다 생기잖는가."

"이거 법정 서류잖아요?"

"내가 명색이 법학 교수인데…… 이 문제는 법을 안다고 해결되는 게 아니고 또 양심이나 진실 가지고 해결될 문제는 더더욱 아닐세."

"선생님은 법학 박사 아닙니까. 저는 겨우 선생님께서 도와주셔서 졸업한 엉터리 졸업생이고요."

"법이 진리는 아니잖은가."

"제가 배운 것은 법이 양심과 진리를 지켜주기 위해 존재 가치가 있는 것으로 압니다."

"논리적으로는 그렇지. 사실이 그래야 하고. 문제는 법 앞에 설 때 얼마나 증거가 많으며 증거가 얼마만큼의 확실성을 갖느냐는 것이지. 이번의 내 경우를 보면 진실과 양심이란 계획적인 술수 앞에 참으로 보잘것없다는 진짜 공부를 하고 있네."

"법학 박사님께서 그런 말씀을 하세요?"

"법은 약속일세. 진리와 양심도 증거를 가져야 통용되는 게 법일세."

"그야 그렇지요."

"나는 이번 경험으로 이런 생각을 했지. 재판이란 하느님이

나 하는 거라고. 이 속 저 속 빤히 알고 명쾌하게 진실과 거짓을 밝힐 수 있는 하느님만이 재판을 하는 거라고."

"점점 어려워지는데요."

"차나 먼저 마시게. 내가 상세하게 얘기를 해줄 테니."

"선생님이 법정에 섰단 말입니까?"

"섰지. 내가 서고 싶어 선 것이 아니라 세상이 나를 서게 만들었지."

"그래서요?"

"지금 지게 생겼네."

"왜요?"

"얘길 했잖나. 나는 추호도 죄가 없으니까 양심과 진실만 믿고 섰다가 당하게 된 거지."

"판결은요?"

"며칠 뒤에 있네. 현재 상태로는 지게 돼 있네."

"답답해 죽겠네요."

"그럴 거야. 판사도 내 얘기를 알아듣지만…… 문제는 내 쪽이 옳다는 심증은 가나 증거가 없다는 걸세. 상대는 아주 치밀하게 증거를 만들어서 그쪽이 진실인 것처럼 술수를 다 부렸고 못 당하게 얽어놓더군."

"그런 사건이 어디 하나둘인가요."

"내가 명색이 법을 전공으로 살아온 사람인데……."

하긴 그런 사례가 한두 건일까. 선배 가운데 법관이 된 사람이 있었는데 어떤 좌석에서 그런 얘기를 한 적이 있었다. 심리를 하다 보면 증거가 미약하고 상황이 불리한 사람이 가엾게도 진실하며 억울하다는 걸 알게 되지만 법은 냉혹한 것이어서 할 수 없이 판결을 종결짓는 경우가 있다며 그런 때는 정말 법복을 벗고 싶은 아픈 가슴이라고 했다.

법정 주변에는 전문적인 사기꾼들이 많다고도 했다. 그래서 그들은 치밀하게 계획을 세워 증거를 만들고 사람의 약점을 이리저리 엮어 사건을 만들고 그것을 이용해 선량한 사람에게 덤터기를 씌우고 돈 우려내는 전문가 그룹이 상당히 많다고 했다. 그들은 법관보다 오히려 법의 구멍을 더 잘 알 뿐 아니라 그것이 생계 수단이어서 아주 치밀한 계획으로 증거와 증인을 만들고 또 상황을 조작하는 기술도 뛰어나 꼼짝없이 사람을 묶어버린다고도 했다.

차를 마시고 나자 박 교수는 서류를 펼쳐놓고 입을 열었다. 초췌한 빛을 읽을 수 있었다. 평소의 근엄하고 수더분한 그러면서도 준엄한 교수로서의 성품이었는데 그런 초조한 표정은 처음이었다. 미나의 일이 그렇게 꼬였을 때도 이런 얼굴은 아니었었다.

상황으로 보아 몹시 분한 일을 당하고 있는 것 같았다.

하긴 이렇게 억울한 사연을 가진 사람이 얼마나 많을까. 세상 이치가 그럴 리 없지만 이승의 진실과 저승의 진실은 또 다를지도 모른다. 박 교수는 법학 박사이지만 정말 법 없이도 살

양반으로 통했다.

"집을 좀 늘려볼 욕심으로 돌아다니다가 조건이 너무 좋은 집이 나섰길래 계약을 했네. 조건이 좋을 수밖에 없는 것이, 먼저 살던 집을 팔고 모자라는 돈은 은행 빚을 좀 내려고 했지. 그동안 미나 어머니가 쪼개고 모으고 해서 마련한 것과 학교에서 상조회의 빚도 조금 낼 요량였네. 그런데 그 조건 좋다는 게 모자라는 돈을 은행 이자만 내면 이삼 년쯤 후에 갚아도 좋다는 거였으니 나는 앞뒤 가리지 않을 만했지."

"그래서 계약을 했나요?"

"계약뿐인가. 아예 먼저 집을 팔고 이사를 했지."

"언제요?"

"한 석 달쯤 됐네."

"그런데요?"

"이사를 하고 보니까 집을 늘린 탓으로 경비도 전보다 많이 나가고 은행 이자로 갚는 것이지만 이천만 원에 대한 이자도 부담스럽더란 말일세. 한 달에 이자만 이십만 원씩이니 교수 월급에서 갑자기 그렇게 축내는 일이 무리였네. 그런데 일이 공교롭게 되느라고 미나 외삼촌이 사업 자금 때문에 가지고 있던 땅을 팔았는데 사업 확충을 하고도 몇천만 원이 남았다면서 이자 나가는 게 무서울 테니 우선 빚이나 갚고 보라며 이천만 원을 보내왔어. 받을 처지도 아니고 해서 거절을 했지만 되려 섭섭해하더구먼. 미나 어머니도 나중엔 그러자고 조르고.

주변머리 없는 남편과 살다 보니 친정 신세를 지게 된 셈이지. 떼어먹을 거 아니고…… 그렇게 되면 빚도 보다 빨리 갚을 수 있을 거고…… 그래서 미나 외삼촌이 주는 돈을 받았네."

"거기까진 잘하셨어요. 선생님 능력이야 빤한걸."

"그 뒤가 문제일세."

박 교수는 속이 타는지 바닥난 찻잔을 마저 마시고 담배를 물었다.

"그 돈으로 집 살 때의 빚을 갚았을 거 아닙니까?"

"그랬지. 거기서부터 문제가 복잡해지네. 하루라도 빨리 갚을 양으로 전화를 했더니 몹시 바쁘다며 며칠 후에 만나거나 하자는 거였어. 그래서 하루라도 빨리 갚고 싶다고 사정까지 했지. 남에게 빚이 있다는 사실만 가지고도 왠지 잠이 오질 않는 내 성미가 문제지……. 지금까지 남에게 일 원 한 장 빚이 없이 살던 내가 이천만 원이란 빚이 있었으니 그럴 만도 했지."

빚이 일 원 한 장 없이 분수대로 살아온 것만은 틀림이 없었다. 박 교수는 그 흔한 크레디트카드 한 장 없는 양반이었다.

교수들은 흔히 월급을 쪼개어 어려운 살림을 하면서도 책에 대한 욕심이 많아 월부로 책을 구입하는 경우가 많은 법인데 박 교수는 매달 계획을 세워 현찰로 책을 사들이는 성미여서 하다못해 월부 책값마저 없는 교수였다. 그런 박 교수의 성품을 알기 때문에 더 묻지 않아도 나는 그 사정을 이해할 수 있었다.

"그런데 문제가 생기다니요?"

"그쪽 사람이 정 그러하다면 다른 사람을 보낼 테니, 자신의 동생이란 사람과 만나서 영수증 받고 돈을 내주라고 하더군. 그래서 그날 저녁에 동생이란 사람을 만나서 영수증도 받고 가등기를 풀 수 있다는 서류도 받았지. 물론 돈도 전해주었고."

"그게 잘못됐군요."

"기가 막혀 말이 안 나오네."

"말씀해 보세요."

"연휴가 겹쳤고 학교 일도 요즘 바쁘게 돌아가니까 어찌어찌 일주일을 넘겨서 가등기를 해결하려고 가니까 서류가 모두 엉터리고 가짜였네. 인감증명만 하더라도 밤에 불빛에서 봤는데 낮에 자세히 보니 위조한 거고 나머지 서류도 마찬가지였어."

"세상에…… 확인도 안 하셨나요?"

"했지. 틀림없었네."

"그렇다면 이상하잖아요."

"그래서 생각해 보니까 그들이 계획적인 사기꾼들이란 걸 발견했지. 그 사람이 애초에 똑같은 봉투 두 개를 가져왔었거든. 아무것도 쓰지 않은 봉투였는데…… 중간에 전화가 왔다고 해서 받으러 갔었지. 지나고 보니 그게 함정였어. 그 주인이란 남자가 전화로 나를 부르더니 걱정 말라고, 동생이니까 믿으라며 싱겁게 끊기에 그런 일까지 걱정해 주는 고마운 사람이다 싶어 내가 술 한잔 사겠다고 제의까지 했지. 그런데 그사이, 내가 전화 받는 사이에 봉투를 바꿔치기한 거였어. 엉터리 서류 봉투와 가짜를…… 나는 믿고 펴보지도 않았지. 갑자기 서두르는 그 사람 행동도 바빠서 그러나 보다 했지."

"그래서요."

거기까지만 들어도 가슴이 뛰기 시작했다. 지능적인 사기꾼 집단에게 걸려든 게 분명했다 싶었다.

"연락을 해도, 수소문해서 찾아도 찾을 수가 없었네. 서류는 나하고 전혀 상관이 없는 가짜였으니……."

한숨을 푹푹 내쉬는 박 교수의 딱한 얼굴을 쳐다보기가 민망스러웠다.

"지금 어떻게 됐나요?"

"재판을 걸어오더구먼. 먼저 말일세. 그런데 내가 불리하기 짝이 없어. 영수증도 가짜고 도장까지도……."

말을 더 잇지 못하고 창밖을 쳐다보았다.

"왜 진작 연락을 안 하셨어요?"

내가 목청을 조금 높였다.

"내 자신이 부끄러워서 그랬네. 하긴 너무 어처구니가 없어서 말도 안 나오고 통 수소문해도 찾을 수 없던 사람한테서 느닷없이 법정 출두하라는 딱지가 왔길래 부랴부랴 찾아갔더니 되려 나더러 대학교수고 법학 박사라는 게 사기만 치고 다닌다고 으름장이더군. 험상궂게 생긴 깡패들이 죽 둘러서서 별의별 욕을 다하고."

"지금 그 친구들 어디 있나요?"

"내 얘길 더 듣게. 자네가 나를 돕는 길은 그들을 절대 찾아가선 안 된다는 걸 명심하게. 자칫하면 내 망신만 톡톡해지네. 어이가 없고 하늘이 무너지는 것 같아서 사정을 했지. 그날 동생과 만나서 이러이러했노라고 아마 서류가 바뀌었을 거라고 그랬더니 깡패들이 팔을 걷어붙이고 나서더니 학교에 연락하고 학생들한테도 소문을 내겠노라고 난리를 치면서 빚을 갚거나 집을 내놓으라고 악다구니를 쓰는데…… 이 늙은이가 꼼짝없이 먹살잡이를 당하고 말았지. 그리고 법정에 서니까 아득하더군. 저쪽은 증거도 많고 증인도 많은데……."

"선생님이 돈 주실 때 본 사람이 없나요? 혼자 나가셨어요?"

"다행스럽게 한 사람이 있었네만…… 동생이란 사람한테 돈 건네줄 때 마침 안면이 있던 사람을 만났었거든. 그래서 내 쪽에선 유일한 증인이기에 찾아갔지. 체면 불고하고 사정 얘기를 했더니 그 사람도 바로 옆 테이블에 앉았었기에 내가 돈 건네는 것과 말하는 소리와 전화 받으러 간 것도 안다고 하더군. 또 서류를 바꾸는 것은 직접 보진 못했지만 그 사람이 서류를 같이 들었다가 안을 들여다보고 다시 제자리에 놓는 걸 우연히, 옆자리니까 보았다고 했어. 하느님을 만난 기분이었지."

"그 사람이 증언해 주면 되잖아요."

"해줬지. 바로 어제……."

"그런데도 안 돼요?"

"이 사람아, 세상이 그렇더군. 조기 축구회에서 가끔 만나는 사람이고 또 한동네 사람이니까 믿고서 증인으로 데리고 나갔잖았겠나. 그런데 날벼락이었어. 그 사람이 판사 앞에서 한다는 소리가…… 내가 이 수모를 당하고 산다네……."

"선생님, 제자 앞에서 그게 무슨 말씀입니까? 한때 사위 삼으시려고 했던 저한테 말입니다. 세상에 진실은 어디서 살아나도 살아납니다. 두고 보세요."

"현재로선 가망이 없네. 증인으로 나선 그 사람이 법정에 가서 한다는 소리가…… 한동네에 살고 또 교수에다 박사니까 존경했었다고…… 거기까진 그렇다 치고 그다음이 사람 죽이는 거였네. 찾아와서 사정하길래 무엇인지 모르지만 시키는 대로 하겠다고 했더니 그날 다방에서 이러이러한 일이 있었다고 말만 해주면 된다고 해서 나왔는데…… 법정에 와보니 거짓말을 하면 징역 살 것 같고…… 너무 순박하게 말해서 한바탕 웃겨까지 놓으니 그 사람 말을 안 믿을 장사가 어디 있겠나. 하는 소리가 걸작이더군. 내가 법관이라도 그 사람 증언을 믿을 수밖에 없더란 말일세."

"뭐라고 했어요?"

한숨을 쉬는 박 교수의 손을 꼭 잡고 물었다.

"사실대로 말하면 징역 안 살죠라고 또 능청을 떨더니 한다는 소리가, 박 교수라는 사람이 시키는 대로만 하면 백만 원을 준다고 해서 왔는데 자신은 굶어 죽는 게 낫지 사실대로 말하는 게 다리 뻗고 잘 것 같다고…… 자식새끼들 앞에 부끄럽지 않게 살겠다며 사실은 그날 다방에서 잠깐 봤는데 박 교수 혼자였고 서류 봉투니, 돈 건네는 것이니 따위는 박 교수가 시킨 대로며 변호사가 그렇게 질문하면 무조건 그렇다고 대답하라고 한 거라고 쭉 뻗더란 말일세.”

박 교수가 얼마나 가슴이 탔는지 이제 알 것 같았다.

“그 친구들이 장난을 했군요.”

“아무래도 그런 것 같애. 그 집에 갑자기 등가구가 들어오고 풍부히 쓰더란 소문이 돌았거든. 그 집 애들이 밖에 나와서 하는 소리가, 어린애들이니 거짓이 없을 텐데…… 아빠가 돈을 많이 벌어와서 뭣도 사고 뭣도 산다고 자랑을 해대더라나…….”

“뭐 하는 사람이죠?”

“제법 큰 구멍가게를 하는 사람인데…….”

혐의는 있으되 증거가 없는 일, 아무리 그들의 장난이라고 하더라도 증거가 없으면 박 교수가 큰 창피를 당하게 생긴 판이었다.

“더 가관은 그날, 법정에서 나오며 그 사람이 한다는 소리가 나보고 옳게 사십쇼라는 거였네. 깡패들이 우르르 내 옆으로 오더니 재판이 끝나면 학교에다 소문을 내서 아주 빌어먹게 만들겠다며 삿대질을 하고 말일세…… 죽고 싶은 심정일세. 그까짓 돈이야 지면 물어주면 그만이지만 죄 없는 내가 자식들 앞에, 제자들과 동료들 앞에, 또 세상 사람 앞에 무슨 낯을 든단 말인가."

　아무래도 할 말을 다 못하는 심정인 것 같았다. 사람이 살다 보면 한 번쯤 송삿거리에 부딪치기 마련이고 억울한 사연 한두 번쯤 아니 겪는 사람이 없겠지만 지금 박 교수처럼 당하고 나면 아무 말도 하기 싫을지 모른다. 박 교수가 더 조심스러워하는 것은 내가 직접 뛰어들어 문제를 더 복잡하게 만드는 일이라고 했다.

　"언젠가는 밝혀지지 않을까요?"

　"그 언젠가라는 게 문제일세. 재판에 지고 나면 그 현상만이 진실처럼 알려지는 걸세."

　"선생님도 일을 답답하게 하셨습니다. 확인을 해보시든지 그렇게 명백한 증인이 있었다면 확실한 대책을 세우셨어야지요."

　"그러니 내가 할 말이 더 없지 않은가 말일세."

　"결과는 아직 남은 셈이죠?"

　"빤한 결과지. 내가 생각해도 내가 질 수밖에 없을 만큼 미련했네. 내겐 가장 유리하고 가장 확실한 증언자가 그 한 사람뿐였는데…… 그 사람이 그렇게 표리부동할 줄은 짐작조차 했겠나. 법정에 서기 전날 밤에 같이 앉아서 이 얘기 저 얘길 나눌 때는 그 사람이 먼저 흥분을 하고 야단이었지. 법정에 나가던 날 아침에도 같이 가면서 그 동생이란 사람 얼굴에 특징이 있어서 단번에 알 수 있을 거라고 큰소리까지 쳤으니까 나는 철석같이 믿을 수밖에. 그 사람 말로 교수님이 그 다방에 오는 것도 이상했지만 그렇게 별로 인상이 좋지 않은 사람과 뭘 주고받는 것도 이상하게 생각했다는 말까지 했네. 그러니 누군들 그 말을 믿지 않을 사람이 있었겠나.”

“선생님 말씀을 듣고 보니 어이가 없습니다. 그렇다고 이대로 있을 수는 없잖습니까.”

“그 방법이란 게 없네. 법정에 서니까 내 할 말을 처음부터 끝까지 경청해 주는 것도 아니고 설사 경청을 해준다 하더라도 내 쪽엔 증거가 없네. 저쪽 사람들이 받은 적도 없고 서류를 해준 적도 없으며 내가 서류를 위조하여 가등기를 풀어버리려고 공작을 했다는 건데…… 증거가 없으니 꼼짝없이 그렇게 되었지 않나.”

“저쪽에서 지금 뭐랍니까?”

“아침에도 전화가 왔더군. 지금은 민사소송이지만 승소하면 서류 위조니 뭐니 해서 형사로 걸겠다면서 그런 게 싫으면 지금이라도 돈을 갖고 보상금을 얼마쯤만 주면 소 취하를 해줄 용의가 있다는 걸세. 세상에 이런 일이 있을 수 있나?”

충분히 있을 수 있는 일이었다. 아니 이 정도의 비열한 술수는 오히려 작은 일인지도 모른다. 생사람을 죽이기 위한 술수가 얼마나 난무하며, 생명권 다음의 명예를 손상시키고 그것을 밟고 올라서려는 사람은 오죽 많겠는가. 그런 술수가 아무리 판을 쳐도 법으로는 어쩔 수 없는 게 또 그들이 노리는 것이 아닌가.

이런 일에는 나도 조심스러울 수밖에 없었다. 그까짓 깡패들쯤이야 내가 나설 필요 없이 말 한마디만 하면 감쪽같이 해치워 다시는 그따위 짓을 못 하게 하면 그만이지만 문제는 내가 설치다가 자칫 화근이 박 교수에게 옮겨질 경우엔 박 교수에게 큰일이 생긴다는 사실이었다. 구멍가게 주인 박주석이란 사내의 꼬리를 잡는 일이 쉬울 까닭도 없고 그렇다고 이번 사건의 주인공인 곽배근이를 잡아채는 일은 더더욱 난감한 생각이 들었다.

어떤 일에 부딪쳤을 때 이번처럼 어디에서부터 내가 일을 착수해야 할지 아득해본 적은 없었다. 박 교수 말마따나 이런 경우엔 영락없이 재판에서 질 수밖에 없는 딱한 일이었다. 딱해도 보통 딱한 일이 아니었다.

박 교수가 더 딱해 보이는 이유가 있었다. 박 교수의 학력이나 논문의 발표 실력 또는 그의 탁월한 실력을 생각해 보면 그가 이른바 일류 대학에 봉직했던들 이번 사건의 경우 여러 가지로 자문을 구하고 미리 예방할 수 있었지 않았을까 하는 아쉬움이었다. 그렇게 되었으면 그의 실력을 믿고 그의 인품을 따르는 제자가 엄청나게 많았을 것이며, 그의 제자들이 법조계에서 큰일들을 하고 있을 테니 이런 딱한 처지를 어떻게 이겨나갈 수 있는지 보탬을 주었을 것이다.

박 교수의 실력은 법학계에서 인정을 하고 있다. 그가 만약

세속적으로 일류 대학의 교수였고 그의 제자들이 법조계의 일꾼들이었다면 미리 예방했거나 또는 사태가 이렇게 진전되기 전에 여러 가지 조치를 취했을지 모른다.

"선생님, 제가 절대 실수하지 않는다는 약속을 드리면 이번 일을 제게 맡겨주시겠습니까?"

"자네를 보자고 한 것은 자네한테 이런 어려운 부탁을 하려고 한 게 아니라 누구한텐가는 이 답답한 사정을 털어놓아야만 내가 살 것 같아서 그랬네. 자네가 나선다고 무슨 뾰족한 수가 있겠나."

박 교수가 얼마나 절망적인 상태인지 알 수 있을 것 같았다.

증인이, 그것도 유일한 증인, 박 교수에게 단 한 사람밖에 없는 증인, 돈을 건네고 영수증을 받는 것까지 옆자리에서 확실히 보았던 박주석이란 사내가 법정 현장에서 홀딱 뒤집어 증언을 했으니 결과는 패배뿐이었다.

박 교수만큼이나 나도 답답했다. 물론 내가 아무리 박 교수 심정을 이해한다 하더라도 그 마음의 한쪽밖에 더 이해를 하겠는가. 그 가족인들 박 교수의 아픔을 다 이해할 수 있으랴. 오죽하면 나를 불러 하소연을 할까.

"내가 끝까지 법으로 맞서고 물러나지 않으니까 학교에다가 편지질을 해대는 모양일세. 일일이 찾아다니며 입 아프게 설명할 수도 없는 노릇이고 설명한다고 해결될 일도 아니잖는가. 되려 변명처럼 들릴 테니 말일세."

벌써 말하는 입이 아픈지 담배만 뻑뻑 빨면서 자꾸 엽차만 마셔댔다.

"선생님, 죽이 되든 밥이 되든 제게 맡겨주세요. 이런 지경이면 우리 쪽에서도 그냥 참고 있거나 그들의 양심만을 믿고 있을 수만은 없잖습니까."

"어디 내 양심을 믿어줘야 말이지."

"수표로 건네셨죠?"

"그래서 수표를 추적했지만 그놈의 수표에마저 내 이름, 내 전화가 적혀서 돌았다네."

정말 치밀한 패들의 술수라는 걸 알 수 있었다. 웬만하면 허점이 있을 터인데 한 치의 빈틈없이 일을 처리한 것 같았다. 이제 남은 일은 박주석이란 사내의 번복이나 번복할 수밖에 없도록 우리 쪽에서 증거를 잡아내는 일뿐이었다.

"박주석이란 사람이 다방에 있을 때 같이 앉았던 사람이 있었을 거 아닙니까?"

"여자였는데…… 누군지 알 수가 없었지. 이제 와서 그 여자를 찾아낸다 한들 무슨 소용이 있겠나?"

"하는 데까진 해봐야죠. 대충 어떤 여자 같았나요? 다방 여자 같다거나 아니면 거래 관계라든지…… 아니면 좀 수상쩍은 모습이었다든지 말입니다."

"얼핏 봐서 잘 모르겠네. 한 삼십 대 여자라는 것 정도밖에."

"선생님, 기억을 살려보세요. 중대한 일입니다. 첫 느낌이란 게 있잖습니까. 박주석이란 사내의 표정이 어떠했는지, 여자의 차림새나 표정이 어떠했다든지 말입니다. 기억을 살려보세요."

오히려 내가 간청하는 입장이 되어야만 했다. 박 교수는 지금 기진맥진한 모습이었다. 확실한 증인 박주석이를 믿고 여태까지 기다렸다가 이런 참담한 꼴이 된 것이다.

박 교수의 심정을 알고 박 교수의 인간 됨됨이를 아는 사람이야 박 교수의 말을 믿어주겠지만 그렇지 않은 사람들은 박 교수가 지금 당하고 있는 사정쯤을 바보 취급할 게 분명했다. 더구나 법정에서 세상의 잡다하기 그지없는 사정들을 맡아 재판하는 법조인들은 곽배근이란 사내가 제시하는 여러 가지 증거, 확실한 증거들을 따라 판결을 할 수밖에 없으리라.

그것이 세상 이치이니 어쩌랴.

그러고 보면 인간 세상의 재판이란 결국 하느님 앞에 다시 판결을 받을 때까지의 유보적 상황인지도 모른다.

물론 현명한 판결 앞에, 양심적이고 진실에 입각한 판결 앞에 억울함을 푼 사람도 엄청나게 많으리라.

태초에는 하느님이 직접 심판을 했다고 했다. 그러니 잘잘못이 얼마나 명쾌하게 척결되었을까. 그런 시절로 다시 돌아갈 수 없을까?

세상의 법조인들과 경찰과 그 밖에 수고하는 모든 이들이 다른 일에 큰 역할을 수행하고 인간의 잘잘못을 따지는 일을 하느님이 맡는다면 세상이 얼마나 평화로워질까.

지은 죄는 당장 그만한 죄를 받게 되고 송삿거리가 있으면 그 자리에서 인간의 마음을 그대로 읽어 명쾌한 판결을 해준다면 세상은 공평해지고 사람답게 사는 세상이 될 터인데.

하느님이 할 일이 그리 없어서 인간 세상에 내려와 그런 일을 하실 리 없고 최후의 심판이라는 가장 확실한 판결을 할 터이니 굳이 내려올 필요는 없을는지 모른다.

"글쎄, 하도 경황이 없어서 생각조차 못해 봤는데…… 생각해 보니 두 사람 사이가 좀 그랬다 싶구먼."

"어떻게요."

"좀 낯설어하고 왠지 내가 옆에 있다는 걸 꺼려한 듯도 싶고. 우리가 앉아 있을 동안 두 사람은 별로 말을 하지 않았거든. 내가 먼저 나왔으니까 그다음 일이야 알 수가 없고."

"그 인간에 관해 아는 게 없나요?"

"별로 없지. 조기 축구회 회원인데 내가 그리 열심히 나가는 편도 아니었고 그 사람과 각별하게 만난 적도 없고 전에는 몰랐는데 이번 일이 생기고 들리는 말로는 그 사람이 조금 이해타산이 빠르고 처음 사귈 때는 간이라도 빼 주다가 나중에 이익될 일이면 가깝게 지내고 별 볼 일 없다 싶으면 무시하고 그러는 성미이긴 한가 봐. 이제 와서 그 사람이 어쩌니, 성격이 어쩌니 하는 나도 사람 노릇은 아닐세."

"사람 사귀는 일이 중요하다는 말을 선생님께 들었는데요. 누구라도 정을 주며 인간답게 교제하라고 하셨잖아요. 그런데 이런 일이 생기셨군요."

"글쎄, 내가 이 충격에서 벗어나자면 시간이 꽤 걸릴 것 같네. 난 사람 사귀는 일, 정 주는 일, 그리고 상호 이해하는 것이 사람의 도리라고 믿었거든. 그런데 이런 일을 당하고 보니까 내 생각이 과연 옳은가 하는 생각이 들었네."

오죽하면 박 교수가 그런 생각까지 하게 되었을까. 세상은 그런 것인지 모른다. 친해서 이익이 되는 사람만 골라 사귀는 게 이치인지도 모른다. 그런 사람이 출세를 잘한다고도 했다. 자기 고집대로 정을 생각하고 이익을 주고받는 것보다는 인간적인 교류를 중시하는 사람이 낙후하는 게 세상의 이치라면 정말 이 세상은 가치 있는 세상일 리가 없는 것이다.

"법정에 제출되었던 서류가 이건가요?"

"그렇지."

"변호사는 뭐랍니까?"

"원통하다면서 나를 잡고 그러더군. 법은 진리나 양심만은 아니라며, 법이란 약속인데 이렇게 지는 경우가 있을 수밖에 없다고. 박주석이란 사람이 번복하기도 틀렸고…… 기대하는 것은 어디선가 느닷없이 증거가, 뒤집어엎을 만한 증거나 나와 주는 것뿐이라니…… 나더러 기적을 기다리라는 꼴이 아닌가."

박주석은 능글맞게도 박 교수와 변호사가 시키는 대로 법정 자료를 만들었다고 발뺌을 했다니 이젠 다른 증거가, 결정적인 증거가 나오기 전에는 승산이 아주 없게 된 재판이었다.

내가 생각해도 이 재판의 끝은 뻔해 보였다.

아무리 억울한 사연이 있으면 무엇하나. 재판에서 진 것만으로 박 교수의 진실은 무너져버리는 걸. 곽배근과 같은 무리들이 법정 주변에 우글우글하다는 소문을 들은 것은 이미 오래전이었다. 그렇더라도 내가 나서서 어떤 매듭부터 풀어야 할지 난감했다.

그래도 최선을 다하는 수밖에.

기적을 기다려야 하느냐고 안타까워하는 박 교수의 입장을 이해하고 앉아 있는 것도 마음이 급한 나에겐 화가 나는 일이었다. 성질대로 하자면 박주석이든 곽배근이든 주리를 틀어 이실직고하게 할 일이지만 세상일을 그렇게 해결할 수 없는 것이 또 법이라는 것이었다. 우격다짐으로 하자면 내가 누구만 못하랴만 그대로 법의 테두리를 지키며 진실을 밝혀야 하는 일이었다.

박 교수는 눈을 감고 한참 동안 말이 없었다. 침묵은 내 가슴을 더 아리게 했다.

"아무리 세상이 어찌 돌아간다 해도 진실은 언젠가 밝혀진다는 걸 믿는 내가 어째서 이리 초조한지 알 수가 없네. 그 사람들이 해도 너무한다 싶네."

"선생님, 지금 그런 타령을 할 시간이 없습니다. 시간이 촉박합니다. 곽배근이란 사람이 어떤 사람인지, 어떤 사기 전문가인지도 알아봐야 하고 그들이 또 다른 희생자를 찾아 나서는 걸 막기도 해야 합니다. 또 박주석이란 사내가 어째서 그런 증언을 했으며, 왜 배신했는지를 알아내야 합니다. 이런저런 사정을 생각하면 한시가 급합니다. 우선 선생님께선 마음 편히 쉬실 생각을 하셔야 합니다. 제가 뒤집어엎을 일만 찾아오기를 기다리셔야 합니다. 저는 해냅니다. 해낼 만한 제자라는 걸 선생님께선 아시잖습니까."

나는 박 교수를 위로하면서도 다른 한편으로는 마음이 놓이질 않았다. 머릿속에 떠오르는 애들의 모습도 흐려지고 있었다. 며칠 안에 상황을 뒤집을 수 있을 만큼, 내 일처럼 매달려 줄 애들이 절실했다. 자칫 실수를 하면 도리어 박 교수 입장만 난처해지는 일이었다.

"법학자로서 세상의 맑음을 늘 기대해 온 내가 어리석었던 것인지 아니면 법이 존재하는 한 세상은 그런 것인지 난 모르겠네. 법이란 인간과 인간, 집단과 집단, 또는 개인과 집단 사이의 약속인데, 내 어리석음 때문에 내가 희생된다는 건 정말 큰 교훈이었네. 자네가 있으니 마음은 든든하네만 그래도 자꾸 방정맞은 생각뿐이니…… 내 마음을 나도 어떻게 정리할 수가 없으니……."

"그러니까 며칠만 푹 쉬시라니까요. 병원에 입원해서 건강진단을 받으시든가, 어디 여행이라도 하시든가 말입니다."

"그럴 마음의 여유가 없네."

"그래도 그러셔야 합니다."

나는 강력하게 종용을 했다. 초췌한 박 교수의 모습을 지켜보기가 어려웠다. 얼마나 당황했었을까. 그 착한 양반이 얼마나 무지막지하게 당했으면 저렇게 형편없는 몰골이 되었을까.

"나도 남이 이렇게 억울한 일을 당했을 때, 자네와 같은 말을 상대에게 했지. 진실은 밝혀지고 꼭 진실은 이기는 거라고. 그리고 고민한다고 해결되는 게 아니니 잊어버려보라고. 또 일이 잘못 되더라도 진실을 알아주는 사람이 있으니까 염려하지 말라고 말일세. 그런데 지나고 보니까 그게 아니더군. 내가 겪어보니까 그런 말들이 사탕발림으로밖에 들리지 않아. 직접 뛰어주고 거들고 나서주고, 정말 실질적으로 힘이 되어주는 것이 진짜다 싶지, 말로 위로하는 따위는 귀에 들어오지도 않더구먼."

"그럴 겁니다."

내가 박 교수의 말 앞에 고작 할 수 있는 말은 그 정도뿐이었다. 그의 답답하고 막막한 심정을 내가 도대체 얼마나 알 수 있단 말인가. 박 교수 말처럼 남의 아픔을 정말 이해하는 세상은 이미 지났는지 모른다. 하긴 박 교수의 억울한 사연 앞에 직접 나서서 해줄 일이 무엇이며 어떤 방법으로 도울지 모르는 사람도 많을 것이고 나서봤자 방법이 없는 사람은 더 많을지 모른다.

"이 서류를 한 부씩 가져가게. 그리고 꼼꼼하게 읽어보고 나서게."

"그러지요 선생님. 저는 한번 한다고 하면 해내는 사람입니다. 그러니 걱정 말고 기다려주세요. 저를 믿으시죠? 사위 삼으려 하셨을 만큼 믿으셨죠? 저를 믿어주시면 믿는 만큼 해냅니다. 그러니 힘을 내세요."

"믿지, 믿고말고. 내가 자네를 못 믿으면 누굴 믿겠나."

"그럼 됐습니다."

박 교수와 나는 법정 서류를 면밀히 검토해 가며 두어 시간 남짓 그간의 사정 얘기를 더 나누었다. 이런 기막힌 사연이 있으면서도 박 교수는 물론이고 미나마저 나한테 연락하지 않은 것을 보면 박주석이란 증인을 너무 믿은 때문인 것 같았다. 또 미나의 자존심이 그걸 허락하지 않은 것 같기도 했다. 다른 일이라면 연락을 했겠지만 그런 일을 차마 부탁할 수 없었으리라. 미나는 일방적으로 나를 사랑하고 있었고, 나는 끝내 그 사랑을 받을 수 없었기에 그녀의 자존심이 그걸 허락하지 않았을 것이다. 또 박 교수 자신도 그런 내막을 얼핏 알고 있어서 내게 연락하지 않은 것 같았다.

하느님. 우리 박 교수에게 힘을 주세요. 그리고 박 교수처럼 억울한 이들에게도 힘을 주세요. 아니 그보다 더 억울한 이들이 많이 있을 겁니다. 그러니 하느님이 세상을 내려다보시고 그런 매듭을 좀 풀어주세요.

억지가 사촌보다 낫다는 세상 잇속의 얘기가 있습니다. 그러니 통용될 억지가 있잖습니까. 법정 놀음으로 먹고사는 부류가 있다는 걸 하느님은 아셔야 합니다. 물론 알고 계실 겁니다. 세상일을 하느님은 다 알고 계실 테니까요.

누구의 편이 되어달라고 조르는 게 아니라 진실한 이들의 편이 되어주십사 하는 겁니다.

세속적으로 보면 박 교수는 법학 박사에 대학교의 교수요, 사회적 지위가 좋은 사람이니까 이른바 강자라고 할 수 있지요. 그리고 곽배근이와 박주석이는 그런 사회적 통념으로 보면 약자이지요. 약자 편을 드는 게 무조건 옳다면 이 세상이 어찌 되겠습니까? 옳지 않은 억지로 약자의 행패를 부리는 자는 그럼 어찌 됩니까?

세상에 그런 논리를 가진 자도 있습니다.

무조건 약자가 옳다는 이 비겁한 논리가 통용되면 이 세상이 어찌 되며, 이 땅은 어찌 됩니까? 옳은 자의 편에 서는 논리는 정당하고 마땅한 일입니다. 그러나 약자가 옳다는 논리는 순 떼거지 논리 아닙니까. 옳은 자의 편, 그것이 약자든 강자든, 지위가 높든 낮든, 가졌든 갖지 않았든, 또 당사자가 무슨 일을 하든 간에 옳은 사람의 편에 사람들이 서주는 용기를 하느님은 알려주셔야 합니다.

하느님. 어쩌면 당신의 손길이 가장 먼저 필요한 세태인지 모릅니다. 당신의 뜻이 가장 절실하게 심어져야 할 위기인지도 모릅니다. 우리나라 현실을 한번 면밀하게 들여다보세요. 그러면 아실 겁니다. 목청 큰 자가 옳고 술수 부리는 자가 정의의 편인 것처럼 인식되고 가진 것과 쥔 것과 행세하는 것이 진실한 것으로 보이는 이 풍토를 이대로 두시는 까닭이 무엇입니까.

옳은 이들, 말없이 사람의 도리를 하고 사는 이들, 숨을 죽였으되 침묵하는 게 아니라 참는 이들, 없이 살고 가진 거 없고 배경은 없지만 묵묵하게 자기 일만 하는 이들, 또 말보다는 실천하는 이들, 사랑을 나누어주고도 생색내지 않는 이들이 얼마나 많습니까.

하느님.

무조건 옳은 이들의 편이 되어주세요. 당신은 그런 분입니다. 최후의 심판까지 기다리면 아니 됩니다. 그사이에 멸망할지 모릅니다. 이렇게 어지러워지면 안 됩니다. 이왕 태어나게 했으면 사람답게 살다 갈 수 있게 해주셔야 합니다. 그것이 하느님의 몫입니다.

하느님.

아무리 하느님의 직무가 용서하는 거라고는 하지만 참지 않을 배짱은 가지셔야 합니다.

하느님.

제발 참지 좀 마십쇼.

법과 양심

박 교수의 연구실을 나온 나는 애들이 기다리고 있는 교정으로 나갔다. 답답해서 애들에게 미리 학교에 와서 기다리라고 일러두었었다. 잔디밭에 모여 앉아 있던 애들의 표정이 긴장되어 있었다. 웬만해서는 내가 이런 식으로 갑자기 불러 모으지 않는다는 걸 알기 때문이었다. 그것도 한두 명도 아니고 십여 명인 데다가 모인 녀석들이 생각해도 십여 명의 인원이 모두 한다하는 걸물들이었으니 일이 터져도 보통 일은 아닐 거라고 생각한 것 같았다. 더구나 내 긴장된 표정에 모두 조심하는 눈치였다.

"무슨 일인지 모르지만…… 우리들이 있으니 안심해요. 우린 형님이 죽으라고 명령하면 죽는 애들이란 걸 알잖아요. 신경 쓸 일이면 우리가 도맡죠."

내 성질을 누구보다도 잘 아는 혜민이가 먼저 말을 걸었다.

"넌 이 세상일에서 진실이나 진리가 이긴다고 생각하냐?"

내 엉뚱한 물음에 혜민이는 잠시 멈칫거렸다. 아마 무슨 뜻으로 그런 말을 했는지, 내 속마음을 짚지 못했기 때문이었을 것이다.

"항상 그렇지는 않지만 사필귀정이 아닐까요?"

"사필귀정이라…… 좋은 말이지. 그런데 세상은 진실이나 진리보다 가짜와 음모와 술책이 먼저 통하는 것 같다. 넌 법을 어떻게 생각하냐?"

"법이야 내가 뭘 아나요. 형이 법대 출신이니까 형이 더 잘 알겠죠."

"내가 아는 건 인간의 문제를 법으로 결정하는 것 자체가 조물주에게 떳떳한 짓은 아니라는 것과 법은 진리나 진실이 아니라 인간끼리의 일정한 약속이란 것뿐이다. 그래서 인간의 양심이 회복되지 않는 한 법의 양심도 회복되지는 않을 거라는 게 내 생각이다. 장난질이 통용되는 모순을 법은 안고 있는 것이지. 넌 법이 진리고 양심이라고 생각되냐?"

"아뇨."

"나 편하게 하려고 말하지 말고 네 생각대로 말해라."

"내가 한두 번 겪었나요. 어쩌면 이렇게 복잡해 가는 세상에 마지막 보루 가운데 하나가 법일 텐데…… 사람들은 그 법을 잘 믿지 않으려고 하지요. 일전에 누구한테 들으니까 외국 법조인들이 우리나라의 재판을 신빙하지 않으니 그게 큰일이란 말을 하는 걸 들었어요."

"우리나라 재판을 못 믿는다면 그거야말로 치욕적인 망신 아니냐. 다른 건 다 믿지 못해도 법의 양심만은 믿어줘야 우리나라가 똑바로 설 수 있는 일인데."

"그러게 말입니다."

"법정에 서면 양심과 진실보다는 증거나 증인에 의해 판단이 난다는 걸 나도 금방 배워가지고 나왔다. 그 증거나 증인이 조작되었을 때, 그때는 판사도 별수 없이 사악한 무리의 편이 되는 경우가 있다는 것도 말이다."

"난 무슨 얘긴지 모르겠어요. 형한테 무슨 일이 생긴 겁니까?"

"내 문제가 아니고…… 그러나 이건 내 문제와 똑같다. 내 은사이신 박 교수의 문제니까."

"미나 아버지요?"

"그래."

"무슨 일인데요."

"한참 설명해야 한다."

"일단 조용한 데로 가죠. 계속 여기에 있을 수도 없잖아요."

"그럼 어디가 좋겠냐?"

"종구네 사무실이 좋겠네요. 널찍하고 조용하니까요."

"그럼 모두 그쪽에 가서 기다리라고 해라."

"형은요?"

"잠깐 들렀다 갈 데가 있다."

"내가 모시고 가면 안 돼요?"

"그래라."

혜민이가 애들을 모두 종구네 사무실로 자리를 옮기라 이르고 돌아섰다.

"어디죠?"

"미나네 집에 잠깐 들러보자."

자동차는 쏜살같이 달렸다. 침착하고 사리를 냉정하게 판단하는 혜민이도 마음이 급하니까 난폭하리만큼 운전을 하기 시작했다.

"그러다 사고 나겠다."

"나도 마음이 급해지네요."

혜민이는 웃으며 이렇게 대꾸했다. 자동차의 속도는 여전히 빨랐다. 미나네 집은 학교에서 그리 머지않은 곳이었다. 수십 년을 봉직해 온 학교여서 아무래도 학교와 교통이 편한 곳에서 살기 마련이었다.

미나네 집 근처의 찻집에서 전화를 걸었다. 오랜만에 듣는 미나의 목소리였다. 은주 누나와는 자주 통화도 하고 오가는 모양인데 나하고는 오랜만의 통화였다.

"근처에 왔다가 차 한잔 얻어 마시려고 전화했다."

"별일이네. 오래 살고 봐야 돼. 집으로 오겠어?"

"여기가 좋겠어."

"금방 나갈게."

"여자들의 금방이라는 말을 나는 믿지 않는다."

"화장 않는다는 걸 알면서 그래."

"나, 급해. 빨랑 나와."

전화를 끊고 돌아서자 혜민이가 읽고 있던 법정 서류를 얼른 치웠다. 나는 녀석에게 씩 웃어주었다. 담배 한 대를 다 피우기 전에 미나가 씩씩거리며 들어섰다. 짧은 치마와 티셔츠가 마치 운동장에서 금방 달려온 여자 같았다. 박 교수의 초췌한 모습과는 딴판으로 건강하고 발랄한 표정이어서 어쩐지 조화롭지 않아 보였다. 혜민이와 같이 앉아 있는 걸 알고 머쓱해했다.

"괜찮아, 내 동생이니까."

"지난번에 만났잖아."

"그렇구나."

은주 누나네 가게에서 두어 번 만난 적이 있어서 초면은 아닌 사이였다. 두 사람이 인사를 하고 일상적인 얘기를 시작했지만 마음이 급해서 참을 수가 없었다.

"아버지의 표정과 네 표정이 그렇게 다를 수 있다는 게 신기하구나."

"그게 무슨 얘기야?"

"금방 아버지 만나고 왔다. 요새 얼마나 신경을 쓰셨는지 형편없이 마르셨더구나. 네 얼굴도 그러리라 생각했는데."

"아버지한테 무슨 일이 있어?"

"시치미 떼는 거냐? 아니면 그 잘난 자존심 때문이냐?"

"무슨 얘긴지 모르겠네."

"재판건 있잖아."

"재판이라니?"

"집 살 때 문제가 있어서 요즘 난리 치르는 거 말이다."

"우리 집?"

"그래."

"멀쩡하게 잘 살고 있는 집에 무슨 일이 있다니…… 금시초
문야."

몇 차례나 다그쳐 물어도 생판 모른다는 것이었다. 표정이나
말하는 투가 정말 모르는 것 같았다. 내가 답답해서 간략하게
사실을 말할 수밖에 없었다.

"정말 몰랐어. 그런 일이 있다니…… 정말야?"

미나는 되레 나한테 물었다. 내가 미나를 만나려고 한 것은
박 교수가 차마 나한테 말하지 못한 사실이 있는가의 여부와
박주석이란 사내의 가족이나 주변 상황을 좀 더 구체적으로
알고 싶어서였다. 그런데 미나는 전혀 상황을 모르고 있었다.

박 교수가 얼마나 자기 고통을 남에게 알리지 않으려는 사
람인가를 알 수 있었다. 얼마나 처절했으면 딸인 미나까지도
이런 사실을 모르고 있었을까.

"눈치챈 것도 없냐?"

"어머니가 전에 없이 집을 자주 비우고 이상한 전화가 온다는 건 알았어. 전화가 오면 나더러 나가라고 해서 그런가 보다 했지, 머."

"아버지가 자식한테 아픈 걸 보이지 않으려고 한 거다. 이젠 너도 알았으니, 표 나지 않게 아버지를 도와야 한다."

"어떤 방법이 있을까?"

"다른 일은 우리 애들이 다하겠지만 동네의 소문이나 그 사람의 사생활과 동네 인심 같은 건 우리가 알아내기 어렵다. 자칫하면 큰 실수를 할 수도 있고. 그러니 그런 일은 네가 알아서 움직여라."

"무슨 짓인들 못하겠어."

나는 전후 사정을 아는 대로 죄 얘기해 주고 어떻게 움직이고 어떤 마음으로 매듭을 풀어나갈지를 말해 주었다. 미나는 아버지의 고통이 얼마나 컸다는 걸 그제서야 아는 듯싶었다. 자식 마음을 아프지 않게 하려고 그렇게 깊이 아픔을 묻어두는 부성에 미나는 고개를 숙인 채 한참을 울었다.

"우리들이 힘을 합치면 무엇이든 해낸다. 우리 서로를 믿자."

"정말 고마워."

아직도 눈물이 글썽글썽한 미나가 내 손을 힘주어 잡았다.

"아버지가 눈치채지 않게 조심해야 해."

"알아."

"그럼 됐다 서둘러야 돼."

"수시로 연락할게."

"진실은 언젠가 밝혀진다."

찻집을 나서는 미나가 겨우 웃음을 보였다. 착한 이들이 비열한 술책 앞에 굴하지 않는 세상은 언제나 오려나.

사무실 분위기는 무겁고도 차가웠다. 모처럼 애들을 모이게 한 내 표정이 무거웠기 때문이리라. 나는 좀체 애들을 이런 식으로 모이게 하진 않는 성미였고 일이 있으면 조용하게 불러 모았지 이번처럼 급하게 서둘지는 않았었다. 혜민이가 박 교수와 내가 얼마나 인연이 깊은지를 설명했고 나는 대충 사건의 발단에서부터 박주석이라는 사내가 역으로 증언을 한 경위까지를 말해 주었다.

"그 자식, 뿌리를 캐버리죠."

성질 급한 녀석이 이렇게 말을 받았다.

"내 성질대로 하자면 벌써 잡아다 물고를 냈을 일이다. 그러나 이건 어디까지나 명백한 증거를 잡아서 순리로 뒤집어야 하는 일이다."

"이런 일은 인간성에 호소해서 될 일이 아닙니다."

"물론이지."

"그렇다면 우격다짐으로라도 캐내야죠."

"이럴 땐 차라리 거꾸로 치고 나가는 것도 상책일 수 있다.

한쪽은 지능적인 사기꾼이고 또 다른 쪽은 비겁한 인간이다. 그들을 상대하는 일은 쉽지 않다. 교묘하게 사람을 벗겨먹는 그런 부류들일수록 겉으로는 선량하고 깨끗한 체하는 것이다. 우린 증거가 필요하다. 저쪽 애들은 늘 시시껄렁한 녀석들을 데리고 다니며 이 장난 저 장난 하는 무리니까 우리들의 움직임이 쉽게 노출될 수가 있다."

"어디서부터 일을 시작해야 될지 막막한데요."

"나도 그렇다. 그래서 너희들을 오라고 한 게 아니냐. 이렇게 여럿이 모이면 꾀가 나겠지."

사실 내 마음은 답답하기 짝이 없었다. 우격다짐으로 해결할 수 있는 일도 아니고 섣불리 건드렸다가는 되레 박 교수 입장을 더 난처하게 만들 일이기 때문이었다.

"일단은 뒷조사부터 해봐야겠네요. 그 녀석들이 어떤 부류며 어떤 허점이 있는지부터 알아야죠. 다른 편으로는 증인 섰던 박주석의 뒤를 캐야 할 거구요. 돈을 받아먹고 엉터리 증언을 했다면 달리 구린 데가 있겠죠."

"우선은 그 방법밖에 없다."

"우리들이 알아서 일을 분담하죠. 형님은 가만 계세요. 우리가 얼마나 잽싼지 아시잖아요."

"아무도 눈치채면 안 된다. 그 친구들은 법망을 요리조리 피하는 기술자들이니까."

"우리도 전문가들이 만만찮습니다. 동원하자고 들면 말입니다. 형님 신경이 너무 예민해져서 그래요. 편히 계시면 우리가 알아서 전문가도 대고, 기술자도 끌어오고 저쪽이 어떤 장난질을 하는지도 훤히 짚어낼 테니까요."

"좋다. 내가 구체적인 선을 제시하겠다. 절대 눈치채게 해선 안 된다. 그리고 결코 상대에게 속을 보이거나 함부로 대하지 마라. 결정적인 단서가 아니면 아는 체도 말아라. 시간은 촉박하다. 다음 공판 날까지 뒤집어서 보여줘야 한다."

"이번에 안 되면 상급심도 있으니까 너무 걱정 마세요. 어차피 우린 해냅니다. 없는 일을 꾸미는 것도 아니고 양심과 진실이 잘못 전달되고 그 진심에 증거가 약할 뿐이잖아요."

"길게 갈 수가 없다. 물론 나중에는 진실이 밝혀지겠지만 우선은 박 교수가 견딜 수 없게 된다. 그걸 막아야 한다. 내 말이 무슨 뜻인지 알겠지?"

"압니다. 우린 해냅니다. 우릴 형님은 믿잖아요."

"믿는다."

"그럼 시작할게요. 형님은 빠져주세요. 아주 속 시원하게 해결할 테니까요."

나는 법정 자료를 모두 혜민이에게 넘겨주고 오늘 밤 안으로 대충이라도 결과를 추스를 수 있는 묘안을 짜보라고 일렀다.

니나는 그사이에 두 번이나 전화를 걸어 박주석이란 사내가 가게 일보다는 나가 돌아다닌다는 것과 엊저녁에 나가서 돌아오지 않는다는 얘기를 전했다. 가겟집을 잘 아는 사람 말

로는 박주석이란 사내가 반쯤은 건달이라고 했고 집 안에서
종종 큰 소리가 밖으로 나올 만큼 부부 싸움이 잦다는 것도
말해 왔다. 그 정도 얘기는 이미 알고 있는 것이었지만 나는 열
심히 들어줄 수밖에 없었다. 미나의 마음도 상당히 급한 건 사
실일 것이다. 이번 재판에 지면 상급심에서 다시 진실이 가려
질 기회가 있겠지만 당장은 박 교수 입장이 난처해질 수밖에
없는 일이었다.

나는 괜히 미나에게 발설한 게 아닌가 생각했다. 조급한 마
음으로 일을 그르칠 수도 있고 미나가 돕는다고 해서 일이 빨
리 해결될 것 같지도 않았다. 그녀의 침착하고 다부진 마음을
모르는 건 아니지만 남의 일이 아니기에 그런 평소의 마음을
믿을 수가 없었다.

"침착해야 돼. 우리 애들이 그 동네에 가서 살 테니까 억지
로 뭘 알아내려고는 하지 마."

"걱정 마."

"오늘 저녁부터는 우리 애들이 그 집 근처에서 일이 끝날 때
까지 붙어살 테니까 걔들하고 상의해서 일을 처리해라."

"차라리 우리집에 와 있게 할까?"

"그건 곤란해. 어떤 눈치를 채게 해서는 안 돼."

"어머니한텐 내가 알고 있다는 말을 해도 괜찮겠지?"

"그건 알아서 하고."

꽤나 방정맞은 생각이 들었다. 미나가 저렇게 열성으로 뛰어

다니다가 일이 그르쳐지면 자책감 때문에 옛날처럼 엉뚱한 짓을 하지 않을까 하는 걱정이었다.

나는 아예 낡은 침대를 두어 개 구해다가 사무실에서 자고 먹어가며 일이 끝날 때까지 집에 들어가지 않을 작정이었다. 은주 누나도 내 얘기를 듣더니 도울 일이 있으면 무엇이든 말하라고 열을 올렸다. 미나가 어느 틈에 전화질을 한 모양이었다. 은주 누나는 아침저녁으로 밥도 해 보내고 침구며 필요한 도구를 보내주겠다고 했다. 미나네 일이라고 하니까 그리도 안달하는 것 같았다.

애들은 따로 모여 여러 가지 의논을 했다. 나를 젖혀놓고 얘기를 하는 것은 녀석들 스스로 편하기 위해서이기도 하겠지만 이런 기회에 실력 발휘를 해서 나를 놀라게 해줄 심산일 것 같았다. 내가 침대를 들여놓고 아예 자리를 잡을 요량을 하자 애들이 더 마음을 쓰는 눈치였다. 혜민이와 또 한 애가 자리를 지키고 나머지 애들은 밖으로 나돌 계획이었다.

애들이 흩어진 것은 오후 느지막해서였다. 전화 세 대는 우리 몫으로 남겨두어서 밖의 연락이 항상 편하게 해놓기도 했다.

그날 밤 늦게, 제일 먼저 연락을 한 것은 박 교수를 골탕 먹인 무리들이 어떤 패거리들인가 하는 것이었다. 그들과 직접 부딪칠 수가 없으니까 간접적으로 손을 써서 파악해야 하는 어려움이 있었다. 개인이 장난질을 치면 쉽게 알아낼 수 없지만 무리가 되어 장난질을 치면, 더구나 그런 장난질을 업으로 삼은 애들 패거리라면 그들의 내막을 짚어내기는 수월한 것이었다. 패거리로 움직이는 애들에겐 그만한 약점이 있을 터이고 그만한 사정이 있을 것이기 때문이었다.

"어떻게 됐냐?"

내 목소리가 크고 급하다는 걸 내 스스로 알 수 있었다.

"특별한 건 아닌데요. 한때 근식이 형을 따라다녔던 애들이란 걸 알았어요."

"근식이라면 지금 여기에 없잖아?"

"제비처럼 날았죠."

"나머지 애들하고 연락이 안 될까?"

"두어 명은 찾았는데 이쪽 애들하고 손이 닿지 않아요. 알아봐준다고 했으니까 곧 무슨 연락이 올 겁니다."

"다른 건?"

"그 애들이 건수가 많은 애들인가 봐요. 여러 패가 있는 모양인데 그중에서도 꽤 날쌘 애들이랍니다."

"날쌔니까 그 짓으로 먹고살겠지."

"이건 작은 건수라 별로 신경을 쓰지 않는 모양예요. 그 애들이 지금 여기저기에다 널어놓은 걸 보면 보통내기들은 아닌 것 같아요. 한 녀석이 보통 두세 건씩을 걸어놓고 있다는 정보니까요."

"전문가에게 걸린 셈이구나."

"그렇지요."

"뛰다 보면 무슨 방법이 생각날 텐데……."

"뒤를 더 캐봐야 알겠지만 전문가라면 오히려 쉽지 않을까 싶어요. 형님이 말씀하신 대로 조심스러워서 그렇지, 그렇지만 않다면 폭격기로 갈겨버려서 뿌리째 흔들어버릴 수도 있거든요. 뛰어봤자 벼룩 아닙니까."

말하는 녀석도 상당히 흥분해 있는 눈치였다.

"그러면 정말 큰일 난다."

"그러니까 답답하다는 거 아닙니까."

"어쨌거나 기다려라. 무슨 수가 나겠지. 소문을 조금씩 내도 상관없다. 이번 박 교수건 때문이 아니라 다른 일로 장총찬이가 그 패거리들을 한번 꼬나보고 있다고 말이다. 그러면 어느 녀석인지 모르지만 걔들 정보를 흘릴지 모른다. 그런 짓으로 먹고사는 놈들이라면 틀림없이 이해관계가 복잡할 테고 분배 과정이나 세력 다툼 때문에 반대파가 있든가 배신자가 있기 마련이다. 내 말이 무슨 말인지 알겠냐?"

"압니다."

"그 근처에다가 흘려라. 근식이 패였다면 빤한 거니까."

"그 패는 이미 흩어졌어요."

"그래도 그 찌꺼기가 그 찌꺼기다. 내가 나설 거라고 소문내면 뭐가 붙어도 붙어올 거다."

"그 생각을 이제사 하면 어떡합니까? 아까 그랬으면 지금쯤 뭐가 걸려도 걸려왔을 텐데요."

"궁하니까 통한다고 나도 이제 생각이 났다."

"형님, 마음 편히 먹으십쇼. 우린 해냅니다. 무슨 일이라도 해낼 걸 믿으시죠."

"고맙다. 믿으마."

첫 번째 전화는 이런 정도였다. 아마 오늘 밤새 연락을 받느라고 전화통을 붙잡고 있어야 할 것 같았다. 혜민이와 비서실의 미스 노가 오늘 밤 전화 당번을 맡기로 했다. 회사 일은 아니었지만 미스 노가 자청해서 남기로 한 것은 우리들의 우정이 얼마나 소중하다는 걸 알기 때문이었다.

두 번째 연락은 밤 열두 시가 조금 지난 시간이었다.

"형님, 한 놈을 잡았습니다."

"누구냐?"

"근식이 형하고 같이 일하던 찬혁이란 녀석인데 뭐가 좀 나올 것 같습니다."

"데려올 수 있겠냐?"

"형님 애길 하니까 자청해서 가겠답니다."

"데려와라."

"우린 다른 쪽도 또 가봐야 되니까 두어 명 달려서 보낼게요."

"조심해라."

"걱정 마십쇼."

그리고 이십 분도 채 되지 않아 찬혁이란 사내가 들어왔다. 얼큰하게 취한 것이 술깨나 마시고 집으로 들어가다가 덜미를 잡힌 것 같았다. 내 얼굴을 보더니 흐트러졌던 옷매무새를 추스르고는 꾸벅 절을 했다. 술기운에 큰소리를 치던 녀석이 내 긴장된 얼굴을 보고 그런 것 같았다.

"찬혁입니다. 형님 말씀 많이 들었지만 뵙는 건 첨입니다."

자세를 곧바르게 하려고 무던 애를 썼다.

"오라고 해서 미안하다."

"괜찮습니다. 오히려 이렇게 뵙게 되어 영광입니다."

"앉아서 차근차근 얘기를 좀 하자."

"무엇이든 말씀해 주세요."

소파에 얌전하게 기대앉은 녀석이 바싹 긴장을 했다.

"우리, 이것도 인연인데 편하게 말 좀 하자. 근식이와의 인연도 보통 인연은 아녔잖아."

"말씀 들어 잘 압니다."

"내 마음이 바쁘니까 본론으로 들어가자. 곽배근이란 친구를 알지?"

"압니다."

"무슨 일을 하는지도 알겠지?"

"어느 정도는 압니다."

"난 비밀을 지킨다. 서슴지 말고 말해라."

"한때 근식이 형님하고 같이 지낸 적이 있어서 조금은 압니다. 서너 번 놀러 가서 본 것과 소문을 들어 아는 정도긴 하지만…… 브로커를 하는 걸로 압니다. 법원 주변을 돌면서 건수를 잡아서 해결해 주고 직접 사건을 만들기도 하는 걸로 압니다."

"너도 그 밑에서 두어 달 밥을 먹었지? 나를 속이면 그땐 가만두지 않는다. 내 성질 알겠지."

"죄송합니다. 잠깐 있었습니다. 그때는 밥 먹을 데가 없어서……."

"지금 그걸 따지자는 게 아니다. 어떤 짓을 해서 먹고사는지 알고 싶어서 널 불렀다."

녀석은 고개를 숙인 채 잠깐 뜸을 들였다. 그 바닥의 생리였다. 의리를 생각하는 애들이기 때문에 나무랄 일도 못 되는 것이었다. 의리 때문에 고민하는 녀석에게 나는 차라리 칭찬을 해주고 싶었다. 어찌 된 세상인지 점점 인정과 의리가 사라지고 있는 것이 안타까웠다. 사람으로 태어나 사람답게 처신을 하다 죽는 사람이 줄어드는 것은 각박해진 세상 탓만은 아닐 것이다. 자기 혼자 마음 착하게 살더라도 남이 편히 살게 내버려두지 않는 시속의 흉흉한 인심 탓이리라.

세상이 복잡해지니까 한 사람이 다른 한 사람을 해코지하고 그렇게 억울하게 당한 사람 가운데 일부도 또 남에게 해코지를 하다 보면 세상은 착하면 못살고 독하면 잘산다는 기묘하고 비겁한 논리가 통용되었을 것 같다.

법 없이도 살 사람이라고 말하면 바로 그 사람이 바보나 어리석은 사람 취급을 받는 이 풍조가 정말 문제인 것이다.

"네 의리는 고맙다. 그러나 의리다운 의리가 있고 의리답지 않은 의리가 있다. 내 말뜻을 알겠지?"

"예."

"말해라. 나도 의리를 지키마."

"죄송합니다. 전 사실 큰일을 못한다고 해서 쫓겨난 몸입니다. 사람을 법으로 끌고가려면 모지락스럽고 인정 따원 팽개쳐야 하는데 전 그 재주가 없었던 모양입니다."

"그래서?"

말을 끊지 않으면 넋두리가 길어질 것 같아서 이렇게 해줄 수밖에 없었다. 녀석은 물컵 속의 물을 다 비우더니 두 손을 모았다.

"예를 들면 이런 겁니다. 돈 많은 과부에게 접근해서 부동산 투자하도록 여건을 아주 좋게 만들어서 한 번쯤 성공하게 만듭니다. 물론 같은 패거리들끼리 주고받고 하는 식이니까 꼼짝없이 믿을 수밖에요. 그러고는 진짜 건수 올리는 작전을 씁니다. 가짜 문서를 진짜처럼 만들어서 헐값에 사주는 체하고 그걸 다시 팔아주는 체하는 겁니다. 그런 뒤가 문제지요. 진짜 땅 주인도 모르는 사이에 가짜 서류를 가지고 가짜 주인이 팔아먹고 그 가짜를 일부러 돈 주고 계약까지 한 같은 패거리들은 일을 벌이는 겁니다. 진짜 땅 주인까지 끌어들여 법정으로 몰고 가면 증거를 너무나 기가 막히게 만들어놓아서 빼낼 재주 없이 걸려들죠. 그러면 알거지를 만들어서 팽개칩니다. 그 바닥엔 인정사정이 없어요."

안 들어본 얘기는 아니지만 그 바닥 생리가 이 지경이란 걸 이만큼 구체적으로 들은 건 충격이었다. 법인들 어쩌랴. 그렇게 억울하게 당하고 세상을 뜬 사람도 부지기수일 터인데. 법인들 그 속사정을 알까.

정말 재판은 하느님이나 하는 것인지 모른다. 하느님이 아니고서야 어찌 인간의 속을 알까.

"너는 몇 건이나 맡았었냐?"

"두 건인가 하다가 쫓겨났어요. 그 과부가 불쌍해서 차마 마지막 재산인 집을 뺏진 못하겠더군요. 그랬더니 그쪽 율법대로 쫓겨나는 겁니다. 발설하다 걸리면 저만 죽는다는 걸 압니다. 또 이미 판결이 난 사건이고…… 뒤집기는 증거가 없고…… 결국 다물고 싶어 다무는 게 아니라 입을 열 수가 없어서 가만있게 됩니다."

"배근이가 두목이냐?"

"겉으론 두목 행세인데…… 아마 그 위에 누군가 있지 싶습니다."

"짐작도 못하겠냐?"

"전혀 모릅니다. 배근이 형밖에 모를 겁니다."

"최근에 만난 적이 있냐?"

"그 근처엔 얼씬거리지도 못하게 합니다."

"몇 명쯤 되냐?"

"거의 열 명쯤 되는데 심부름하고 치다꺼리하는 애들까지 합치면 꽤 많을 텐데요."

"얼마쯤 받냐?"

"대중없어요. 건당 이익 배당이 다르고 여기저기 뜯기는지, 바치는지 우리 차지는 별로 없어요. 그렇지만 따지고 보면 적은 액수는 아니었습니다. 제가 두 건을 따라다니고 받은 게 기백만 원은 됐으니까요."

"꽤 괜찮은 장사를 했구나."

"죄송합니다."

"배근이를 잡으면 별 게 다 나오겠구나."

녀석은 고개를 끄덕였다. 뭔가 두려워하는 눈빛이었다.

이 사내의 말을 가만 듣고 있자니 울화가 치밀어 견딜 수가 없었다. 법이 존재하는 것은 만인에게 불편부당하지 않고 진실과 옳은 편을 위해 존재하는 것이어야 함에도 교묘하게 법망을 피하여 인간에게 고통을 주는 무리들에게 아무짝에도 소용없는 것이라니…….

곽배근이란 두목 밑에 그런 전문가들이 우글거리며 선량하고 어리숙한 사람들만 골라 치사하게 재물을 벗겨먹는 짓을 하고 있다는 걸 생각하면 당장 뛰어가 요절이라도 내고 싶었다. 박 교수 일이 아니고 다른 일만 같으면 정말 성질대로 일을 추슬렀을 것이다.

"그렇게 치밀하게 증거를 조작한다 해도 누군가한테는 들통이 나든가 뒤집어져서 당할 때가 있을 거 아니냐? 그렇게 되면 그 녀석들이 조직적인 협잡꾼이란 걸 알게 될 텐데."

내가 궁금해하는 것 가운데 하나가 바로 그거였다. 항상 소송에서 이기리라는 법은 없을 터이고 그러다 보면 그들이 그런 짓으로 먹고사는 무리라는 게 알려졌을 법한 일이었다.

"졸개들이 바꾸어가며 일을 맡고 변호사도 바꾸어가며 일을 꾸미기 때문에 쉽사리 허점을 보이지 않습니다. 어쩌다 지는 경우도 있지요. 열 건을 성공하고 한 건쯤 지는 것을 우습게 생각하는 사람들이죠."

"내 성질대로 하자면 곽배근이를 잡아다 물고를 내고 싶은데…… 네 생각은 어떠냐?"

"무슨 사정이 있는지 모르지만 그건 곤란합니다. 소송 문제 때문이라면 더더욱 안 됩니다."

녀석의 말은 일리가 있었다. 그럴수록 내 마음만 답답해졌다.

밤늦게 녀석을 돌려보냈다. 배근이 일당의 내막을 아는 일엔 도움이 되었지만 이번 사건을 해결하는 일엔 전혀 도움이 되지 않았다. 밤새 걸려온 전화 연락도 마찬가지였다. 배근이 주변의 얘기나 그들이 밤마다 유흥을 즐기기 위해 모이는 장소 또는 자주 드나드는 곳이나 쓸개 빠진 계집애들이 그 패거리들과 어떤 식으로 부딪치는가 하는 것들뿐이었다.

그것이 인생을 재미있게 사는 방법이라고 여기는 무리들인 것 같았다. 소송건을 의도적으로 조작해서 법정 다툼으로 밀어넣은 뒤에 녀석들은 밤마다 신바람으로 흥청거리며 사는 것이었다. 그러니 더 만끽할 쾌락을 위해 사건을 자꾸 만들고 더 계획적으로 남의 목을 조르는 술책이 발전할 수밖에 없으리라.

자신들의 쾌락을 위해 남의 인생 전체를 파괴하는 이런 무리들이 아직도 이 땅에 수두룩하게 존재하고 있다니 듣기만 해도 끔찍한 일이었다. 그들의 인생이 그러고도 쾌적하다면 그런 사회가 문제인 것이다.

하긴 자신의 행복을 위해 남의 행복을 의도적으로 파멸시키는 무리들이 부지기수라는 걸 모르는 건 아니었다. 각박한 사회라면 당연한 일인지도 모른다. 사람끼리 살면서 남의 신세를 망쳐서 자신의 잇속을 삼는 이 비열함이 언제나 가셔질까.

밤새 뛰었지만 소득 없이, 허탈한 표정으로 돌아온 애들과 해장국을 먹으며 여러 가지 상황을 다시 짚어나갔다. 그 자리에서의 결론은 두 가지였다.

하나는 곽배근을 무조건 잡아 족치는 것이었고 다른 하나는 장기전으로 그들 주변을 지키다가 결정적인 때에 덮치는 것이었다. 그러나 두 가지 방법 모두가 내킬 수 없는 것이었다. 곽배근을 무조건 덮치게 되면 내게도 약점이 생기는 데다 박 교수처럼 교육자인 입장에는 어떤 회오리가 닥칠지 모르게 되는 것이었다. 또 장기전으로 자료를 수집하고 뒤를 캐 들어간다면 그사이에 박 교수는 당할 창피를 다 당한 뒤일 게 빤했다. 세상은 진실을 알려고 하지 않고 드러난 상황만 가지고 판단하려 하는 것이기에 박 교수의 인격은 한번 곤두박질칠 게 빤했다.

"형님, 그렇다면 박주석이 쪽을 파보는 게 어때요? 그쪽은 어떤 조직적인 사고를 하지 않을 테고…… 이번에도 우연히 끼어들었다가 저쪽에서 돈 내밀고 매수를 하니까 후딱 넘어갔을 것 아닙니까."

혜민이가 한참 만에 이렇게 제안했다.

나도 마침 그 생각을 하고 있던 참이었다. 밤새 박주석이네 집 주변을 지켰던 애들은 박주석이가 외박을 하고 아직 들어오지 않았다고 했다. 내가 짐작할 수 있는 눈치도 박주석이 쪽에 무슨 사정이 있다 싶었다. 요즘 들어 경기가 너무 밑바닥을 돌아 하다못해 눈깔사탕 장사도 안 된다는 판인데, 박주석이네 가게가 몫은 좋다고 하지만 얼마 전까지 장사가 안돼 죽겠다며 돈 얻으러 다녔다가 최근 들어 갑자기 흥청거린다는 사실이 내 마음을 붙잡고 늘어진 건 확실했다.

"그럼 우리 둘이 그쪽으로 바싹 붙어보자. 사무실은 애들한테 맡기고."

"우선 그게 좋겠어요."

"그렇다고 뾰족한 수가 있는 건 아니다."

"그게 마음에 걸리긴 해요. 손톱만큼이라도 무슨 정보가 있으면 좋겠는데. 얼마쯤 받았다든지 곽가하고 박가가 흥정하는 걸 봤다든지……."

"내 걱정도 그거다. 집 주위를 지켜봤자 눈만 아프고 가슴만 답답할 노릇일 테니까."

"그럼 형님 먼저 나가세요. 난 다른 애들과 한번 더 뒤져봐서 무엇이든 꼬투리를 만들어볼 테니까요."

"그러자. 명심할 건 끝까지 박 교수 입장을 난처하지 않게 하는 것이다."

"염려 마시라니까요."

혜민이를 남겨놓고 나만 자리를 옮겨 앉았다. 밤샘한 애들을 좀 쉬게 한 뒤에 다른 애들을 박주석이네 집 주변을 지키게 했다. 미나는 몇 차례나 들랑거렸지만 어젯밤에 전해준 정보 이상의 것은 없었다.

박주석이가 가게로 돌아온 것은 점심시간이 훨씬 지난 뒤였다. 종구네 사무실과 유기적인 연락을 하기 위해 십 원짜리 동전을 한 주먹이나 바꿔 들고 공중전화통에 매달리다시피 했지만 혜민이는 뾰족한 대책이 없다고만 했다. 그러니 내 마음은 박주석을 당장에라도 덜미를 채어 쥐고 싶기만 했다.

첫인상이 썩 내키지 않았다. 껑충한 키에 마른 몸집인데 기름을 살짝 발라 넘긴 머리칼이며 조화롭지 않은 옷매무새까지 아무래도 사가 긴 사내였다. 첫눈에는 목욕탕이나 이발소를 다녀온 듯싶었다. 깔끔한 것이 그의 인상을 더 흐리게 하기도 했다. 계집질깨나 했을 성부른 사내의 인상에서 나는 대번에 곽배근이란 녀석한테 덜미 잡힐 짓을 하고 돌아다녔을 거라 생각을 했다. 그래서 역증언자로 나설 수밖에 없었으리라.

물론 그만한 대가를 받았을 것이다. 사내의 생김새나 풍기는 인상을 보고 사내가 돈을 받아먹고 거꾸로 증언을 했다고 단정해 버리는 내게도 문제가 없는 것은 아니지만 사내에게서 받은 느낌은 사실 유쾌한 것은 아니었다. 그쪽에서 나를 몰라보니까 다행스러운 일이었다. 그렇기에 나는 가게에 들랑거리며 사내를 유심히 관찰할 수가 있었다. 사내의 마누라는 사내가 외박을 하고 왔는데도 표정 없이 담담했다.

　세상은 성질로 안 되는 일이 너무 많았다. 사내를 앞에 두고도 어쩌지 못한 채 물러 나와야만 했다.

　카폰으로 급한 연락이 왔다는 전갈을 받고 뛰어가는 내 가슴은 급하게 뛰고 있었다. 전화기를 잡자, 혜민이의 다급한 목소리였다.

　"찾았어요."

　"뭘?"

　"최근에 곽가 밑에 있다가 떨려난 녀석인데, 형님을 잘 안답니다. 전에 크게 신세 진 적이 있대요. 성규라는 녀석인데……."

　"기억에 없다."

　"술집에 있을 때 몰매 맞을 상황에서 형님이 구해줬다는데요. 영동 어디라고 하던데."

　"그런 일은 있었지만 상판을 봐도 기억은 못할 거다."

　"그렇다면서 박 교수 건은 직접 맡지 않았지만 웬만큼 안답니다. 비밀만 보장해 주면 죄 말씀드리겠다는데요. 내가 아무리 졸라도 안 돼요. 형님한테 직접 말하겠답니다."

"어떻게 잡았나?"

"그 조직에서 쫓겨났다는 말을 듣고 수소문을 했더니 먹고 살겠다고 해수욕장의 터를 빌리러 다니더라구요. 그래서 내가 책임지고 알선해 주마고 했어요. 버티길래 서너 대 때려줬으니 그리 아세요."

"그러다 탈 내려고."

"맷집이 좋아서 끄떡도 안 해요. 어떻게 할까요?"

"그럼 바로 데려와라. 큰길 쪽에다 차 대놓고 기다리마."

"뭐가 나올 것 같죠."

"고생했다."

혜민이의 명랑한 목소리 속엔 어떤 확신 같은 게 있었다. 그리고 짐작할 수 있는 것은 혜민이가 말로는 나를 안심시키기 위해 굴러들어온 떡처럼 성규란 사내를 만났다고 했는데 눈치로 보아 반강제로 녀석의 덜미를 잡은 것 같았다. 혜민이 말처럼 쉽게 잡았다면 몇 대 때렸을 리가 없기 때문이었다. 뒷말이 없을 만하니까 아예 다부진 수법으로 성규란 녀석을 꿇어앉히고 족쳤을 것 같았다. 다행이라면 최근에 녀석이 그 조직에서 쫓겨났고 절대로 비밀을 지켜줄 것과 내게 신세를 갚기 위해 나한테만 발설하겠나는 것으로 미루어 제대로 정보를 얻을 것 같은 예감이 들었다.

사내가 도착한 것은 담배 두어 대 피우고 난 뒤였다. 내 바로 옆자리에 사내를 앉혀놓은 혜민이가 씨익 웃었다. 몇 대 때려준 걸 이해하라는 표정이었다.

"성규라고 했나?"

"예."

"나한테 신세 갚을 생각이 있나?"

"비밀만 지켜주신다면……."

"이 녀석 말하는 거 보게? 너, 내가 누군 줄 아나?"

"압니다. 저를 구해주신 적도 있습니다. 말씀도 많이 들었습니다."

녀석의 표정이 바짝 굳어지며 이렇게 말했다.

"적어도 나는 내가 받은 만큼 의리는 지킨다. 그래도 말하기 싫으면 하지 마라."

"아닙니다. 형님 믿고 말씀드리겠습니다."

"내가 미리 한마디 하마. 내 아우한테 서운한 대접을 받았다고 해서 불쾌하게 생각 마라. 그건 내가 사과하마. 그러나 네가 나를 도와준 만큼은 나도 신세를 잊지 않는다. 그것이 내가 살아온 과정이고 앞으로도 그렇게 살 것이다."

"제가 형님을 첨 뵈어서 모르고 한 소립니다."

"너도 알다시피 세상은 참 역겹고 비겁하고 잔인할 때가 많다. 이번에 너를 섭섭하게 하고 데려온 것도 옳고 바르고 착하게 사는 사람들을 파멸의 구렁텅이로 몰아넣으려는 곽가와 같은 무리를 그냥 둘 수 없다는 생각 때문이었다. 네 생각은 어떠냐?"

녀석은 잠시 생각하는 눈치이더니 이내 고개를 들었다.

"제 어린 소견으로도 그런 일은 정말 이 땅에서 사라져야 합니다."

이렇게 한마디를 하고는 다시 고개를 푹 수그렸다.

"지난 건 내가 뭐랄 수 없지만 앞으론 정신 좀 바짝 차려서 죗값을 갚아라. 목숨 붙어사는 일은 매한가지인데 그렇게 살아서 뭘 어쩌자는 건지 모르겠다. 네가 진 죄는 네 손으로 갚아야 한다."

"명심하겠습니다."

"어른들이 그런 말을 하신다. 남에게 해코지를 하면 제 대에 못 받으면 자식 대에 반드시 죗값을 받는 거라고. 그 말이 틀리지 않을 거다. 이다음에 네 자식이 네가 해코지한 만큼 죄를 받는다고 생각해 봐라. 기급할 일 아니냐?"

"예."

"예배당이라도 다녀라. 그래서 정말 후회하고 정말 네 스스로 죗값을 달게 받아야 한다."

"예."

"내가 일만 급하지 않으면 널 실컷 쥐어 팼을 거다. 무슨 말인가 알겠냐?"

"압니다. 드릴 말씀이 정말 없습니다."

"이젠 네가 아는 대로 박 교수님 일을 털어봐라."

"예."

자동차 안은 바깥 기온보다 시원했다. 찻집에 가서 시간 끌며 얘기하느니 자동차 안에서 오붓하게 얘기를 하려고 준비를 해둔 것이었다.

"박 교수님 일은 정말 우연히 굴러들어온 것이지 첨부터 계획적인 건 아녔습니다. 계획적이라면 그만한 건수를 물지는 않거든요. 이천만 원도 안 되는 돈은 용돈 취급밖에 받질 않으니까요. 제가 우연이라고 말씀드린 건 그 집 주인과 배근이 형님 사이에 이상한 송사가 한 건 있었는데 합의하는 과정에서 집 주인이, 박 교수님이 사게 된 집을 취소하고 넘겨주는 방법을 연구해 보겠다고 한 데서 발단이 됐습니다. 그래서 배근이 형님이 알아서 차지할 테니까 걱정 말라고 한 것이었죠. 그러니까 계약을 취소해서 생기는 손해를 처음에는 어떻게 벌어보자던 것인데…… 박 교수님께서 하필 그때 돈을 갚겠다고 나선 거죠. 박 교수님 집 말고 그 근처의 집 몇 채가 모두 주인이 같거든요. 그러니까 이왕이면 이것저것 다 먹어치울 궁리를 한 거죠."

성규란 사내의 말을 들어보니까 박 교수가 가만히 있었어도 어쩌면 당했을 일이라는 생각이 들었다. 한 필지 안에 여러 집을 지었다가 분할 판매를 하는 방식인데 그 과정에서 집주인도 이 패거리들에게 걸렸고 결국 해결 방법으로 박 교수까지 걸려들게 된 셈이었다는 걸 알았다.

"거기까진 그렇다 치자. 박주석이란 증인이 있지?"

"예, 요 근처에 삽니다. 저도 두어 번 봤었지요."

"박주석이가 왜 그쪽 편으로 갑자기 돌았냐?"

내가 가장 알고 싶어 하던 부분이었다.

"간단했어요. 저도 따라다녔으니까요. 알아보니까 박주석이가 박 교수님의 증언을 선다는 거였습니다. 박주석이가 증언을 서게 되면 돈 받아 간 녀석의 얼굴도 알고 서류를 바꾸어 넣게 된 경위까지도 알게 될 게 틀림이 없었으니까요. 그래서 애들을 시켜 뒤를 추적했어요."

"내 짐작이 맞는구나."

"빤한 수법이죠, 뭐. 우리가 한두 번 해본 게 아니어서 상대를 유리하게 할 증인이라면 미리 알아내서 뒷조사를 철저하게 하지요. 그런데 박주석이란 사내는 너무 쉽게 덫에 걸렸어요. 만약에 뒷조사를 해도 너무 깔끔하고 잡아낼 게 없을 때는 우리가 덫을 칩니다. 예를 들어서 교사나 번듯한 회사 직원 같으면 미인계를 써서 유혹한 뒤에 여자가 나서서 협박을 하는 거죠. 망신 주고 가정까지 파괴하겠다고 결혼해 달라든지 위자료를 어마어마하게 내놓으라든지, 신문에 내버린다든지…… 그러면 그때 우리가 나타나서 해결해 주는 체하고는 흥정을 하는 거죠. 정갈하게 무마를 해준 뒤에 돈은 돈대로 챙기고 그러니까 일거양득을 만드는 거죠. 법정에 증인으로 서면 이러이러하게 거꾸로 증언을 해주도록 말입니다. 꼼짝 없죠, 머."

녀석은 한번 입을 벌리더니 신 나게 그들의 수법을 털어놓았다. 정말 무섭고도 치밀한 고등 사기꾼들임에 틀림이 없는 무리들이라는 생각이 들었다. 그렇게 치밀한 수법으로 법정에 세워 거꾸로 증언을 하게 해버리면 당연히 송사에서 이기게 되고 그런 식으로 당한 사람은 꼼짝없이 큰 창피를 당할 수밖에 없으리라.

"박주석은 어떻게 물었냐?"

"아주 쉬웠습니다. 돈도 몇 푼 안 들고요. 이삼 일 쫓으니까 확 터지더라구요. 제 마누라 모르는 계집이 두 명이나 있는데 한 명은 놀아나는 애니까 상관이 없었고…… 한 명이 문제였습니다. 가정주부였거든요. 그런데 그 여자 남편이 또 문제였어요. 건달였으니까요. 그래서 박주석의 덜미를 꽉 물어가지고 건달 남편이 우리를 시켜서 아주 작살을 내라고 했다며 얼러댔더니 대번에 무릎을 꿇고 살려달라는 겁니다."

"그런데 왜 돈까지 줬냐?"

"어떻게 그것까지 아셨어요."

성규 녀석은 놀라는 표정이었다.

"그만한 건 알고 왔다."

"박주석이도 대단하던데요. 처음엔 차마 어떻게 그런 일을 할 수 있느냐고 버티더니…… 나중에 가서는 일이 어려우니까 얼마간을 달라고 떼를 쓰더라구요. 그까짓 기백만 원쯤이야 우스운 판이니까. 또 사내를 확실하게 붙잡아둘 필요가 있으니까 돈을 줬지요. 아마 그 돈 가지고 발장구나 맞추러 다니며 여자 꼬드기는 일에 신 나게 썼을 겁니다."

"정확하게 얼마를 어디서 누가 어떻게 줬냐?"

"지난 말일 날이죠. 이백만 원 줬어요. 일 끝나면 백만 원 더 주기로 하고요. 현금였고 배근이 형 사무실에서 직접 줬어요. 꼼짝 못하게 하려고 영수증도 받았을 걸요."

나는 그제서야 웃음이 돌았다.

박 교수의 짐작이 얼추 맞아떨어진 것이었다. 궁하면 통한다고 그 착하고 융통성 없는 양반이 박주석의 역증언에 어떤 흑막이 있을 거라는 상상을 했다는 게 신기할 정도였다. 곽배근이란 사내와 그 패거리들이 얼마나 비열한 수법으로 법정 놀음을 하는지 알게 됐으니 박 교수의 일만 해결할 게 아니라 아예 뿌리를 캐내야 될 것 같았다.

"박주석이가 그래서 거꾸로 증언을 했단 말이냐?"

"세상없어도 거꾸로 증언을 하게 만들고 말 사람들입니다. 어떤 때는 친척이라도 약점을 잡아내고 돈으로 매수를 해서 그 집안을 망치게 하는 걸요."

"친척을 말이냐?"

"돈 가지고 안 되는 게 없는 세상 아닙니까. 그것도 먼 친척이 아니라 사촌인데도 거꾸로 증언을 해버려요. 저 혼자 잘살면 그만이라 이거죠. 몇억 원이라면 또 몰라요. 몇천만 원에 사촌 형제를 죽이는 세상이니까요. 한쪽은 잘살고 한쪽은 못사는 사촌지간인 경우엔 백발백중 돈으로 해결된다고 그들은 믿어요. 사실, 재판을 해보면 볼만하죠."

"그런 인간의 약점을 이용해서 송사를 벌여서 먹고사는 무리가 있다니…… 진작에 얘긴 들었다만 해도 너무하잖냐?"

"사실이 그래요. 저도 그 바닥에서 그 짓으로 먹고살았지만…… 사람 짓은 못 되죠."

"네 생각에…… 박주석을 어떻게 하면 잡을 수 있을 것 같냐?"

녀석은 두어 번 고개를 갸웃거리더니 씨익 웃었다.

"같은 방법이죠, 머. 그런 자식은 뒤통수를 또 쳐도 괜찮습니다. 돈 삼백에 양심을 팔아치우는 사내인 데다가 하고 다니는 꼴을 보면 가관이거든요."

"다른 방법은 없겠냐?"

"모르죠. 요즘 돈푼깨나 만졌으니까 또 다른 여자를 물었는지 모르니까요."

"그런 방법 말고는 없겠냐?"

"그 사내도 보통내기는 아닙니다. 그 지경인데도 우리하고 흥정을 하자고 능청을 떠는 사내니까요."

나는 가능하면 뒤통수를 쳐서 일을 해결하고 싶지 않았다. 남의 약점을 이용해서 덜미 잡는 일은 비겁한 짓이었기 때문이었다.

하긴 요즘도 그런 식으로 남의 덜미를 잡는 무리가 웃대가리에서부터 바닥 인생까지 수두룩한 판이긴 했다.

곽배근 일파들이 얼마나 조직적이며 사무실까지 차려놓고 타이피스트며 심부름하는 아이며 운전사까지 고용해 놓고 법정 놀음을 해대는지 상세하게 알 수가 있었다. 거기에다가 변호사보다도 법을 훤하게 주워 끼는 사기 전과에 능통한 녀석들까지 붙어 앉아 있다고 했다. 법은 저절로 공부하기 어려운 것이어서 한번 당해보면 법이 어떤 것이며 어떤 구멍이 있는가를 통달하게 되는 것이었다. 그러니 순박하고 법을 모르는 사람들이 그런 패거리들에게 당할 수밖에 없는 것이었다.

더욱 가관인 것은 성직자나 사회적 지위를 가진 사람들이 그런 법정 노름꾼들에게 부지기수로 당한다는 사실이었다. 함정을 만들어서 몰아넣고는 성직자나 사회적 지위 때문에 말 못하는 사이에 세상에 공개해서 망신을 주겠다는 협박·공갈로 큰 이득을 얻고 있다는 것이었다.

또 내 가슴이 철렁 내려앉는 것이 있었다.

"그 사람들은 신문기자들까지 연결이 돼 있어요. 평소에 술 잘 사고 오입도 시켜주고 때 되면 왕창 선물도 주어가며 친해 두죠. 그리고 여차하면 저희들 유리하게 기사를 쓰게 해버려요. 그러고는 그걸 미끼로 흥정을 시작하기도 하고…… 직접 신문기자가 찾아가게 해서 으름장을 놓게 하기도 하고 말예요. 우리나라 사람들은 무조건 신문에 나면 그게 사실이고 진실이라고 생각하는 버릇이 있잖아요. 그러나 저도 그 바닥에서 그런 일로 쫓겨 다녀봤지만…… 신문 기사에 가짜가 얼마나 많고 억지 흥정 기사나 뭔가 냄새나는 기사가 좀 많습니까."

"그게 사실이냐?"

"내가 직접 뛴 놈입니다. 지난번에 한 건이 있어서 기자를 불러내다가 한탕 먹이고 오입도 시켜주고 그랬죠. 그리고 슬쩍 부탁했더니 첫마디가 그래요. 내가 죽여주지라고 말예요. 신문에 쓰면 생사람 하나쯤 죽일 수 있다고 믿는 놈들이 있단 말입니다."

"나도 물론 안다. 그런데 그런 비열한 패거리와 손이 닿는 기자가 있다는 게 너무 끔찍해서 그런다."

"안된 얘기지만 이번 박 교수 건도 신문에 나게 돼 있어요. 아마 며칠 후에 신문에 날걸요. 그래가지고 그 교수님 입장을 일단 난처하게 해놓고는 뒤통수를 치죠."

"그게 오늘의 현실이라니…… 말도 안 나온다."

"전 직접 겪고 같이 뛰고 신문기자한테 술 먹이고 계집 대준 놈입니다. 이름을 대라면 당장 한두 놈은 댈 수 있어요. 명색이야 좋지요. 촌지라고 슬쩍 넣어주니까요. 세상, 돈 가지고 안 되는 게 없다는 게 우리들 생각이고 실제가 그렇습니다."

"제발 그런 작자가 일부였으면 좋겠다. 정의니 어쩌니 하면서 그따위로……."

차마 할 말이 없었다.

하느님. 왜 이러십니까?

우린 누굴 믿고 살아야 한단 말입니까?

그까짓 봉투가 통용되는 나라의 장래를 어찌 믿어야 한단 말입니까? 봉투 한 장에 양심과 진실을 팔아먹는 기자가 있는 이놈의 세상에 무슨 기대를 해야 한단 말입니까?

하느님. 정말 이런 꼴을 보고만 계실랍니까?

하느님은 억하심정도 없으십니까? 물론 하느님의 깊은 뜻을 압니다. 자잘한 것보다는 인간을 가능하면 모두 구원하려는 그 깊은 뜻을 모르는 게 아닙니다.

촌지가 통용됨으로 해서 이 세상에 억울한 사람이 얼마나 많으며 그놈의 봉투 장난에 놀아난 자들 때문에 얼마나 이 땅의 역사가 왜곡되고 피폐해졌는지 하느님 당신은 아십니다.

하느님만 아시는 게 아니라 이런 말을 지껄이는 나도 웬만큼 알고 있다 이겁니다. 이름을 대라면 당장 줄줄이 꿰어낼 수 있습니다.

하느님.

하느님이 가지고 계신 치부책이 아무리 복잡하더라도 잊지 말고 기록해 두셔야 합니다. 그래서 이다음에 그들이 심판받으러 오거든 낱낱이 따져주세요.

우리 선조들이 그랬습니다. 남을 해코지한 자는 그 자식 대에라도 몇 곱으로 그 죄의 대가를 받는 거라고 말입니다.

그런데 요즘은 자식 대까지 가질 않더군요. 당대에 천벌을 받는 게 확실하다는 걸 역사가 증명하니까요.

목청 높은 자치고 옳은 자를 보셨나요?

하느님. 우린 어찌 살란 말입니까? 힘자랑하는 자치고 옳은
자를 보셨나요?

전혀 볼 수 없으셨을 겁니다. 하느님, 당신은 심판하셔야 합
니다. 이젠 지은 죄를 당대에 벌 받도록 해서 적어도 남을 해
코지하는 부류만은 없애주셔야 합니다.

그래서 사람끼리 사람답게 살 수 있게 해주셔야 할 의무와
권리가 있습니다. 얼마나 선량한 사람, 착한 사람, 사람다운 사
람이 이 땅에 많은지 하느님은 아실 겁니다. 그 사람들이 편히
살 수 있게 하느님은 한번 청소를 해주실 때가 되었다고 믿습
니다.

제 말이 틀렸습니까?

더는 시간을 끌어가며 참을 수 없다는 결론이었다. 촉박해
진 판결 날짜뿐 아니라 하루라도 박 교수의 마음을 편케 해주
기 위해서였다.

그날 밤, 어두워진 골목길을 흔들흔들 걸어 나간 박주석은
찻집에서 삼십 대로 보이는 여자와 이십여 분쯤 노닥거리더니
팔짱을 끼고 정답게 여관 쪽으로 갔다. 뒤쫓던 애들에게 계속
미행하라고 일러두었다.

우리 일행이 여관으로 들어섰을 때는 박주석과 삼십 대 여

자가 막 방을 나설 무렵이었다.

"누구요?"

떠다밀려 다시 방으로 들어선 박주석이가 물었다. 여자는 놀란 빛이 역력한 얼굴로 한쪽 구석에 얼굴을 돌리고 섰다. 혜민이가 박주석을 밀어 침대에 앉혔다.

"이백만 원 빌려준 걸 받으러 왔소. 아시겠소?"

"여보쇼, 이럴 수가 있소? 내가 이웃 간의 정도 마다하고 당신들 편이 돼서 거꾸로 증언까지 해줬잖소."

사내의 이 말 한마디로 전모가 드러난 셈이었다.

"저 여자 남편한테 일러바치지 않은 것만으로도 고마워할 줄 좀 아십쇼. 우리 형님이 그 이백만 원 받아다가 우리들 용돈을 하랍디다. 우린 명령대로 할 뿐요."

"곽 선생이 그럴 리 없소. 갑시다. 가서 삼자대면 좀 합시다."

"박주석 씨, 당신이 자청해서 거꾸로 증언했지 우리가 시킨 건 아니잖소?"

"사람 미치겠네. 당신들이 시켰잖소. 난 시키는 대로만 했소."

이쯤이면 이 사내와 길게 말할 필요가 없었다.

"지금까지 한 말이 틀림없소?"

그제서야 내가 이렇게 물었다.

"그러니까 곽 선생한테 가자는 거 아닙니까."

"좋소. 일단 이 여잔 보냅시다. 당신의 사생활을 간섭하고 싶진 않소."

사내가 고개를 끄덕였다. 삼십 대의 여자는 얼굴을 가린 채 후다닥 방문을 열고 도망치듯 뛰었다. 사내의 낯빛이 편치 않아 보였다.

"그럼 앉아서 얘길 합시다. 먼저 당신을 속여서 미안합니다. 우린 곽배근이 일파가 아니오. 무슨 얘기냐 하면 곽배근이를 잡을 사람들이오. 당신도 곽배근이한테 당한 사람 가운데 하나요. 재판이 끝나고 백만 원을 받기로 했지만 결코 받지 못할 거요. 도리어 먼저 받아먹은 이백만 원을 토해내야 할 겁니다. 그들은 충분히 그럴 놈들이죠. 당신에게 돈을 준 것은 우선 당신을 꼬드기기 위해서였을 뿐이죠. 저 여자의 남편이 어떤 사람이란 걸 당신도 잘 알거요. 지난번처럼 또 당신을 얽어서, 남편에게 알려서 당신 입장을 곤란하게 한다면…… 그때 당신이 이백만 원 받아먹은 걸 안 내놓고 배길 수 있겠소?"

사내는 한동안 창밖 쪽을 향해 말없이 앉았다가 내게 물었다.

"그 사람들이 정말 그럴 사람들이오?"

"짐작에 맡기겠소."

"당신들은 누구요?"

"아까 말했잖소. 곽배근이를 잡을 사람들이오."

"그 사람들이 쉽게 잡힐까요?"

내가 누구인지 알거나 곽배근이쯤은 한주먹 거리도 안 된다는 걸 아는 사내 같으면 얘기가 쉬워질 텐데 이 사내는 내가 누구이며 어떤 각오로 달려드는지를 알지 못했다.

"당신은 이미 죄 없는 교수 한 사람을 죽였소. 죗값으로 치자면 당신도 그만큼 죽어야 마땅하지요. 그러나 우린 그러고 싶진 않소. 협박과 어쩔 수 없는 상황 때문에 거꾸로 증언할 수밖에 없었다는 걸 밝혀주시오."

"그건 안 됩니다. 날 죽일 거요."

사내는 겁에 질린 목소리로 이렇게 말했다. 곽배근 일파가 얼마나 겁을 주었는지 알 것 같았다.

"당신도 살고 박 교수님도 사는 방법이 딱 하나가 있소. 아까 그 여자와 다시는 만나지 않는 조건만 들어주면 됩니다."

"그거야 자신 있소."

"맹세하겠소?"

"하지요."

"그럼 조용히 날 따라오시오."

"정말 약속을 지켜주는 거죠?"

"곽배근이 패거리와 우리가 얼마나 다른지를 보여주겠소."

사내는 내 손을 움켜쥐고 고맙다는 말을 수없이 늘어놓았다. 사내를 태운 자동차가 뒤따르고 내가 탄 자동차가 앞을 섰다. 곽배근이의 아지트를 습격하러 간다는 걸 박주석이가 알리 없었다. 우리 일행 앞엔 곽배근의 아지트를 알고 있는 애들이 우리를 안내하고 있었다.

곽가 일파의 아지트. 그들이 부대사업으로 벌이고 있는 룸살롱의 바로 옆 지하실. 그들이 오늘 밤 이곳에 모여 있다는 걸 알아온 녀석이 의기양양하게 그 지하실 계단에 서서 나를 불렀다. 사색이 된 박주석이의 멱살을 옭아 쥔 혜민이가 씨익 웃었다.

지하실 문을 두들긴 내가 큰 소리로 말했다.

"꼬마 형님 심부름을 왔습니다."

영락없이 철문이 벌컥 열렸다. 나는 대뜸 문 열어준 녀석의 죽지를 한 방 놓아버렸다. 사내가 나뒹굴자 덩치가 만만찮은 사내들이 벌떡 일어났다. 넓은 방 한가운데 떠억 버티고 앉아 있는 사내 손엔 쇠꼬챙이가 쥐어져 있었다. 우리 애들이 일시에 뛰어 들어와 룸살롱과 연결된 문을 지켰다.

"웬 놈이냐?"

나는 대꾸 없이 서너 발짝 앞으로 나갔다.

"네가 곽배근이냐?"

"그렇다."

"내 소개가 늦었다. 점잖게 찾아올 사람인데 마음이 급해서 무례를 했다만…… 내가 장총찬이다."

"예에!"

"믿지 않을지 몰라서 선물을 하나 가져왔다. 난 시끄럽게 시간 끄는 걸 싫어하는 성미지."

표창이 네댓 개 날았다. 눈 깜짝할 순간이었다. 곽배근이는 쇠꼬챙이를 내던지고 무릎을 털썩 꿇었다. 표창은 곽배근이가 앉았던 소파의 손잡이께에 자로 잰 듯 일렬로 꽂혔고 그중 하나가 곽배근이의 쇠꼬챙이 든 손목의 옷 끝을 정확하게 찍었다.

"말씀만 많이 듣고 첨 뵙습니다."

나머지 녀석들도 그제서야 무기를 내려놓고 무릎을 꿇었다.

"긴 얘길 하고 싶지 않다. 혜민아, 데려와라."

그때까지 밖에서 기다리고 있던 혜민이가 박주석이를 데리고 들어왔다. 박주석의 얼굴은 불빛에서도 납빛이었다.

"박 교수님은 내 은사시다. 이제 내가 온 이유를 알겠냐?"

"죄송합니다. 그런 줄 미처 모르고 그만……."

곽배근이가 넙죽 절을 했다. 나는 그런 녀석을 걷어차버렸다. 데구루루 뒹굴더니 또 한 번 납작 수그렸다.

"죽을죄를 졌습니다."

"어떻게 할 거냐?"

"소를 취하하고 보상하겠습니다."

"근식이가 이따위로 가르쳤냐?"

"아닙니다."

"그럼 누구냐? 네 왕초가 누구냐?"

"……용서하세요. 다시는……."

말이 끝나기도 전에 곽배근이는 혜민이에게 걷어채어 공중에서 한 바퀴를 돌아 바닥으로 나동그라졌다.

"국진이 형님입니다. 옆에 계십니다."

룸살롱을 가리키며 말했다. 워낙 다급하니까 국진이 이름을 댄 것이었다. 혜민이가 날렵하게 뛰어나갔다. 그 사이에 곽가 일당을 모두 묶어버렸다.

국진이가 문 앞에서부터 기어왔다. 내 얼굴을 보더니 고개를 숙인 채 살려달라고만 연발했다.

"살려주는 조건이 있다. 죄 지은 만큼만 감옥살이를 해라. 그게 죽는 것보다 낫겠지. 그렇지 않으면 혈을 짚어서 평생 병신으로 살든가."

"용서해 주시면 개과천선해서 형님을 모시고……."

"너, 내가 두 번 말하지 않는다는 걸 알지?"

"압니다, 형님."

"내가 경찰서 앞에까지는 데려다주마. 너희들 스스로 자수하는 형식으로 죄를 받아라. 내 깊은 뜻을 알아라. 너희들 뒷바라지는 동주 형님이 알아서 하도록 말해 두마. 성질 같아선 너를 한주먹에 없애야 하지만 옛정을 생각한 거다. 알았냐?"

"각오하겠습니다."

"다시 이런 짓을 하면 그땐 내 손에 죽는다."

"압니다, 형님."

사내들을 실어다가 경찰서 앞에 내려주었다. 국진이는 아스팔트 바닥에서 넙죽 큰절을 했다.

"죄를 달게 받고 나와서 형님을 찾아뵙겠습니다."

"면회 오마. 가족 걱정은 말아라. 자수하는 게 너다운 짓이다. 나는 물론이고 형님들도 너만은 믿는다."

"압니다. 낱낱이 자수하겠습니다. 제 동생들만은 구해주고 싶습니다. 배근이와 제가 벌을 받게 허락해 주세요."

"좋다. 그것이 너다운 짓이다."

"형님, 새사람이 되어 뵙겠습니다."

"고맙다."

녀석들이 애들을 데리고 경찰서로 당당하게 들어가는 걸 보고 나는 자리를 피했다. 착잡한 심정을 가눌 수가 없었다.

그렇게 믿었던 녀석이었는데.

밤하늘엔 별 무더기만 무진장 흩뿌려져 있었다. 내 눈가에 눈물이 흥건히 괴었다.

너만 사랑해

살아 있다는 것은 고통을 수반하는 것이고, 살아 있는 행복만큼 불행은 늘 인간에게 따라붙는 것인지 모른다. 이 땅에 살면서 가슴앓이 앓지 않는 사람이 어디 있으랴만 요 며칠 사이에 참으로 많은 생각을 하게 되었다. 차라리 가슴이 뻥 뚫어졌다면 싶을 만큼 허전했고, 어째서 내 가슴이 아픈지를 꼼꼼하게 따져보기도 했다.

다혜가 돌아왔다는 걸 안 것은 다혜가 돌아온 나흘 뒤였다. 그것도 다혜 편에 들은 것이 아니고 은주 누나 가게에 들른 다혜의 친구한테서였다. 나는 내 귀를 의심할 수밖에 없었다. 내게 연락도 없이 왔을 리가 없다고 믿었기 때문이었다.

"정말예요. 어제 만났는걸요. 전보다 좀 마른 것 같아서 안

쓰럽데요. 뒤늦게 공부한다고 하더니……."

아주 싱겁게 말하는 계집아이를 한 대 때려주고 싶었다.

"나한테 연락이 없었는데……."

나는 그렇게 말해 놓고 염치가 없어서 가만히 있었다.

"총찬 씨와 잘돼가냐고 물었더니 딴전만 피우길래 더 묻지 않았죠. 무슨 일 있었어요?"

계집아이는 되레 나한테 물었다. 나는 할 말이 없어 피식 웃기만 했다. 계집아이가 나가고 나자 은주 누나는 의미 있는 말을 했다.

"무슨 일이 있었구나?"

"아무 일도 없었어."

"그럼 왜 너한테 연락이 없니? 돌아온 지 며칠이 됐나 보던데. 지난번 그 일 때문에 그렇겠지. 다혜는 보통내기가 아니다. 네가 너무 소홀하게 했다는 게 내 생각야. 여잘 그렇게 다루는 게 아냐. 그 아이 마음이 오죽하겠니. 너 때문에 납치돼서 고생한 것도 제대로 위로받지 못한 데다가……."

말끝을 흐린 것은 다혜와 마지막 헤어지면서 내 손에 들고 있던 다른 여자의 뼛가루 얘기일 것이다. 그러나 나는 지금도 후회할 수 없는 것이었다.

원인이야 어찌 되었든 나를 살려낸 여자였고 나 대신 죽은 여자였다. 나는 그녀와의 약속을 지키기 위해 냉수 한 사발을 떠놓고 혼령 결혼까지 할 수밖에 없었다. 그것이 내 도리였고 그것이 내 의리였다. 물론 사랑하거나 그녀를 못 잊어 하지는 않았다. 다만 나를 위해 대신 죽게 되면 약속대로 혼령 결혼을 해주어 이승에서는 남남이지만 저승에서는 배필로 그녀에게 보답하겠다는 약속이었다.

나는 아직 그 말을 다혜에게 하지 못했지만 언젠가는 터놓고 말해야만 했다. 설사 다혜가 이해하지 못하고 헤어지자는 요구를 하더라도 나는 솔직하게 상황 그대로를 말할 수밖에 없었다. 그런 것까지 감추어가며 그녀를 획득할 비겁자는 되기 싫었다.

나는 말없이 은주 누나네 가게를 나와 다혜네 집에 전화를 걸었다. 따지고 싶었다. 옆에 있으면 정말 따귀라도 갈기고 싶은 심정이었다. 서울에 온 지 며칠이 되었는데도 연락 한마디 없다는 건 다혜가 보통으로 마음을 다부지게 먹은 것이 아닌 듯싶었다. 올 때 연락을 못할 사정이 있었다면 돌아오고 난 뒤에라도 돌아왔다는 사실을 알려줘야만 하는 것이 그동안 우리가 사랑한 것에 대한 예의였다.

전화 받은 것은 그녀의 어머니였다. 내 목소리를 대번에 알아듣고 가볍게 인사를 했다.

"다혜가 왔다고 들었습니다. 사실인가요?"

내 첫 번째 물음이었다.

"왔어요."

당황한 듯싶었다.

"좀 바꿔주세요."

내가 생각해도 목소리가 고분고분하지는 않았다.

"아침에 나갔는데 어쩌죠. 들어오면 전화를 하라고 할게요."

다혜 어머니는 조심스럽게 말했다.

"언제 왔나요?"

따지듯 물을 수밖에.

"엊그제 왔어요. 다혜가 연락을 안 했나 보죠? 여러 가지 경황이 없어서 그랬나 봐요. 오는 대로 전화를 하라고 할게요. 그렇게 늦지는 않을 거예요."

딸자식 가진 게 무슨 죄인이나 되는 듯 사뭇 공손하기만 했다. 다혜 어머니는 나를 그렇게 싫어하는 편이 아니라는 걸 알고 있었다. 어떻게든지 다혜와 내가 잘되었으면 해서 여러 가지로 내 편이 되어준다는 것을 모르는 게 아니었다.

"무슨 일이 있나요?"

"무슨 일이 있겠어요. 방학 때니까 온 거죠. 논문 학기라서 보통 바쁜 게 아닌가 봐요."

"그런데 왜 저한테 연락을 안 했는지 모르겠습니다."

여전히 따지듯 물었다. 말수가 없어서 답답한 계집아이라는 소리를 들을 정도니까 그녀의 어머니가 더더구나 알 리 없는 질문이었다.

"모르죠. 놀래주려고 그랬을 리도 없고 들어오면 단단히 말할게요."

"저도 깜짝 놀랐습니다. 그래서 무슨 일이 있지 싶어 전화를 드렸습니다. 정말 다른 일은 없는 거죠?"

"다른 일이 있을 리가 없지요. 요즘 뭐가 그리 바쁜지 에미인 나도 걔 얼굴 보기가 힘들어요."

"어딜 간다고 하진 않던가요?"

"걔가 언제는 말하고 다니나요."

"아버님은 별고 없으시죠?"

"예. 덕분에 별고 없으세요."

전화를 끊고 돌아서면서 나는 얼핏 머릿속에 짚이는 게 있었다. 차마 물어볼 수 없었는데…… 혹시 결혼 문제 때문에 아버지가 불러들인 게 아닌가 하는 의혹이었다. 다혜 아버지는 아직도 나를 달갑게 여기지 않고 있었다. 그런 데다가 다혜의 나이 때문에 여러 가지 걱정을 하고 있다는 걸 짐작할 수 있었다. 은주 누나가 공부나 더 해보라고, 대학원에 가서 제대로 공부를 파서 다혜 아버지가 걱정하는 문제를 해결하라고 종용하는 것도 이유가 그런 데 있었다.

물론 내가 공부를 더 한 뒤에 은주 누나가 꿈꾸는 학교 사업에 뛰어들어 같이 학교를 일궈주기를 바라는 마음도 많았다. 은주 누나는 언제고 그 꿈을 꼭 이루고야 말 여자였다. 나도 이렇게 세월을 함부로 버리느니 차라리 마음먹고 공부를 해보아야겠다는 생각을 했었다. 그래서 책을 사다 놓고 들여다보면 머리가 산란해지고 마음이 더 잡히질 않아 집어치우곤 했었다. 공부하는 것도 다 성깔에 타고나야 되는 일인지 모른다.

그래서 공부도 팔자라는 말이 있는지 모른다.

애초부터 결혼 때문에 오라고 했을 리는 만무했다. 일이 있다고 불러놓은 뒤에 마음 내킬 만한 사람을 소개했을지도 모른다.

그런 생각을 해보니 가슴이 찡하게 얼어붙는 느낌이었다. 그리고 내가 멀쩡하게 살아 있는데, 두 눈 멀쩡한 나를 두고 말한마디 없이 시집갈 수 있다고 생각하는 것이 괘씸해서 못 견딜 일이었다.

내가 누군데?

다혜도 그런 점을 잘 알고 있었다. 물론 나는 그렇게 야박하고 모질게 다혜를 대할 생각은 없었다. 나를 사랑하지도 않는데 억지로 내 사람을 만들 만큼 비열하기는 싫었다. 그녀가 분명하게 나를 사랑한다는 걸 알고 또 그런 고백을 서로 나눈 사이이기에 내 감정이 이렇게 치닫는 것이었다.

이제라도 나를 사랑하지 않는다고, 정말 철이 나서 다른 남자를 사랑하게 되었으니 이해를 해달란다면…….

나는 어쩔 것인가?

처음엔 생떼라도 부리겠지. 몸부림을 치며 악을 쓰겠지. 후줄근하게 열병을 앓아 진창 술을 퍼마시겠지. 그러고도 견디지 못해 내가 내 가슴을 쥐어뜯고 내 살점이라도 뜯어낼 만큼 자학에 빠질지도 모르지. 아니 죽고 싶을지 모른다. 사랑하는 일 하나 제대로 추스르지 못하는 내가 살아서 무엇하랴 싶겠지. 그러나 결국 나는 그녀의 행복을 빌겠지. 결혼식장에 가서도 남보다 밝게 그리고 진심으로 행복을 빌겠지. 남보다 훨씬 아픈 가슴, 찢어져 너덜거리는 가슴으로 사랑을 배신한 그녀의 행복을 빌겠지.

그게 나다운 거라고 내 스스로를 위로해 가며…….

그날은 일부러 집 안에만 처박혀 다혜의 연락만을 기다렸다. 몇 번이고 궁싯거려가며 전화기를 들었다가 제자리에 놓았다. 사내가 그걸 기다리지 못해 안달한다고 생각할까 봐 마음만 죄어가며 기다린 것이었다. 밤이 되어도 다혜한테는 연락이 없었다. 어머니가 분명히 말을 전했을 터인데도…….

밤늦게 전화를 걸었다. 어머니가 전화를 받더니 조금 기다리라고 했다. 다혜는 전갈을 받고도 일부러 연락하지 않은 게 분명했다.

나는 평소에도 농담처럼 나를 떼어놓고 시집을 가면 결혼식장 입구에다 크게 플래카드를 걸어놓고 깽판을 부릴 거라는 둥, 어린아이를 안고 가서 결혼식이 진행되는 동안 난장판을 만든다는 둥, 또는 신랑 될 녀석을 그 자리서 엎어놓고 묵사발을 내어 다시는 장가 같은 것 갈 생각도 못하게 다스린다는 식의 얘기를 해왔었다.

그것이 내 속마음은 아니었고 다혜도 재미 삼은 농담이란 걸 알고 있었다. 다른 사람한테라면 몰라도 다혜한테만은 내가 어떤 경우라도 비열한 짓을 하지 않을 거라는 걸 알기 때문이었다.

"왜 전화했어?"

다혜의 첫마디였다.

"왜라니? 내가 못할 짓을 했나?"

나도 그 순간 미운 생각에서 이렇게 대꾸했다.

"그 여자 유골이나 간수 잘해."

이것이 두 번째 말이었다. 나는 내 심정을 이렇게 몰라주나 싶어 괘씸한 생각도 들었지만 피식 웃었다.

"속 좁게 굴지 말라구. 난 너만 사랑해. 알아?"

"다신 전화 걸지 마. 난 찬일 싫어해. 그러기로 작정하고 왔어. 내가 왜 연락 안 한 줄 이젠 알겠지. 그리고 나 요즘 정신없이 바쁘니까 연락할 생각 마."

그러고는 일방적으로 전화를 끊으려고 했다. 나는 얼른 소리를 질렀다.

"내 성질 알지?"

"아다 뿐야. 그 성질로 어쩌겠다는 거야?"

그때 옆에서 말리는 어머니 소리가 들렸고 짜증을 내는 다혜 소리도 얽혀서 들려왔다.

"할 얘기 있으면 해봐. 다해 버려. 그리곤 연락 같은 거 할 생각은 마. 알겠어?"

"이봐, 다혜야. 제발 내 맘 좀 알아줘라."

"아니까 이러는 거야."

"내가 잘못했다 치자. 그렇다고 연락 한마디 없이 그럴 수가 있냐?"

"그럴 수 있는 게 나야. 날 너무 쉽게 생각하지 마. 그리고 한 가지 더 부탁하겠는데, 나처럼 멋 없고 속 좁고 별거 없이 빼기는 여자 말고 찬이 주변에 좋은 여자가 많으니까 그런 데서 선택해 봐. 난 평생 혼자 살 여자니까."

"그럼 나도 혼자 살면 되잖아."

"맘대로 해."

"말 좀 해보자. 어째서 연락 없이 그랬는지 말이다."

"난 찬이가 싫어졌어. 그뿐야. 됐지? 내가 솔직한 여자라는 걸 알잖아. 이래도 자꾸 전화하고 그러겠어? 자존심도 없이 말야."

"정말 이럴래?"

"난 그런 여자야."

답답해서 말이 나오질 않았다. 되게 심사가 뒤엉킨 건 이해가 되었다. 아무리 생명의 은인이라 하더라도 그녀의 유골을 안고 침통한 표정으로 파리를 떠난 내 모습이 즐거울 까닭이 있었을까. 더구나 그녀의 마음조차 가라앉혀주지 않고 떠났었다. 납치되어 고역을 치르고 나왔는데도 따뜻한 위로조차 변변히 하지 않았고, 하루나 이틀쯤 묵으면서 그녀의 아픈 가슴을 달래주지 않은 채, 유골을 하루라도 빨리 한국 땅으로 가져가기 위해 안타까워한 내 행위가 달가울 리 없었으리라.

하긴 그때의 나는 다혜가 이해하리라고, 이해할 수밖에 없는 상황이라고 단정했었다. 산 사람의 문제는 나중의 문제고 우선 죽은 여인의 소원을, 그것도 나 때문에 죽은 여인의 유골과 그녀의 부탁과 약속만을 생각할 수밖에 없었다. 그것이 이런 결과를 가져올지 모른다는 불안한 마음이 없었던 것도 아니었다. 서울에 와서 일을 대충 추스른 뒤에 다혜에게 연락을 했지만 그녀의 반응은 상상했던 대로 냉랭했다.

그래도 한 가닥의 기대를 했던 것은 다혜를 믿었기 때문이며, 그녀의 이성적 분별력을 믿었던 것이었다.

"내가 그리 갈게. 만나서 얘길 하자. 그러면 이해할 거야."

"그럴 시간 없어. 그리고 참 내가 왔다는 걸 어떻게 알았지?"

"만나서 얘길 할게."

"전화로 해도 충분한 걸 왜 만나서 하자고 그래."

"혜련이한테 들었다."

"혜련이가? 걔가 나 온 걸 어떻게 알았지?"

"만났다는데."

"내가? 웃기고들 있다. 내가 왜 혜련일 만나. 내가 만난 사람은…… 알다가도 모르겠네. 내가 온 걸 아는 사람이 없는데. 그러길래 이상하다 싶었지. 잘됐군그래. 혜련이가 자꾸 차이를 소개시켜 달라고 조르더니. 은주 언니네 가게에 걔가 자주 들랑거리겠지. 짐작이 가는구나."

다혜는 빈정거리는 투로 말했다. 어지간해서 빈정거리거나 야릇한 감정 표현을 하지 않는 성미인데 혜련이 얘기가 나오자 이상하게 신경질적인 반응을 보였다.

"정말 이상하다. 분명히 혜련이가 널 만났다고 했어. 그럼 내가 어디서 들었겠냐?"

"혜련이가 누구네 딸인지 알지?"

"강남에 있는 그 병원 집 딸이지."

"어쨌거나 난 걜 만난 적이 없어. 그리고 다시 전화 걸지 마."

"잠깐이면 돼. 지금 갈게."

"질긴 건 알지만 나도 그 정도는 질겨. 내가 전화 걸고 싶을 때 걸 테니까 그렇게 알아. 남자가 채신없이 전화질이나 하고 안달하지 마. 난 그런 남자 딱 질색이니까."

"그럼 내일, 아무 때라도 좋다. 할 얘기도 있고."

"시간 나면 내가 연락할게. 그전엔 연락하지 마."

"야, 속 좀 풀자."

"밤새 대문을 차고 소리 지르고 그러지그래. 새벽부터 집을 지키든가 애들 시켜서 미행을 하든가, 아니면 동네가 시끄러워서 내가 사정하러 나오게 만들든가, 그런 소질을 뒀다가 언제 쓰려고 그래. 그게 싫으면 우리 집으로 쳐들어와서 악을 쓰든가."

내가 약 오르면 푸실푸실 하던 소리를 다혜가 미리 앞지르고 나섰다. 참 할 말 없게 만들었다. 내 성질 같으면 당장 다혜가 말한 대로 그런 행동을 하고 싶었다. 그래서 별수 없이 내 성질에 맞추게 하고 싶었다. 그러나 다혜가 먼저 말을 그렇게 질러버렸으니 더 할 말이 없었다.

그렇게 몇 차례 말씨름만 하다가 그날은 전화를 끊고 말았다. 그리고 오늘까지 삼 일간이나 그녀는 연락 한마디 없었고 내가 몇 차례나 연락을 했지만 행방이 묘연했다. 어머니는 입을 다물었고 다른 식구들도 일체 함구를 했다. 무조건 나하고 전화로 싸우고 난 다음 날 친척집에 간다고 나가서 중간에 잘 있으니 걱정 말라는 전화 한마디뿐 연락이 없다는 것이었다. 여기저기 수소문을 해봐도 찾을 수가 없다며 돌아올 때까지 기다리는 수밖에 없노라는 대답뿐이었다.

일부러 나를 따돌리기 위한 수작이라는 생각이 들어 어제는 참다못해 새벽부터 밤늦게까지 길목을 지켰지만 다혜 모습은 보이지 않았다. 다혜 스스로 피신을 했다는 결론이었다.

외가와 내가 아는 다혜의 친척집에 연락을 해도 듣는 소리는 언제나 같았다. 견딜 수가 없었다. 내가 찾아갈 것을 알고 피해 버릴 만큼 마음을 다부지게 먹었는지도 모른다. 안 되는 짓인 줄 알면서 나는 애들을 시켜서 다혜네 집을 살펴보라고 일렀다. 헤어질 때 헤어지더라도 만나서 가슴 터놓고 말이라도 해보고 싶었다. 나와 대화조차 하지 않겠다는 그녀의 결심이라면 마음을 모질게 먹었을 것이다.

한 가지 이상한 것은 혜련이 얘기를 하면서 이상하게, 그녀답지 않게 신경질적인 반응을 보였다는 사실과 혜련이가 강남의 종합병원 원장의 딸이란 사실에 과민하리만큼 신경을 곤두세웠다는 사실이었다.

수수께끼 같은 사실이었다. 평소의 다혜에게서 볼 수 없었던 반응이었다. 내가 사경을 헤맨 다혜에게 너무 무심한 행동을 하고 돌아왔다는 것 때문이라면 까놓고 그런 점이 싫다든지 그렇게 행동을 한 나를 질책할 수 있는 여자였다. 엉뚱한 일로 과민한 말을 하는 것이 아무래도 그녀답지 않았다. 그날 밤 늦게 애들한테서 연락이 왔다.

"누가 입원해 있나 봅니다. 식구들이 번갈아가며 병원엘 다녀요."

나는 그 한마디에 뒤통수를 얻어맞은 기분이었다.

"어느 병원이냐?"

총알처럼 튀어 일어난 내가 물었다.

"강남 종합병원요."

"몇 호실?"

"그건 모릅니다. 아버지란 분 뒤를 따랐더니 이상하게 병원에 들렀다 들어가고 어머니도 그리고 다른 식구들도 그러더라구요. 병원에 누가 있는지는 모릅니다."

"꽃다발이나 마실 걸 사 가더냐?"

"아뇨. 빈손였어요."

"어머니는 낮에도 가더냐?"

"아침저녁 다니나 봐요."

"그걸 어떻게 알아?"

"그 집 근처의 가게에서 슬쩍 물어봤죠. 그랬더니 며칠째 아침저녁 나간다고 했어요."

강남 종합병원이면 혜련이 아버지가 원장으로 있는 병원이었고 다혜가 이상스럽게 과민한 반응을 보였던 일이 있었다. 무슨 일이 생긴 게 분명하다 싶었다. 뇌리를 가장 먼저 때리는 것은 다혜의 약해진 몸에 관한 걱정이었다. 지지난 방학엔가는 한동안 병원에 다니며 치료를 받았었고 집 떠난 뒤로 공부가 어려운 탓인지 점점 여위어간다는 걸 느낄 수 있었다. 병원 출입이 잦을 때도 무슨 병인지, 어디가 특별히 나쁜지에 대해서 한마디도 밝힌 적은 없었다. 그저 까닭 없이 몸이 여윈다는 것 정도였다. 그것이 공부하느라 무리한 탓일 거라고만 여겼었다.

"다른 건 없었냐?"

"시간도 없었고 상세하게 알아내기는 좀 그랬습니다. 병원 측에 알아보려면 아는 사람이 있어야 하는데 그렇지도 않고 해서요."

"입원실에 누가 있는지를 확실히 알아낸 건 아니지."

"그렇습니다."

"짐작도 못하겠더냐?"

"다른 식구들은 다 보이는데 다혜 씨만 안 보이니까 다혜 씨가 입원한 게 아닌가 싶었습니다."

"고생했다. 일단 철수를 해라. 필요하면 부를 테니까 자리 뜨지 말고."

　그렇게 해놓고 나는 곧장 혜련이의 연락처를 은주 누나에게서 알아내었다. 우선 혜련이에게서 몇 가지 사정을 알아낼 수 있을 것 같았다.

　"웬일예요? 나한테 전활 다 하다니 놀랄 일이네요."

　그녀가 내게 관심을 보인다는 걸 모른 체했었다는 사실을 비양거리는 것 같았다. 은주 누나네 가게 출입이 잦은 거라든지 바쁜 몸짓이다가도 나를 만나면 자리를 뜨지 않고 차 마시러 가자고 조르는 눈치라든지 또는 은주 누나에게 상당히 접근해서 내 일을 꼬치꼬치 캐내려고 해서 은주 누나가 눈치챌 만큼 행동을 하는 계집아이였다.

　나와 전혀 인연이 없었던 건 아니었다. 다혜와는 고등학교 친구였고 대학은 나와 같았다. 학과가 달라 별로 친하게 지낸 것은 아니지만 나와 서너 번 만났었고 그 인연 때문에 병원 소개할 딱한 사정이 있는 주변 사람을 소개해서 여러 가지 편의를 제공받는 적이 있었다. 고마운 마음에서 차 대접을 한다든지 편의를 제공받은 사람이 선물을 건네줄 때 동석한 일도 여러 번 있었다. 다혜가 대학을 졸업하고 취직하려고 할 때 혜련이가 저희 아버지 병원에 오기를 강력하게 종용했었고 다혜는 끝내 거절하기도 했었다.

　그것이 다혜의 자존심이었다는 것은 물론 나도 알고 있었다. 친구네 병원에서 근무하기는 싫다는 것이었다. 다혜가 졸업하던 해만 하더라도 병원 취직이 그리 용이하던 때는 아니었었다. 집안에서 배부른 흥정이라고 했지만 다혜는 끝내 거절하고 말았다. 다혜는 입학할 당시만 해도 간호원 생활에 상당한 관심을 가지고 있었지만 졸업할 무렵엔 과 선택을 잘못했다고 후회한 적이 많았다. 그래서 뒤늦게 무리를 하여 유학을 결심했는지 모른다. 여자가 그런 결심을 하는 것은 그리 쉬운 일이 아니라는 걸 나는 알고 있었다.

"한 가지 물어볼 게 있어서 전활 했어요."

"다혜 얘기죠?"

혜련이는 말머리를 먼저 채어 잡았다.

"그래요. 두 사람이 만난 적이 없다는데……."

"마음 편하게 알려드리려고 거짓말을 했지요. 왔다는 것만 알았지 만난 적은 없어요."

"그럼 어떻게 알았나요? 다혜를 만난 사람이 없는데."

"글쎄요. 나도 말을 들었을 뿐예요."

"어디서 누구한테 말입니까?"

"총찬 씨는 다혜를 만났나요?"

"아뇨."

"지금 집에 없을 거예요."

"글쎄 그걸 어떻게 알았냐니까요?"

나는 억지를 쓰다시피 따져 묻기 시작했다.

"그런 얘긴 나중에, 먼 훗날 하게 될 날이 있을 거예요. 우연히 알게 돼서 알려줬을 뿐예요. 알고 계시라고 말이죠."

"그렇게 말하기 싫다면 할 수 없죠. 그럼 지금 어디에 있나요? 그것만 말해 줘봐요."

"그걸 내가 어떻게 알겠어요."

"집에 없다는 걸 어떻게 알았나요?"

"그야 전화를 해봤으니까 알죠. 며칠째 집에 안 왔다더군요. 여행을 갔나 보죠, 머. 외국서 공부하느라 피곤이 겹쳤을 테니까요."

"내가 한 가지 물읍시다."

"그래요."

"혹시 그 병원에 있는 거 아뇨?"

"우리 병원에요? 왜요? 어디가 아픈가 보죠. 우리 병원이 커서 누가 어디에 입원했는지 알 길이 없죠. 조그만 개인 병원이라면 또 모를까."

"시치미 뗄 거요? 다 알고 하는 소리인데."

"그런 건 알 수가 없죠."

"그럼 알아봐줄 수는 있을 거 아니오."

"물론이죠. 그러나 그런 수고를 내가 굳이 할 필요가 없을 거 아녜요. 집에 알아봐도 되고, 다른 데서 알아봐도 될 거 아녜요."

"좀 부탁합시다."

"다른 부탁이라면 어렵지 않은데……."

172

말꼬리를 흐리는 것이 알아봐줄 용의도 있다는 투였다. 나는 전화기를 잡고 사정조로 늘어졌다. 다른 일 같으면 세상없어도 자존심 버려가며 애원 따위를 하지 않는 내 성미를 그녀도 어느 정도 알고 있었다. 그녀는 몇 번이나 거절하는 체하더니 마지못한 듯 알아봐주마고 했다. 내 직감에도 혜련이가 무엇인가 낌새를 채고 내게 언질을 준 것 같았다.

그리고 한 시간쯤 지나서 혜련이는 전화를 걸어 알아보느라고 얼마나 힘들었는지를 한참이나 설명한 연후에 공치사 비슷하게 말했다.

"입원해 있다는 걸 아느라고 병원에 비상이 걸렸었어요. 병원 사람들이 무슨 일인가 궁금해할 정도로요."

"고마운 건 꼭 갚지요."

밸이 꼬여 이렇게 대꾸했다.

"이거 공치사하느라고 하는 말 아녜요. 나중에 알겠지만…… 불경기다, 돈이 안 돌아 허리 졸라맨다 하면서도 병원은 만원이거든요. 이름만 가지고 찾아보려고 해보세요. 맘만 먹으면 쉽지만 그게 어디 말 한마디로 돼요?"

"그러니까 갚는다잖아요."

"어떻게 갚을래요?"

"원하는 대로 해주죠."

"믿어도 돼요?"

"될 거요."

"그럼 하루만 시간 내줘요. 내가 하자는 대로 해주는 거죠?"

"너무 지나치잖아요. 내가 물건도 아닌데."

"그럼 관두세요. 금방 약속해 놓고 딴소리하는 남자하고 무슨 얘길 하겠어요."

전화를 끊을 것처럼 냉랭하게 굴었다. 나는 괜히 말려들었다 싶었지만 이 마당에 그런 걸 따지고 싶지 않았다. 내가 호랑이 굴에 들어간들 기가 죽을 건 아니니까, 우선 약속을 들어주고 보자는 속셈이었다.

"약속을 하면 되잖소."

"뭘로 믿죠?"

"내 이름을 걸면 되잖아요."

"그럼 됐어요. 딴말하면 그땐 총찬 씨 인격을 의심하겠어요."

이 여자가 갈수록 태산이었다. 그러나 지금 그런 걸 따질 때가 아니었다.

"입원실부터 가르쳐주시죠. 이건 정당한 내 권리요. 약속 지키기로 한 이상은 말이죠."

"맞아요. 칠백이호예요. 묻는 만큼만 나도 대답하면 되겠네요."

예사 계집아이는 아니었다. 말꼬리 하나라도 놓치지 않는 성깔이었다. 여유 있는 집 계집애들, 생김새도 반듯하고 모양도 세련되게 차릴 줄 알고 학교도 남 뒤지지 않게 뻐기며 다닌 계집애들의 공통된 성미인지도 모른다. 어찌 보면 그놈의 자존심 덩어리가 꽤나 못마땅했지만 또 어찌 보면 헐렁거리는 계집애들보다 단단한 맛이 있어 차라리 좋은 것인지 모른다.

"왜 입원했는지 알려주쇼."

이왕 서로 흥정하듯 말할 참이면 나도 그렇게 나갈 심산이었다.

"병명은 병원 규칙상 비밀이죠."

"그 정도는 알아줘야 할 거 아뇨."

"그건 내 영역 밖이죠."

"알아보자면 어려울 거 없잖아요."

"그야 그렇겠지만…… 난 그러고 싶지 않아요. 가보면 알 거고, 언젠가는 알게 되잖아요. 또 병원이란 입원했다고 어떤 병이라는 게 기계처럼 알아지는 게 아니죠. 검사하고 정밀하게 검진해서 결과가 나온 뒤에야 어떤 병이고 어떤 처방이 필요한가를 알게 되는 거니까요."

"누가 그걸 모릅니까? 대충 어디가 어째서 병원에 갔는지를 알 수 있잖아요."

"산부인과나 정신병동은 아니니까 안심해요."

옆에 있으면 그 도도한 말투를 핑계 삼아 따지고 싶을 정도였다. 산부인과나 정신병동이 아니라는 말투가 상당히 내 기분을 언짢게 했다. 내가 마치 다혜를 의심하기 때문에 꼬치꼬치 캐는 기분이었다.

"처음부터 알았을 텐데 어째서 내게 거짓말을 했죠?"

"정말 우연히 먼빛으로 봤어요. 나는 다혜를 봤지만 다혜는 나를 못 봤거든요. 그래서 호기심으로 알아봤죠. 내가 얼굴 맞대고 물으면 걔 성질에 다른 병원으로 갈 테고…… 그랬더니 며칠 전부터 병원에 다닌다더군요. 그래서 집으로 시치미를 떼고 전화를 걸었더니 어머니가 그러시더군요. 며칠 전에 돌아와서 논문 준비로 바쁘니까 나중에 연락하라고요. 그러니 의심이 갈 수밖에요. 공부하다가 몸이 쇠약해져서 병원에 다닌다고 하면 얼마나 편해요. 더구나 우리 병원이고 난 줄 뻔히 아니까 사정 얘길 할 수도 있고요. 남 같으면 나한테 일부러 연락해서 도와달라고 했을 텐데…… 다혜는 나를 별로 좋아하지 않아요. 그걸 아니까 내가 무슨 말을 할 수 있겠어요. 그래서 그랬죠. 친구가 길에서 봤는데 야위었더라고요. 어머니가 그건 시인을 했어요."

"그래서요?"

"알아봤죠. 내 호기심 때문이었지만, 아직 결과는 모르고. 몸이 약한 건 사실이고. 그 정도예요."

"그럼 무슨 과요?"

"내과예요."

"지금도 검사를 받나요?"

"종합검사를 받는 중이죠."

"큰 병이란 얘기군요."

"종합검사 받는다고 큰 병이라고 단정하면 안 되죠. 종합검사 받는 사람이 부지기수니까요."

"지금 나한테 강의하는 거요?"

"난 강의할 자격이 없어요. 우리 아버지가 원장이지 나는 아니거든요. 다만 총찬 씨가 묻는 걸 대답할 뿐예요. 물어보세요. 아는 대로만 대답할 테니까요."

"옆에 있으면 한 대 때리고 싶소."

"그러다가 바빠지겠네요. 병실 두 군데를 찾아가야 되니까요. 난 맞을 짓 안 했어요."

"우린 약속을 했으니까 흥정하고 있는 거요. 그러니까 이런 말을 할 수 있는 거요."

"가능하면 나하고 이럴 땐 친해두는 게 좋아요. 병원 일은 누구보다도 내가 가장 빨리 그리고 정확한 정보를 줄 수 있으니까요."

"말은 됩니다. 나중에 아들 낳으면 의사 만들어야 되겠군요."

"나는 반대예요. 그렇게 고생해 가며 잘살아서 뭐해요. 웬만큼 벌어서 웬만큼 쓰고 재미있게 살다 가도 인생은 짧은데 뭣 때문에 그 고생을 시키죠? 철저한 자기 일을 갖게 하는 건 좋지만요."

"그만 끊읍시다."

나는 혜련이와 아무리 말을 길게 해도 그 이상의 상황을 알아낼 수 없다는 걸 알았다. 설사 알고 있더라도 그리 쉽게 발설할 여자도 아니었다. 필요할 때마다 하나씩 꺼내서 던져줄, 그런 약아빠진 여자였다. 다혜가 서울에 왔다는 걸 내게 알려줄 때부터 그런 계산을 했었는지 모른다. 난 힘깨나 쓰고 도술 부리듯 재주를 가진 사내는 무섭지 않지만 술수에 뛰어난 머리를 가진 여자는 좀 무서워하는 판이었다.

오뉴월에도 서리가 내린다는 옛말을 생각하면 내가 여자에게는 조금 약한 구석이 있는지 모른다. 하긴 힘으로 상대할 수도 없고 같이 눈물을 흘리거나 염치없이 맞상대하지 못할 바에는 지는 게 상책인지 모른다.

"좋아요. 한 가지 부탁을 하겠어요. 내가 알려줬다는 말은 결코 하면 안 돼요. 걔 성깔에 당장 뛰쳐나갈 테고…… 확실한 상황을 총찬 씨가 앞으로도 계속 알고 싶다면 말이죠."

"그러다가 내 발목 잡겠소."

"남의 발목 잡는 게 내 특기는 아니지만 총찬 씨 발목이라면 기를 쓰고 잡지요."

그렇게 전화를 끊었다. 보통 여자가 아니라는 걸 짐작했었지만 오랫동안 통화를 하면서 은주 누나 말처럼 묘하게 매력을 지닌 드센 개성의 여자라는 걸 알게 되었다.

몇 번이나 망설였지만 결국 나는 병원으로 다혜를 만나러 갈 결심이었다. 다혜가 매정하게 연락조차 않은 것이라든지 내가 전화를 걸었을 때 그렇게 내차게 대한 것이 아무래도 다혜 자신의 병 때문이 아니었을까 하는 불안이 영 가셔지질 않았다. 그럴 만한 여자였다. 만약 큰 병을 앓게 된다거나 장기간 치료를 요하는 병으로 판명되면 그녀는 나를 피할 여자이지

동정을 받기 위해 나약한 모습을 보일 여자는 아니었다.

병실 앞에 서서 심호흡을 했다. 그리고 문을 두드렸다. 내 손엔 마실 것과 꽃 한 다발이 쥐어져 있었다. 병실에 꽃을 가지고 가는 게 좋지 않다는 말을 들은 터였지만 내 손으로 꽃을 들고 들어서고 싶었다.

문이 열리고 내가 조심스럽게 들어섰다. 다혜의 눈이 커졌다. 놀라는 표정이 너무 또렷해서 나는 잠시 그 자리에 설 수밖에 없었다. 다혜는 굳은 표정으로 나를 노려보고 있었다. 잠옷같이 생긴 환자복을 천천히 여미더니 고개를 돌렸다. 잘못 왔나 싶었다. 그렇게 놀라는 표정을 전엔 본 적이 없었고 그렇게 차갑게 고개를 돌리는 것도 처음이었다.

"불쑥 찾아와서 미안해."

한참 만에 겨우 내가 한 말이었다.

"앉아."

다혜도 힘없이 말했다.

"궁금해서 견딜 수가 없었어."

"알아."

어떻게 알고 찾아왔느냐고 묻지 않는 것이 그렇게 고마울 수가 없었다. 초췌하고 형편없는 몰골이리라고 상상했던 내 궁금증은 다행스럽게도 기우였다. 여전히 맑은 살결에 빛나는 눈빛이었다. 좀 야위었다는 것과 화장기가 없고 누워 있다가 일어나서 부스스한 것이 환자복과 어울리는 정도였다. 병원 가기 좋아할 사람이 없고 보면 다혜가 며칠째 입원까지 해가면서 종합검사를 받는다는 것 자체로 나는 큰 병 앓는 상상만 줄기차게 하고 있었다.

"답답해서 이렇게 찾아오지 않고는 견딜 수 없었어."

또 한참 만에 내가 말했다.

"그랬을 거야, 나라도."

"많이 아파?"

"피곤이 쌓여서 그런가 봐. 쉴 겸 해서 종합진찰을 받는 거야. 무슨 병이 있어서가 아니라."

"나한테는 숨기면 안 돼. 죽어도 같이 죽을 사람은 나밖에 없어."

뭐라고 위로의 말을 한다는 것이 고작 이런 말이었다.

"내가 죽는다고 찬이가 왜 죽어야 돼? 악착같이 살아서 좋은 여자, 나같이 까탈스런 여자 말고…… 그런 여자랑 신 나게 살아야지."

그제서야 다혜 얼굴은 화색이 돌았다. 아까 같아서는 말 한 마디 나누지 못한 채 돌아가야 될 것 같았었다.

"그 정신에도 농담을 해?"

"병원에 안 가는 사람이 어디 있어. 그런 사람이 모두 죽을 상을 하란 법이 있나?"

"그게 아니고 아까는 너무 놀라더니 갑자기 명랑해지니까 이상해서……."

"걱정 마. 점쟁이가 난 여든다섯까지 산다고 장담했으니까."

그러고는 저 혼자 키득거리며 웃었다.

그렇게 키득거리며 웃던 다혜가 아니었었다. 일부러 명랑한 표정을 지어 보이려고 마음에도 없는 웃음을 보이는 것인지 모른다고 생각했다.

"그렇게 오래 살아서 뭐해."

내가 일부러 이렇게 말했다.

"난 악착같이 오래 살아야 돼. 할 일이 많아. 애들도 연년생으로 열두 명쯤은 낳아야 되겠고 가볼 만한 곳은 다 가봐야겠고 하고 싶은 일은 모두 해봐야 되겠고 갖고 싶은 건 다 가져야 하고…… 그러려면 적어도 그 정도는 살아야지. 안 그래?"

"아예 백여든다섯 살까지 살아라."

"그럼 더 좋고."

아주 성겁게 대꾸했다. 말하듯 그렇게 욕심이 많은 여자가 아니었다. 어떤 때는 저렇게 욕심 없는 여자가 어째서 공부 욕심만은 저리도 많은가 싶을 정도였다.

"아직도 검사 중야?"

다혜 표정이 가라앉은 걸 보고 물었다.

"병원이란 데가 다 그렇잖아. 사람의 목숨을 다루는 것인데 이렇게 꼼꼼하게 체크하지 않으면 어쩌라고."

"언제까지?"

"이삼 일 더 가봐야 알아."

"중간 결과라도 알 거 아냐?"

"현재까진 이상이 전혀 없대. 의사 선생님 말로는 과로가 겹쳐서 분명 열이 생긴 것 같다고 했어. 링거 맞고 열을 계속 다스리고 그러면 될 거래."

"열이 높았었나?"

"사람이 하도 시원찮으니까 열이나 나서 팔팔 뛰어보라고 열병을 줬나 봐. 40도도 넘게. 그것도 밤만 되면 심하게 올라가곤 했었어."

"지금은?"

"이렇게 멀쩡하잖아."

"정말이냐?"

"의사한테 물어봐. 내가 이래 보여도 간호대학 출신이라구. 간호원 근무 경력도 있고."

"난 괜히 방정맞은 생각만 했지."

"날 그렇게 아꼈어?"

"아니, 이참에 곱게 데려가주면 괜찮은 여자 하나 골라잡나 보다 싶어서 아예 화장실에 가서 문 잠가놓고 키들키들 웃고 왔거든."

"내가 그렇게 쉽게 죽진 않을걸."

우리는 이렇게 주고받으며 활짝 웃었다. 그러나 다혜의 표정 속엔 아무래도 그늘이 스며 있었다. 내가 이리 떠보고 저리 떠보느라고 말을 시켰지만 그녀 심중에 뭔가 숨기는 게 있거나 말 못할 사정이 있는 것 같았다. 그렇다고 대책 없이 꼬치꼬치 물을 수도 없었다. 그렇다고 해서 쉽게 입을 열거나 내 얕은 꾀를 읽지 못할 여자가 아니었다.

"왜 나한테 숨겼지?"

실컷 농담을 주고받으며 웃은 뒤에 나는 슬쩍 물었다.

"열나는 병 옮겨주기 싫어서 그랬어. 그러지 않아도 뜨거운 남자인데 거기다 열나는 병까지 옮아봐. 장안이 뜨거워질 거 아냐?"

"서울에 오는 일 말야."

"올 때부터 열이 심했으니까."

"그럼 내가 전화했을 때는 왜 그랬어? 나를 납득시켜 줘."

"내가 그랬잖아. 사람이 이상하게 싫을 때가 있다고. 찬이가 싫었어. 내 몸이 귀찮으니까. 다른 것도 다 싫어지더란 말야. 거기다가 그 여자 유골을 안고 나한테는 그리 무심하게 하고 떠날 때부터 찬이가 미웠어."

"지금은?"

"지금도 미운 건 그대로 있어."

"병원에서 퇴원하고 나면 내가 죄다, 전후 사정을 다 말해줄게. 그러면 내 심정을 알 거야. 물론 뭐라고 할 말은 없어. 다혜한테 워낙 잘못했으니까. 후회도 했고…… 편지에도 썼잖아. 그때 상황에 어쩔 수 없었다고 말야. 내가 평생 동안 보상할게."

"어떻게?"

"평생 웃겨주면 되겠지."

"어떻게 평생을 웃겨?"

"웃기는 대학이 그사이 생기겠지, 머. 거기 들어가서 수석으로 졸업하고…… 맨날 웃겨줄게."

나는 그 순간에 다혜가 오래 살 것 같지 않다는 생각을 문득 했다. 잔병치레도 곧잘 했고 유학길에 몸 관리를 부실하게 한 탓으로 눈에 뜨일 만큼 생기를 잃어가고 있었다. 사랑하는 이들끼리는 눈빛만 보아도 통하는 것인지 모른다.

"다 좋아. 돌아올 때 연락하지 않은 이유가 있겠지. 그걸 말해 줄 의무가 있어. 궁금해서 못 견디겠어."

"몸이 편찮으니까 만사가 귀찮았어. 그뿐였다고 했잖아."

"적어도 날 사랑한다면 그게 무슨 상관이지?"

"사랑하지 않나 보지."

다혜는 남의 말하듯 대꾸했다.

"그걸 확실하게 말해 줘."

"사랑하지 않는다면 어쩌려고 그래?"

"……."

나는 대꾸할 말이 떠오르지 않아 다혜를 쏘아보기만 했다. 결코 농담조로 그런 말을 하는 것은 아니었다.

"나도 사랑하지 말아야겠지. 너마저 믿지 못한다면…… 글쎄, 내가 이 세상에 믿을 게 이젠 없어지겠지. 그게 나다운 것인지 모르지. 태어날 때부터 나는 혼자…… 그런 운명일지도 모르고."

내가 생각해도 내 입에서 이런 식의 넋두리가 나왔다는 게 나답지 않아 보였다. 다혜가 침대 모서리로 엉치걸음으로 걷더니 피식 웃었다.

"찬이도 그렇게 낭만적일 때가 있네."

"이건 낭만적인 게 아니라 심각한 거야. 내 인생이 걸린 문제니까."

"나 같은 여자한테 뭐러 인생을 걸까? 그만한 가치가 있을까."

다혜답지 않은 말이었다. 평소의 다혜라면 자신의 가치를 인정하려고 했을 터이고 나 또한 이런 식의 말은 하지 않았을 일이었다. 병원에 누워 있으니까 예민해져서 그런 것인지 아니면 심정의 변화 때문인지 가늠할 수가 없었다.

"솔직하게 말해 줄 수 없니? 우린 어린애가 아냐. 마음을 터놓지 않으면 서로를 믿지 못하게 돼. 우린 마음의 틈이 있었어. 너무 오래 떨어져 있었고……."

그건 사실이었다. 마음이 갈라선 것이 아니라 서로 마음의 동요가 없었다고 하기엔 두 사람 사이가 너무 오랫동안 떨어져 있었던 것이었다. 요즘도 사랑은 지리에 의해 결정된다는 말이 있다. 옛날 같으면 통신수단과 교통수단이 발달하지 못해 인연은 당연히 지리적 조건에 의해 연결되지만 요즘은 교통이나 통신의 발달로 꼭 지리에 의해 사람의 인연이 결정되는 것만은 아니었다.

"난 혼자 살고 싶어. 하던 공부나 계속하면서……."

힘없이 대꾸했다.

"분명히 말해 줘. 나보고 가라면 가겠어. 무슨 얘긴지 알아?"

내 목소리는 커졌다. 그녀가 나를 떠다민다고 떠날 나는 물론 아니었지만 그녀의 속을 떠보기 위해 일부러 그런 말을 했다.

"내가 가란다고 갈 남자일까?"

"그래. 가라면 가겠어."

"그러지 말고 나를 버리는 게 어때? 난 아직까지 남자한테 한 번도 차여보지 않았거든. 그러나 찬이한테만은 차여도 괜찮아. 내 일생에 한 번쯤 차여보는 경험이 있는 것도 내 인생다운 것 같거든. 그것도 다른 사람이 아니고 찬이라면."

"나 말고는 다헬 죽어라고 좋아한 녀석이 없었으니까 자이고 자시고 할 게 없었겠지."

"그건 천만의 말씀이네. 날 좋아한 남자가 제법 있었다고. 내가 워낙 냉정하게 구니까 그랬지. 그렇지 않았으면 찬이도 꽤 신경을 썼을 거야."

나는 진지하게 얘기를 시작하려고 했고 다혜는 일부러 농담으로 말을 받아넘기려고 했다. 아무래도 전 같지 않은 태도였다. 그녀에게서 구체적인 말을 들을 수 없다는 결론이었다.

"매일 이렇게 혼자 있었어?"

"웬 남자라도 병실을 지키고 있을 줄 알았어?"

"그렇게 되면 같이 입원을 시켜주려고 그러지."

다혜가 소리 내어 웃었다.

"찬이도 날 시시하게 볼 때가 다 있네. 식구들이 들랑거리는 외엔 아는 사람이 없어. 그런데 찬이가 갑자기 들이닥치니까 깜짝 놀랄 수밖에. 지금 내가 궁금한 건 어떻게 입원한 걸 알았느냐야. 설마 우리 식구들을 미행해서 알아내진 않았겠지."

"하늘이 도와서 찾았다는 말 있잖아."

"언제부터 그렇게 됐어. 실토를 하시지그래. 내가 병원에 있는 건 비밀이었으니까."

"다혜가 진실을 말할 때 나도 진실을 말하지."

"그럼 우린 침묵해야 돼."

"좋을 대로."

"곧 식구들이 올 거야. 올 시간이 됐거든. 그러니까 이젠 그만 돌아가. 식구들이 나를 이상하게 생각할 거야. 이해하겠지?"

"그래. 내가 틈틈이 와도 되겠지? 전화를 해도 되고."

"나한테 시간 빼앗기지 말고…… 이삼 일 있으면 결과가 나올 거고…… 그러면 나갈 텐데, 뭘."

"내 마음을 편케 해줘라."

"맘대로 해. 요 시간쯤 왔다가 후딱 가야 돼. 식구들이 알면 안 되니까."

"뻔히 아는 사이인데 왜 그래?"

"딸자식 아픈 걸 남에게 보이기 싫어하는 우리 부모를 이해해 줘."

할 말이 없었다. 흔히 병은 소문을 내야 낫는 길이 있다고 했다. 부끄럽거나 말하기 창피한 병이 아니고서야 그렇게 굳이 감추려고 할 필요가 없을 것 같았다. 내 머릿속은 빠르게 돌아가고 있었다. 다혜 입에서 더 들을 말이 없는 게 뻔한 이치고 보면 간지럽지만 혜련이를 통해 다혜의 병명이나 상황을 알아보는 것이 상책일 것 같았다.

하느님. 제발 다혜의 육신을 편케 해주세요. 나 같은 사내를 만나지 않았더라면 퍽 행복하게 사랑하고 가정을 가졌을 여자입니다. 하느님은 아실 겁니다. 다혜 그 여자가 괜찮은 여자라는 걸 말입니다. 그녀의 어두운 그늘이 왠지 가슴을 철렁 내려앉게 합니다. 제발 별것 아닌 병이게 해주세요.

하느님. 저런 여자는 살려두는 게 좋습니다. 그만한 여자가 흔치 않습니다. 괜찮은 사람은 가능하면 살려두셔야만 합니다. 이 땅에 정말 버러지 같은 자가 얼마나 많습니까. 그렇더라도 아무리 버러지 같은 자라도 살려두어서 지은 죄만큼, 남 아프게 한 만큼 이승에서 벌을 받게 하셔야 합니다. 하물며 괜찮은 사람들을 데려가시면 안 되는 일입니다.

사람다운 사람이 드문 이 세상에서 사람다운 사람마저 줄어들면 아니 됩니다.

하느님. 당신은 전지전능하십니다. 당신의 뜻대로 한번 해주십시오.

　이 세상을 하느님 성질대로 말입니다.

　병원 마당에서 하늘을 한 번 올려다보았다. 눈부신 햇살, 드높은 하늘, 물빛처럼 고운 빛깔이었다. 답답한 가슴이 영 풀릴 것 같지 않았다. 여름날이면 다혜와 함께 바다와 숲 속을 거닐 생각을 했었는데…….

교묘한 술수

　나는 다혜가 퇴원하는 날까지 사흘간 꼭 그 시간에 그만큼씩만 다혜의 병실에 나다녔고 밤이 되면 전화기를 잡고 그녀의 목소리를 들었다. 사흘 동안 병원 나다니는 것 외엔 내처 방 안에만 틀어박혀 있었다. 경제 상황이 몹시 나빠 불황 모르던 은주 누나네 가게도 꽤나 타격을 입은 모양이었다. 은주 누나는 그럴수록 부지런해서 새벽에 나갔다가 밤늦게 들어오곤 했다.

　은근히 도와주었으면 하는 눈치였는데 나는 일이 손에 잡히지 않을 것을 알기에 아예 모르는 체했다. 불황이 이렇게 장기적으로 풀리지 않으면 세상 인심은 더욱 흉흉해지기 마련이었다. 내 도움이 필요한 사람들도 그만큼 늘어갔지만 나는 두문

불출하기로 작정했다.

혜련이한테 전화를 건 것은 다혜가 퇴원한 다음 날이었다. 잠에서 덜 깬 목소리였지만 꽤나 반겨주었다. 종합검사 결과가 한참 더 걸려야 나오는데 우선은 피로 외엔 다른 병이 발견되지 않았다는 다혜의 시치미가 믿어지지 않았기 때문이었다.

"홍정 때문에 전화했나요?"

반겨주던 말끝에 혜련이가 이렇게 물었다.

"빚은 빨리 갚는 게 편하니까요."

"빚진 사람치곤 좀 도도하네요."

"그게 나요."

"빚을 준 사람이 요즘 세상엔 고분고분해야 한다지만…… 이건 좀 지나치잖아요?"

"결론만 말합시다. 오늘 하루에 빚을 갚고 싶으니까요."

"그럼 받죠. 나한테 너무 딱딱하게 대하지 마세요. 나도 토라질 줄 아는 여자예요."

"어디로 가면 되겠소?"

"여전하시네. 결국 내가 필요할 거예요. 그때 내가 도도하게 나오면 총찬 씨는 어떻게 하시려고 그러죠?"

"그건 그때 일이지요."

"드라이브하고 싶어요."

"난 차가 없어요. 은주 누나한테 빌리긴 싫고."

"내 차로 가면 돼요."

"우리 집 알죠?"

"은주 언니네 집 말이죠."

"그래요."

"한 시간 안에 가겠어요. 여자가 외출할 땐 시간이 좀 걸리죠."

나는 전화기를 내던지듯 내려놓고 말았다. 말대꾸하기 불편한 여자였다. 다혜 일만 아니면 상종할 생각조차 하지 않았을 터인데 답답한 건 내 자신이었고 그런 속을 훤히 들여다보고 있는 여자였다. 병원 집 딸이 그렇게 부러워 보이긴 처음이었다.

내가 상상했던 것보다 화사한 차림으로 혜련이는 나타났다. 가볍게 드라이브나 하자던 그녀의 말을 그대로 믿었던 내가 조금은 당황할 수밖에 없었다. 평소에 몰고 다니던 고급 승용차였지만 꾸며놓은 실내장식이며 갖추어진 용품들이 유별나게 고급스러운 것들이었다. 옆좌석에 올라타자 그녀는 아까 말투와 다른 화사한 웃음을 보였다.

"오늘 하루 종일 내가 빌린 겁니다. 내 말이 맞죠?"

"물건 취급하는 거요?"

"아뇨. 믿을 만한 신사로 대하겠어요."

"성질대로 하쇼."

"좋아요."

자동차는 언덕을 쏜살같이 내려와 큰 길로 접어들었다. 운전 솜씨가 제법인 듯싶었다. 무릎까지 보이는 짧은 치마 차림에 새하얀 구두며 곡선미가 제대로 나타나는 차림새들이 여간 대담한 복장이 아니었다. 나는 속으로 웃었다. 이 여자가 나를 유혹하려고 벼른다는 걸 알고 있기 때문이었다. 아무래도 유혹할 대상을 잘못 선정한 것이라고 말해 주고 싶었다.

"어디로 갈 거요?"

"내 맘대로 아녜요?"

"나를 언제까지, 오늘 몇 시까지 빌릴 생각요?"

"밤 열두 시까지는 반납하겠어요."

"반납이라…… 말투가 여전하시군. 실컷 가지고 놀아보쇼. 빌린 거니까 상처 하나 내지 마십쇼."

"빌려 쓰다 보면 상처가 날 수도 있죠. 그러나 가능하면 깨끗하게 반납하도록 노력하겠어요."

혜련이의 도도한 기는 아직도 살아 있었다. 그 기를 꺾어놓지 않으면 안 될 것 같았다. 자동차는 강변도로로 접어들었다. 이 여자의 속셈을 읽어두고 싶었다.

"어느 쪽으로 데려갈 참이죠?"

"물 좋고 산 좋은 곳예요."

"내가 보디가드요, 아니면 정말 물건처럼 끌려가는 거요?"

"너무 신경 쓸 거 없어요."

"어떤 대접을 할 거냐고 묻는 거요. 약속을 취소할 권리가 나에게도 있잖아요."

"물론이죠. 그러나 그렇게 하는 건 총찬 씨답지 않은 일이죠."

나는 대꾸하지 않았다. 자동차는 북쪽 길로 들어섰다.

"이 길로 가니까 괜히 으스스해집니다."

"호젓한 곳으로 모시는 거예요."

"이 길로 가면 청평하고……."

"얼추 맞췄네요."

"실례인 줄 알지만 나 눈 감아도 되겠죠. 요즘 잠을 설쳐서 그럽니다."

"숙녀 혼자 운전하란 실례가 어디 있어요. 졸려도 참으셔야지. 그러다가 사고라도 나면 어쩌려고요."

산굽이가 많은 길이어서 운전하기에 썩 좋은 길만은 아니었다.

"사고 나면 저승 길동무가 되는 거 아닙니까?"

"난 오래 살고 싶어요."

"그럼 운전을 똑바로 하쇼."

그러고는 등받이를 밀어놓고 눈을 감았다.

"곱게 자도록 내버려두진 않을걸요. 무슨 말인가 알아요?"

그러더니 차를 난폭하게 몰기 시작했다. 나는 할 수 없이 몸을 세우고 눈을 떴다. 그녀는 웃고 있었다. 그녀는 도도하지만 매력이 있었다. 언제 보아도 당당한 여자였다.

청평 호반에 빗줄기가 세차게 흩뿌려지기 시작했다. 지나가는 소나기 같으면 어느 쪽이든 한쪽 하늘이 열려 있을 터인데 호반과 하늘에 온통 시커먼 구름이 몰려들더니 운전하기조차 어려울 만큼 세찬 빗발이 무더기로 쏟아지기 시작했다. 와이퍼가 시건방지도록 차창을 흔들어도 세찬 빗발을 닦아내지는 못했다. 차를 으슥한 길가에 세워놓고 빗발이 조금 뜸해지기를 기다렸다. 워낙 모질게 쏟아부으니까 지나가는 차가 한 대도 없었다. 성능 좋은 차인데도 습기 제거가 안 되어 차 안에서 지척을 분간할 수가 없었다.

나는 이렇게 억센 빗발 때문에 자동차 안에 갇혀 있는 상황을 자꾸 생각했다. 다혜와 단둘이 이렇게 호젓한 길에서 억센 소나기, 반 시간쯤 지척을 구별할 수가 없게 쏟아져준다면 얼마나 행복할까를 생각했다.

다혜와 이렇게 차 안에 갇혀서 도란도란 얘기만 할 수 있어도 행복할 것 같았다. 내 뇌리엔 다혜가 일부러 감추려고 하는 그 병명으로 꽉 차 있었다. 왜 그런 생각이 들었는지 모르지만 다혜가 회복할 수 없는 지경에 빠진 게 아닌가 하는 생각을 자꾸 하고 있었다. 이것이 정말 방정맞은 생각이길 바라는 마음이 물론 강했다. 논문을 완료한 후에 작고 아담한 보금자리를 만들어 우리들만의 자리를 만들고 싶었다.

"하늘이 우리 둘을 묶어두고 싶으신가 보죠."

올라간 치마를 여몄지만 곡선미를 가릴 수는 없었다. 나는 피식 웃고 담배를 빼어 물었다.

"그렇지 않고서야 멀쩡하던 하늘이 갑자기 이럴 수가 있어요."

"하늘은 때때로 그런 거 아닙니까."

"지금 뭘 생각했어요?"

"솔직하게 얘길 해도 됩니까?"

"당연히 솔직해야죠. 난 솔직한 남자를 좋아해요."

"다혜를 생각했소."

"그럴 줄 알았죠. 난 그 정도 가지고 질투하지 않아요. 나는 승산 있는 싸움이 아니면 걸지를 않으니까요."

"승산 있는 싸움요? 그렇다면 나를 유혹하겠다는 거요?"

"그 정도는 짐작했을 거 아네요."

여전히 당당했다. 이렇게 다부지게 자신의 감정을 표현하는 여자도 드물 것이다.

"짐작했으면 내가 따라왔을 것 같소? 뭔가 착각하고 계시군요."

"날 속이려고 하지 마세요. 내 옷차림이나 내 표정이나 내 말투를 보면 누구라도 알 수 있죠. 여자는 이런 걸로 감정을 표시하니까요. 유혹당하지 않겠다는 자신감을 갖고 따라왔다고 말하면 이해하지만 눈치를 채지 못했다는 건 총찬 씨답지 않은 말이네요."

대꾸할 말이 없도록 야무지게 말을 했다. 나는 담배만 힘주어 빨았다. 습기가 차도록 내버려두어서 바깥은 아예 보이지 않을 정도였다. 좁은 공간에 우리 두 사람뿐이었다. 미용체조 같은 걸로 몸 관리를 철저히 한 여자라는 걸 대번에 느낄 만큼 드러나는 곡선미를 자랑하며 혜련이는 자꾸 내 시선을 끌어들이려고 했다.

"습기나 제거합시다. 뭐가 보여야 할 거 아뇨."

"이 좁은 공간이 좋잖아요."

"뭐가 좋다는 거요?"

"상상하기 말예요."

"나하고 다혜 사이가 어떤 관계라는 걸 알잖아요? 우린 머 잖아 결혼할 사이요. 만약 내가 혜련 씨 유혹에 넘어간다고 해 도 일시적일 거고 결국 혜련 씨만 상처가 남게 돼요. 내가 오 늘 따라나선 건 약속 때문이었고 혜련 씨가 다혜의 옛 친구이 기 때문이었어요. 또 분명히 얘기하고 싶은 것은 다혜의 병명, 검진 결과에 대한 걸 상세히 알고 싶은 욕심이 더 컸어요. 이 게 내 솔직한 얘기요."

"물론 알아요. 솔직하게 말하죠. 난 총찬 씨한테라면 상처 받고 싶어요. 그리고 두 사람은 아마 결혼하지 못할 거예요. 여 태 결혼하지 못했다면 두 사람 사이에 근본적으로 문제가 있 다는 걸 짐작할 수 있거든요. 또 다혜의 병명 같은 걸 나를 통 해 알고 싶다고 했는데…… 날 그렇게 시시하게 보지 말았으 면 해요. 지난번에 병실을 알려준 건 이런 기회를 만들기 위한 내 계산이었지만 이젠 달라요. 난 다혜의 병명에 대해 관심이 없 어요. 관심이 있다면 총찬 씨예요."

"나는 혜련 씨에 대해 관심이 없어요. 다혜가 입원하지 않았 너라면 결코 만나지 않았을 거요."

나도 오기가 뻗쳐 이렇게 대꾸했다. 그리고 무섭게 쏟아지던 빗발이 제법 늦었다. 좋은 사이라면 이렇게 갇혀 있는 것이 퍽 즐거울 텐데 상대가 혜련이었기에 유쾌한 기분은 아니었다. 차창을 조금 열어본 혜련이가 내 표정 없는 얼굴을 쳐다보며 말했다.

"이제 개었네요. 얼굴 좀 펴세요. 이럴 땐 여자가 그런 표정을 짓고 남자는 나처럼 의기양양하는 건 줄 알았어요. 싫다면 지금이라도 돌아갈 수 있어요. 마음 편할 때 다시 약속 지키기로 하고요."

"이왕 나섰으니까 오늘 몽땅 갚읍시다. 갑시다."

차창을 열고 습기 제거기를 가동하자 금세 사방이 밝아졌다. 자동차는 가던 길을 천천히 달렸다. 호반은 안개 낀 것처럼 흐려 보였지만 가슴이 탁 트일 것 같았다. 굽이굽이 빗발에 더 푸른 나무 잎새들이며 호반 가득 찰랑거리는 물이며 촉촉한 아스팔트와 호반 주변에 늘어선 그만그만한 집들의 풍경이 좋았다. 호반 건너편엔 햇살이 묻어 있었다.

"저쪽에선 호랑이가 장가를 가나 보죠."

혜련이가 호반 건너를 가리키며 말했다. 소나기가 오는 곳에 햇살이 비쳐 무지개가 서면 호랑이가 장가드는 거라는 옛말이 있었다.

"요즘은 호랑이가 없으니 여우가 장가를 가는 모양이오."

자동차는 호반을 끼고 한참을 더 달렸다. 멎었던 소나기가 또 지척지척 쏟아지기 시작했다. 방갈로 쪽으로 차를 댄 혜련이가 말했다.

"저 아래 별장이 보이죠?"

"보여요."

"비가 그치면 갈래요?"

"차 안에 단둘이 있는 게 더 싫어요."

"좋아요. 내리세요."

"우산 없소?"

"젖으면 말려줄게요."

"저게 누구네 별장요?"

"우리 거예요."

"지키는 사람이 있나요?"

"없어요."

"그럼 갈 데 없으면 여기 와서 자도 되겠군요."

"언제든지 원하면 열쇠를 드리죠."

우리는 차에서 내려 내리막길로 뛰기 시작했다. 자동차 길을 낼 수 없는 가파른 길이어서 걸어갈 수밖에 없는 곳이었다. 별장 앞에 다다랐을 때는 두 사람 모두 흠씬 젖어 있었다. 그렇지 않아도 몸매가 돋보였던 혜련이는 속살이 보일 정도로 선정적인 곡선미가 드러났다. 그렇다고 감추려고 하지도 않았다.

"이게 다 총찬 씨 탓예요."

오히려 여유 있게 웃었다.

"영화 장면 같으면 내가 지금 이 순간에 늑대처럼 변하는 때 겠지만…… 가엾게도 현실은 그렇지가 않아요."

"나도 그렇게 유치하게 유혹할 마음은 없어요."

별장 문이 열렸다. 이렇게 한적한 곳에 이런 장식의 별장이 있으리라곤 상상조차 못했었다. 별장 앞마당 쪽엔 모터보트 한 대가 있었고 바로 그 아래쪽은 호반이었다. 위에서 쳐다볼 때와 다르게 경치가 그만이었다. 커튼을 모두 열고 스위치를 넣자 페치카에 알불이 켜졌고 찬란한 샹들리에 불빛이 방 안을 밝혔다. 오래 비워두었던 별장이 아니라 청소를 막 끝낸 것 같았다.

"누추하진 않을 거예요. 관리인이 알아서 준비를 해두니까요."

"아깐 관리인이 없다고 했잖아요."

"여기서 사는 관리인이 아니고 때때마다 돌보는 사람이죠. 내가 오늘 올 거라고 연락했기 때문에 준비해 뒀을 거예요."

"인생이 즐거우시겠소."

"비꼬지 마세요. 남자를 초청한 건 처음예요."

"우선 옷이나 말려 입읍시다."

"저쪽 방에 가면 입을 만한 게 있을 거예요. 젖은 옷은 저 위에다 걸어놓으면 빨리 말라요."

호반 옆의 별장이어서 옷 말리는 기구가 준비되어 있는 것 같았다.

"날씨가 좋으면 모터보트도 타고 수상스키도 즐기려고 했는데, 조금 아쉽군요. 이따라도 개면 시작할 수 있어요. 초청했으니 최선을 다해서 모시겠어요. 이만하면 억지로 따라올 만했죠?"

"난 말요, 설렁탕이나 한 그릇 먹고 계곡에다 발이나 담그고 쏘주나 한잔 먹고 그러다가 시내버스 타고 덜렁덜렁 집에 가는 게 체질에 맞는 사내요. 혜련 씨하곤 격이 맞지 않는단 말요. 저 건너까지 헤엄쳐서 가라면 가겠지만 수상스키 타고 돌라면 기가 질리는 사내란 말요. 이만하면 그만 기죽이고 쏘주나 먼저 한잔 주쇼."

사실이 그랬고 또 혜련이 같은 계집애와 어울리기엔 내 스스로 걸맞지 않는다는 걸 털어놓았다.

"내 자랑하자고 이리 온 거 아녜요. 우선 옷부터 갈아입어요."

서로 옷을 갈아입고 나왔다. 그녀는 실내복 같은 것이었는데 비에 젖은 옷보다도 더 선정적인 것이었고 나는 바지에 편한 티셔츠 차림이었다. 옷 말리는 기구 위에는 벌써 수증기가 모락모락 피어오르고 있었다.

미리 준비되어 있던 식탁엔 술상이 차려져 있었다. 마주 앉았지만 그녀를 눈여겨볼 수가 없었다. 차림새가 너무 선정적이어서 눈 두기가 불편했기 때문이었다.

"왜 그렇게 수줍어하죠?"

혜련이가 물었다.

"나도 꽤 당찬 사낸 줄 알았는데 오늘은 자꾸 내가 시시해져 보입니다."

"다혜 생각 때문에 그렇다는 걸 알아요. 이 순간은 잊어버리는 게 현명하지 않을까요. 인생은 짧아요. 아무리 버텨도 삼사십 년 뿐이잖아요. 살아 있는 동안이 짧다면 그 짧은 생애를 조금이라도 즐겁게 살아야지요. 이건 잘못 들으면 놀자고, 흥청거리며 즐기자고 들을 수도 있어요. 내 얘긴 그게 아니고 가능하면 즐거운 쪽을 선택하자는 거죠."

"술맛 떨어지게 자꾸 그러지 마쇼."

"좋아요."

나는 거푸 몇 잔을 마셨고 그녀도 두어 잔을 가볍게 비웠다. 그러고는 점심 식사 준비를 한다고 부산을 떨었다. 관리인이 준비를 해둔 매운탕 요리를 하고 있는 그녀를 물끄러미 바라보았다. 다혜와는 전혀 다른 분위기의 여자였다. 경제적으로 풍요한 집안에서 자란 탓만은 아닐 것 같았다. 그녀의 성격이 적극적이고 매사에 대담한 것 같았다. 은주 누나의 표현에 의하면 성품이 꽤 괜찮은 여자라고 했다. 은주 누나도 사람을 예리하게 보는 시각이 있어서 웬만하면 칭찬하지 않는 성미였다. 점심 식사를 제법 그럴듯하게 한 셈이었다. 호반에서 잡은 물고기로 매운탕을 끓이고 준비된 반찬과 입맛에 당기는 술 때문이었다. 여러 날 동안 설친 잠 때문인지 자꾸 눕고만 싶었다. 한숨 늘어지게 자고 나면 몸도 가뿐해질 것 같았다.

"다혜의 병명이 뭐죠?"

"알아도 알려줄 수 없는 게 내 입장예요."

그녀는 한마디로 거절했다.

"나를 도와주실 수 없어요? 난 정말 다혜를 사랑해요. 그래서 죽어도 알아내야 됩니다. 이해해 줄 수 없어요? 도와주면 그만한 값을 할 사람입니다. 인간적으로 날 도와주십쇼."

"솔직하게 말해서 지금은 몰라요."

"그 말을 믿죠. 그렇다면 결과가 나오는 대로 알려줄 수 있지요. 약속을 해주시죠."

"가능하면 그러도록 할게요. 됐어요?"

"고맙습니다."

"그러나 한 가지 미리 말해 둘 게 있어요. 병명이 밝혀졌을 때 나를 원망하면 안 돼요."

"그게 무슨 말요?"

가슴이 철렁 내려앉았다. 뭔가 심상찮은 걸 느꼈다.

"이건 어디까지나 가정예요. 그 담당 의사가 희소병 전문가라는 게 마음에 걸려서 해본 소리예요."

"희소병이라뇨?"

"의사마다 전문이 따로 있잖아요."

"그래서요."

"현재까지로는 아무 증상이 없는 걸로 밝혀졌어요."

"정말입니까?"

"그래요. 날 믿어요."

"물론이죠."

"난 약속하면 지키는 여자예요."

"믿겠어요."

말은 그렇게 했지만 가슴이 자꾸 벌렁벌렁 뛰었다. 그 바람에 자꾸 술만 들이켜게 되었다. 혜련이는 말리지 않았다. 나는 그 정신에도 술김에 사고를 내서는 안 된다는 다짐을 하고 있었다. 그녀에게 한번 말려들면 다혜와는 헤어질 수밖에 없다는 걸 알고 있었다. 만약 내가 그녀를 건드리기라도 했다가는 별의별 짓을 하더라도 떨어지지 않을 여자라는 생각이 들었다.

"나, 한숨 자도 되겠소?"

"그러세요."

바깥은 여전히 빗발이 지척거리며 쏟아지고 있었다. 침실 방의 커튼을 쳐주던 그녀가 가볍게 내 몸을 잡았다.

"키스해도 돼요?"

달콤하게 물었다.

"미안하지만 안 돼요."

"숙녀를 이렇게 대접해도 돼요?"

"난 그런 놈요."

"자존심 상하지만 참죠."

다혜 생각만 해도 가슴이 울렁거려서 술을 마시지 않고 배길 수가 없었다. 내가 불안해한 것은 그녀의 약한 몸에 치유할 수 없는 병명이 붙어버리는 것이었다. 그녀가 입원했다는 걸 안 순간부터 대책 없이 그런 불안이 생겼던 것이다. 벌써 며칠째 잠을 설쳤지만 긴장 탓인지 잘도 견뎠었다.

"편히 자요. 불침번 걱정은 말고."

"미안하지만 그럽시다."

정말 술기운에 잠이 쏟아져 견딜 수가 없었다. 이 자리에서 잠들면 안 된다는 것을 알면서도 나는 잠시라도 잊어버리고만 싶었다. 이렇게 경치 좋고 산수 맑은 곳에서 잠이나 퍼 잔다는 게 어울리지 않는 줄 알지만 혜련이와 쓸데없는 입씨름을 하는 것보다 나을 것 같았다.

눈을 떴을 때는 사방이 컴컴해진 뒤였다. 이런 계곡은 해가 일찍 떨어지는 탓도 있을 테고 구름 낀 하늘 때문에 빨리 어두워지는 것 같았다. 혜련이는 불도 켜지 않은 채 흔들의자에 몸을 기대고 책을 읽고 있었다. 벽시계를 보고서야 일어설 생각을 했다. 몇 시간을 정신없이 잠 속에 빠졌었다는 걸 알았다. 살며시 일어나 혜련이를 유심히 쳐다보았다. 책에서 눈을 떼지 않고 있는 그녀의 모습이 상큼하도록 예뻤다. 여태까지 느끼지 못했던 조용하고 이지적인 모습이었다. 나는 그녀가 일부러 말괄량이처럼 구는 이유를 생각해 보았다. 다혜와 다른 분위기를 연출하기 위해 일부러 그런 것이 아닌가 하는 생각을 하게 되었다. 은주 누나가 퍽 차분한 성품의 여자라고 했을 때 나는 믿지 않았었다.

"잘 잤어요?"

밝게 웃으며 물었다.

"늦었는데 깨우지 그랬어요."

"내일 아침까지 자게 내버려 둘 생각였죠. 그렇게 달게 자는 걸 처음 봤어요. 남 잠자는 걸 들여다본 적은 없지만 그게 단잠이란 걸 알았죠."

"늦었는데 괜찮아요?"

"난 괜찮아요. 가지 않아도 된다면 여기서 자고 가도 그만예요. 이상하게 듣지 마세요."

"갑시다."

말려서 깨끗하게 다림질까지 해놓은 옷을 들고 갈아입으러 가며 말했다.

"그럼 아예 저녁 먹고 가요. 금세 차릴 테니까."

"가다가 적당히 때우고 갑시다."

"우리 집에 초대해 놓고 그럴 순 없잖아요. 금방 차려요. 술국도 준비돼 있어요."

"까짓 거…… 그럽시다."

그래서 우리는 또 시간을 끌게 되었다. 점심 식사 때와 다른 밥상을 받으며 묘한 생각이 들었다. 다혜한테는 정말 이렇게 따스한 대접을 한 번도 받아본 적이 없었다. 술국이며 반찬들이 입맛에 맞았다. 부잣집 딸이라고 우습게 여겼는데 음식 솜씨가 보통은 아니었다.

"나 잘 동안 누가 다녀갔나요?"

"아뇨. 그사이에 책 두 권을 읽었어요. 음식 준비는 미리 해둔 거고요."

"술국이 있으니, 두어 잔은 먹어야겠네요. 괜찮아요?"

"얼마든지 하세요."

그녀는 특별한 손님한테만 제공한다는 백화주를 내놓았다. 우리는 그 독특한 맛에 몇 잔씩을 거푸 마시고 말았다.

"운전할 수 있겠어요?"

"이 정도 마시고는 괜찮아요. 총찬 씨가 술을 조금만 덜 먹었어도 갈 때는 편히 가고 싶었는데."

"하자면 못할 거야 없죠. 나도 요 정도 먹고 운전쯤이야 합니다."

"그만두세요."

백화주란 술은 마실 때는 입에 찰싹 붙는 맛에 힘없이 마셨는데 마신 뒤끝이 상당히 독하게 올라온다는 걸 알게 되었다. 그런 술을 몇 잔이나 마신 혜련이가 운전대를 잡는 게 처음에는 좀 겁도 났지만 그녀의 능숙함을 금방 알게 되어 안심을 했다. 오는 길은 갈 때보다 퍽 가깝게 느껴졌다. 밤길인데도 오던 때보다 속력이 더 빨라졌기 때문이었다. 평시보다 술 한 잔이 들어가면 속도감이 둔해져 액셀러레이터를 힘주어 밟기 마련이었다. 앞차를 바짝 따라붙었다가 커브길에서도 추월을 하거나 편편한 길에 불빛이 없으면 차선을 넘어 경주하듯 내달리는 혜련이의 운전 솜씨가 아무래도 마음에 걸렸다. 이런 길은 천천히 달리며 음미를 해야 제맛이 날 텐데 혜련이는 무작정 빠른 질주뿐이었다.

자존심이 좀은 상했으리라. 별장을 나서며 그녀는 마지막 부탁이라며 입맞춤을 하게 해달라고 했었다. 내가 그녀의 어깨를 잡고 임자 있는 몸이라는 우스갯소리를 했을 때 그녀는 눈을 감고 애원하듯 그 자리에 한참을 섰었다. 그러나 나는 끝내 그녀의 소원을 들어주지 않았다.

　침묵을 지킨 채 경치 좋은 산굽이를 돌았고 내리막길을 또 쏜살같이 달렸다.

　"이렇게 달리다가 사고 나면 어쩌려고 이래요."

　내가 물었다. 그녀의 자존심을 너무 심하게 건든 것 같아 미안한 감도 없지는 않았다.

　"사고가 나도 교묘하게 나만 다치거나 나만 죽을 테니 걱정 마세요. 그렇게 되면 인정상 병실로 병문안을 와주겠죠. 내가 잘못 짚었나요?"

　"되도록이면 같이 멀쩡해 있읍시다. 이승의 인연이란 참 별게 아닙니다."

　"나랑 같이 죽는 게 싫은가 보죠?"

　"같이 죽을 이유가 없잖소?"

　"운전대를 잡은 사람은 나예요. 무슨 말인가 알겠어요?"

　"무슨 뜻인가는 알겠지만…… 혜련 씨가 그렇게 어리석지 않다는 걸 알지요."

　"아까 호반으로 뛰어들까도 생각했어요. 내 자존심을 그렇게 짓밟는 게 아녔어요. 지금이라도 기회는 있어요. 자, 어서요."

그녀는 차를 세우고 불빛을 모두 죽인 뒤에 내 턱 아래로 얼굴을 내밀었다. 술 내음과 그녀의 내음이 번져왔다. 그녀의 요구가 어떤 것이라는 걸 나는 알고 있었다.

"참아봅시다. 혜련 씨를 우습게 알았다면 아까 별장에서 무슨 일이 있어도 있었을 거요. 그만큼 혜련 씨를 인정하기 때문이란 걸 알아주쇼."

내 쪽에서 오히려 사정을 하기 시작했다.

"차라리 날 때려요."

"미안합니다."

"키스를 해주든가 차라리 때리든가 둘 중에 하나를 선택해요. 어서요!"

그녀의 눈빛은 이글거리고 있었다.

"눈 감아요."

나도 비장한 각오를 한 채 말했다. 그녀는 눈을 감았다. 나는 그녀의 따귀를 살짝 때렸다. 그녀는 눈을 뜨고 나를 노려보았다. 그러더니 이내 고개를 돌리고 자세를 바르게 하더니 자동차의 시동을 걸었다.

침묵뿐이었다.

복잡한 시내로 들어섰지만 그녀는 말 한마디 없었다. 나도 연신 담배만 피웠다.

"난 총찬 씨를 태우고 더는 운전을 할 수가 없을 것 같아요. 자꾸 사고를 내고만 싶어요. 내 맘 이해하시겠어요? 어렵지만 내려줘요. 미치겠어요."

"그럽시다."

자동차가 천천히 섰다. 문을 열고 막 내리는 순간이었다. 뒤따라오던 택시가 급정거를 하느라고 요란한 소리를 냈다. 가벼운 충돌이었다. 우리는 얼른 내려가 뒤로 뺀 택시와 우리가 탔던 차를 살펴보았다. 다행스럽게 두 차는 아무런 흠집이 없었다. 긁힌 자국도 없었다. 밀리면서 아주 가볍게 닿았던 모양이었다.

"다행입니다. 그냥 가세요."

내가 뛰어내린 운전사에게 말했다. 멋쩍은 듯 머리를 긁적이며 차를 살펴더니 나와 혜련이를 번갈아 보았다.

"당신들 술 마셨잖아?"

"한잔 했습니다. 그냥 가세요. 두 차 다 괜찮으니까 말입니다."

"차를 아무 데나 세우니까 사고를 낼 뻔한 거 아뇨."

"한적하니까 세울 수도 있잖아요. 뒤에서 보고 달렸으면 이런 일이 없잖아요. 우리가 잘못한 게 없잖습니까."

"술 마시고 운전한 건 잘못 아뇨?"

엉뚱한 트집으로 일이 번질 기세였다. 뒤차가 분명히 잘못했는데도 술 마시고 운전했다는 걸 강조하고 나서는 게 영 심상치 않았다.

"이해해 주십쇼. 술 한잔 했습니다."

나는 기분도 그렇지 않고 해서 돌려보낼 요량으로 이렇게 말했다.

"차는 그렇다 치고…… 내가 놀란 정신적 위로금은 받아야 잖소."

운전사 하는 소리가 이랬다.

"댁이 운전 잘못해서 놀란 값을 우리가 내란 말인가요?"

"경찰서 가서 따집시다."

그러면서 혜련이의 자동차 넘버판을 메모지에 적기 시작했다. 뭔가 잘못 걸린 느낌이었다.

"여보세요, 술 마신 건 우리 잘못이오. 그러나 운전 잘못한 건 당신 아뇨? 긁힌 자국이라도 있으면 귀찮아서라도 우리가 보상을 해주겠소만…… 이건 너무하잖아요."

"놀라서 감수했다잖소. 알고 보니 술을 마셨고…… 면허증이나 있나 좀 봅시다."

그 순간 혜련이가 내 등을 툭 치며 귓속말로 말했다.

"면허증을 집에 두고 왔는데 어쩌죠?"

나는 내 주머니 속의 면허증을 생각해서 걱정 말고 가만히 있으라고 일렀다.

"몇 푼 주고 말아요. 괜히 귀찮아져요. 저렇게 생떼 쓰는 사람하곤 상종하지 않는 게 현명해요."

"사람끼리 살면서 너무 하잖소."

말리는 혜련이를 밀어놓고 내가 다가섰다. 주춤주춤 두어 발짝 물러나더니 한다는 소리가,

"장사도 못했고 하니까 술값이나 주쇼. 술 먹은 거 눈감아줄 테니."

"이봐요. 돈이 아까워서가 아니라 너무 하잖아요. 차라리 미안하지만 장사도 안 되고 하니까 술값이나 달라고 하는 게 옳지, 놀랐으니까 정신적 위로금을 달라는 생떼가 어디 있어요."

"주기 싫으면 관두쇼. 난 신고하면 그만요. 거기 가서 시달리는 것보다는 나을 거요."

적반하장도 분수가 있다는데 이건 해도 너무한다 싶었다. 뒤에서 받은 차가 흠집 하나라도 생겼다면 밤늦게까지 고생하는 입장을 생각하여 그의 말처럼 술값이라도 줄 수 있는 문제였다. 그런데 이런 경우는 우리가 술을 마셨다는 약점 한 가지 때문에 그의 부당한 요구를 들어주어야 할 지경이고 그런 요구를 느물스럽게 하고 있는 것이었다.

옥신각신 말다툼이 시작되었다. 운전사는 술 마신 것과 차를 세운 걸 자꾸 따졌다. 길 가운데에 세운 것도 아니요 길가에 세웠고, 자동차 지나가기에 불편하지 않도록 비켜섰는데도 그걸 자꾸 시비했고, 그가 강조하는 것은 우리가 둘 다 술을 마셨다는 것이었다. 술 마신 채 운전을 하면 어떤 처벌을 받는지 아느냐고 닦아세우는 그의 속셈은 뻔한 것이었다.

생각할수록 분통이 터져 견딜 수가 없었다. 그렇다고 성질대로 쥐어박을 수도 없는 노릇이었다. 혜련이도 더는 못 참겠는지 따지고 들었다. 운전사는 여전히 술 마신 상태의 운전만 따지면서 경찰서로 가자는 거였다. 차를 길가에 댄 것은 아예 빼버린 채 부득부득 급정거하느라 놀란 것에 대한 위로금 얘기였고 말을 안 들으면 신고하겠다는 으름장이었다. 잘못은 제가 해놓고 덤터기를 씌우려는 데는 당할 수가 없다. 술 마신 것 자체가 큰 약점인 것이었다.

지나가던 경찰차가 다가왔다. 택시 운전사가 얼른 뛰어갔다.

"저 차가 급정거를 하는 바람에 사고 낼 뻔했습니다. 알고 보니 술을 마셔도 보통 마신 게 아녜요. 그러고는 되려 살짝 부딪쳤다고 배상을 하라고 붙잡고는 놔주질 않습니다. 경찰서에 가자고 해도 못 가게 하고…… 부딪치려고 해서 부딪친 게 아닙니다. 비틀거리며 가길래 조심스럽게 따라가는데 급정거를 하더라고요. 나도 급히 세웠죠. 그랬더니 줄줄 미끄러져 오더니 덜컹하고 받는 걸 어쩝니까. 그런데 되레 나더러 보상 않으면 집어넣는다고 야단이죠. 얼마나 마셨나 보면 압니다. 장사도 못하게 잡아놓고 보내줘야 말이죠."

경찰차가 지나갈 때 느닷없이 손을 흔들며 뛰어가는 동작이며 천연덕스럽게 거짓말을 하는 것이 보통 사내는 아니었다. 내가 몇 마디 얘기를 꺼내 운전사의 말이 사실이 아니라는 얘기를 했지만 경찰관은 대뜸 음주 측정기를 댔다.

"당신이 운전했소?"

"그렇습니다."

"너무 많이 마셨군."

"운전사가 거짓말을 한 거요. 자동차 바퀴 자국을 보면 알잖아요. 저 차가 달려오다가, 졸았는지 어쨌는지 급정거를 하고는 내가 술 마셨다는 걸 알고 트집 잡는 겁니다."

"마신 건 사실이잖소?"

"보다시피 그렇습니다."

나는 혜련이 대신 운전한 것처럼 나설 수밖에 없었다. 혜련이는 면허증도 없는 데다가 경찰서로 끌려가게 내버려둘 수가 없었다. 면허증을 받아 쥔 경찰관이 일방적으로 운전사의 말만 믿는 것이 심상치 않게 꼬일 것 같았다.

그도 그럴 것이 술 마신 사람 말은 믿지 않는 것이 정상적인 생각일 것이고 감정적으로 보면 고급 승용차에 젊은 남녀가 술 마시고 노닥거렸을 게 약간은 기분 나쁜 쪽이었을 것이다. 내가 경찰관이라도 멀쩡한 운전사의 말을 우선 믿을 터이고 깔끔하게 예쁜 데다 곡선미가 두드러진 차림새의 계집애와 허우대가 멀쩡한 사내가 똑같이 술 냄새를 피우며 운전을 했다면 앞뒤 가리지 않고 감정적으로 술 마신 쪽을 믿지 않았을 것이다. 혜련이가 경찰관에게 자초지종을 낱낱이 설명했지만 경찰관은 무조건 경찰서로 데리고 갈 심산인지 운전사의 터무니없는 거짓말을 경청하기만 했다.

"그렇다면 차를 저쪽에 옮겨놓고 빈 몸으로 따라가죠."

"맘대로 하쇼."

택시 운전사가 쏜살같이 사라진 뒤에 나는 경찰관의 허락을 얻고 혜련이를 우격다짐으로 태웠다.

"내가 들어가서 해결할 테니 차 몰고 얌전하게 집으로 가요."

"총찬 씨는 어떻게 하구요."

"하룻밤 자고 나면 나올 거요. 혜련 씨까지 묻어서 고생할 필요가 없어요. 무슨 뜻인지 알아요?"

"싫어요. 난 그렇게 못해요. 죽어도 같이 죽겠어요."

"이봐요. 그런다고 해결되는 게 아녜요. 여자가 옆에 있으면 더 불리하단 말예요."

"내가 운전했잖아요. 지금이라도 솔직하게 말하겠어요."

"면허증이 없잖아요."

"가져오라고 하면 되잖아요."

"쓸데없는 고집부리지 말아요. 이미 내가 운전한 걸로 했잖아요. 남자가 이런 일은 맡는 거요. 그게 편하고 또 쉬울 수 있단 말요. 고집을 더 부리면 내 입장만 곤란해져요. 알았어요?"

"그렇다면 총찬 씨 혼자만 보낼 순 없어요. 내가 저지른 일인데 왜 덤터기를 써요. 잘못한 운전사는 어쩌고요. 그러니 같이 가겠어요."

혜련이 고집도 보통은 아니었다. 나는 운전사 말을 믿는 경찰관들의 태도며 경찰서에 가서 논리적으로 따지는 일은 혼자 가는 게 좋고 더구나 이미 면허증을 빼앗겼으니 편한 대로 일을 해결하자고 설득했다. 나중에는 혜련이도 내 말이 옳다는 걸 알고 그러기로 했다.

"아침 일찍 경찰서로 갈게요."

"딴 걱정 말고 편히 자요."

나는 덜렁거리며 골목길을 빠져나와 경찰차를 탔다.

"저 차는 어쩔 거요?"

경찰관이 궁금한지 이렇게 물었다.

"그건 걱정 마시고 제 얘길 좀 믿어주십쇼. 술 먹고 운전한 것은 정말 잘못됐으니 무슨 처벌이라도 달게 받겠습니다만 그 운전사의 거짓말은 꼭 밝히고 싶습니다."

"경찰서 가서 얘기합시다."

경찰관은 아예 나를 술 취한 주정뱅이 취급으로 말대꾸를 하려고 하지 않았다.

교통경찰관은 나를 교통계에 인계를 하고 떠나버렸다. 더 답답한 것은 현장에 있던 경찰관이 아니고 한 치 걸러 두 치라고 전해들은 경찰관이 일방적으로 조사를 하려 한다는 데 있었다. 나는 답답한 마음으로 경찰관 앞에 섰다. 이럴 때는 전화라도 걸 알 만한 경찰 간부 한 사람만 있어도 좋겠다는 생각이 들었다. 내 사정을 대변해 줄 사람이 없고 보니 딱한 건 나 혼자뿐이었다. 더구나 술 취한 사람 취급을 해버려서 말해도 믿어주지 않았다. 한참 만에 나는 하소연하듯 말했다.

"혹시 말입니다. 어디선가 들은 기억이 있는데, 술집 많은 골목에 택시를 세워두었다가 슬쩍 밀고는 술 취한 사람한테 덤터기 씌우는 사람이 종종 있다고 들었습니다. 그런 게 아닌가 하는 생각이 들어서……."

내 자신 없는 말투를 듣던 경찰관이 나를 물끄러미 쳐다보고 피식 웃었다.

"당신은 아는 사람도 없소?"

"누구 말입니까?"

"이런 데 들어오면 여기저기 전화부터 해대는데 당신은 잠자코 그때 상황만 설명하려고 한단 말요."

"아는 데가 왜 없겠습니까. 이까짓 일로 전화를 하는 게 창피해서 그렇죠."

"당신 빼줄 만한 사람 이름이나 한번 들어봅시다."

"농담 아니고 진짜라면 이름 대기는 쉽죠."

"어디 대보쇼."

나는 주섬주섬 몇 명의 이름을 댔다.

"너무 거물인데…… 어떻게 아쇼?"

"내 이름만 들으면 펄쩍 뛸 겁니다."

"믿어도 되는 거요?"

"못 믿으면 지금 너무 늦었지만 전화 한번 해보십쇼. 사내가 무슨 할 짓이 없어서 그런 것까지 거짓말을 합니까."

"당신이 그 장총찬 맞소?"

"예."

"왜 진작 말하지 않았소?"

"술 마시고 운전한 건 잘못했으니까요."

"난 아까부터 당신인 줄 알았소. 그래서 저쪽 운전사 신원을 조사해 봤지요. 그랬더니 술 취한 사람에게 덤터기 씌우는 명수한테 걸렸더군요. 그런 운전사가 있다는 걸 어디서 들었나요?"

"소문으로 들은 적이 있습니다."

"술집 많은 경찰관서에 이런 일이 곧잘 있지요. 교묘해서 우리는 속을 수밖에 없지만 결국 꼬리가 길면 잡히기 마련입니다. 이만하면 우리의 고충을 아시겠소?"

"알 만합니다."

"당신 들어온다는 걸 어디서 알았는지 전화가 이미 왔지요."

"연락한 데가 없는데요."

"당신이 운전한 게 아니라…… 이만하면 아시겠소?"

"……"

나는 할 말이 없었다. 경찰관은 내 손을 잡더니 힘주어 악수를 했다.

"솔직하게 말해서 난 당신이 좋소."

"이거…… 죄송합니다."

"운전사를 잡으면 줄줄이 나올 겁니다. 다른 관내에서 이미 요주의 대상 인물이었습니다. 술 먹고 운전하다가 돈 뜯긴 사람 많습니다. 경찰차를 만났으니 망정이지 그렇지 않으면 결국 돈 주고 해결할 수밖에요. 술 마신 죄 때문이죠. 술 마시고 운전하는 건 곤란한 일이지만 그걸 빙자하여 돈을 뜯어내는 무리들이 있다는 게 더 큰 문제지요."

"가도 됩니까?"

"당연히 가야지요. 연락처 하나 주고 가십쇼. 틈나면 만나서 차 없이 소주 한잔 합시다."

"고맙습니다."

"당신하고 친하고 싶다고 했잖소. 오늘은 늦었으니 어서 가 보쇼."

우리는 악수를 하고 일어섰다. 나는 생각보다 빨리 경찰서를 빠져나오게 돼서 싱거웠다.

세상에 그렇게 등쳐먹고 사는 부류가 다 있다고 생각하니 어처구니가 없었다. 술 먹고 운전하다가 큰코다치는 세상이 된 것이었다.

경찰서 정문 옆에 혜련이가 손을 흔들고 있었다. 나도 손을 흔들어주었다. 그녀가 뛰어와 내 팔짱을 끼고 웃었다. 밤하늘이 어두웠다. 또 비가 오려는지.

당돌한 애들

아련하게 싸움질하는 소리를 들은 것 같기도 했고 사내들의 음성과 놀란 여자 소리도 들은 것 같았다. 며칠째 꼼짝 않고 집 안에 틀어박혀 있던 탓에 낮잠도 꽤 자 퍼진 셈이었다. 밤잠을 설치는 게 싫어 밤마다 술을 입에 대어서 꼭 새벽녘이면 목마름과 화장실 출입하느라 선잠을 깨곤 하였다. 잠결에 들은 소리인지 아니면 꿈결에 들은 소리인지 분간할 수 없는 소리였다. 그리고 또 얼핏 잠들었다 싶었는데 아래층에서 이상한 소리가 들려왔다.

이상한 예감이었다. 아침이고 밤이고 은주 누나 얼굴과 대면하지 않고 며칠을 보낸 셈이었다. 잠깐씩 얼굴 마주치면 으레 하는 인사치레뿐 별말이 없었다. 은주 누나는 내 심정을 읽고 있어서 일부러 말 시키지 않았고 나는 내 감정을 들키기 싫어 말을 않는 탓이었다.

더구나 심각한 불경기 때문에 은주 누나는 새벽에 나가고 밤 이슥해야 들어오는 고달픈 가게 주인이었다. 남들처럼 어차피 안 되는 사업이니 잊어버리자는 형상이 아니라 이런 때일수록 두 곱 세 곱으로 뛰어서 하루라도 빨리 경기를 회복하고 그 여 세로 그녀의 소원인 학교 지을 돈을 챙기겠다는 각오였다.

남정네 목소리가 아니었다면 귀찮아서도 내처 돌아누웠을 일인데 이 집 안에 나 말고 남 목청이 있을 턱이 없고 보면 내 귀도 예민해질 수밖에 없었다. 조카 녀석을 사내라고 부를 수 없으니 이 집 안에 사내 구실할 수 있는 것은 나뿐이었다.

내 호기심은 엉뚱한 데로 흘러가고 있었다. 외로운 은주 누 나가 행여, 그럴 리야 없지만 행여라도 거래처의 남자와 함께 들어와 차 대접이라도 하는 게 아닌가 해서 귀를 곤두세웠다.

몇 해를 같이 살아도 사내라곤 씨알머리도 볼 수 없는 게 은주 누나의 생활이었다. 더러 사내들의 전화를 받는 것 같은 데 고작해야 나도 아는 거래처 사장이나 담당 사원이고 낯선 목소리라고 해야 집안 사람들이었다. 헤어진 남자한테 너무 데 어서 그런 건지 아니면 아예 작심하고 자신의 일만 하려는 무 서운 오기인지 모른다고 생각해 왔다. 농담 삼아 제발 시집 을 가든지 아니면 신 나게 연애라도 해보라고 부추기면 씨익 웃을 뿐 말대꾸조차 않는 누나였다.

소리는 끊기고 방문을 여닫거나 뭔가 뒤지는 듯한 소리가 들렸다. 내 호기심은 더 견딜 수가 없었다. 눈을 떠 시계를 보니 새벽 세 시가 조금 넘은 시각이었다. 나는 잠결에 열두 시가까이 되었거니 했는데……

계단을 딛고 올라오는 발짝 소리가 집안 식구의 발짝은 아니었다. 낯설고 묵직한 것이 사내들 발짝 같았다. 일하는 계집아이가 뚱뚱하고 몸집이 좋다고는 하지만 그렇게 익숙한 발짝은 아니었다. 나는 그 순간에 밤손님이 든 게 아닐까 하는 생각을 하였다. 계집애가 문단속을 시원찮게 했을 수도 있었다. 문을 살짝 밀며 얼핏 본 것은 플래시 불빛이었다.

아하, 밤손님이시군. 잘못 오셨소이다.

나는 혼잣소리로 이렇게 말하고 얼른 침대에 누워버렸다. 눈이 부시겠지. 겁을 주겠지. 돈이나 패물을 요구하겠지. 그러고는 나를 묶어버리려고 하겠지. 무기를 들고 복면을 했겠지. 겁을 주면 먹어줘야 기승을 할 텐데. 아래층의 은주 누나와 조카들과 계집애도 묶어놓았겠지. 그렇다면 내 행동은 빤한 노릇이었다. 제발 운동 실력이나 좀 있는 녀석들이었으면 좋겠다 싶었다. 이왕 들어온 손님이면 큰 도둑질로 이골이 난 녀석들이어서 말귀를 빨리 알아듣든지.

문고리를 열어놓아 쉽게 문을 열고 들어섰다. 실눈을 뜬 채 가만히 자는 체하는 내 얼굴에 플래시를 비추더니 천천히 다가섰다. 얼굴 가득 플래시 불빛을 대더니 작은 소리로 그러나 힘찬 목소리로 나를 깨웠다.

나는 눈을 비비며 천천히 일어났다. 두 녀석이었는데 스타킹에 구멍을 뚫어 뒤집어써서 누군지 알아보기가 어려웠다. 이마엔 착 달라붙는 모자, 턱께엔 보자기까지 가린 것이 낯을 감추려고 무던히 애쓴 흔적이었다.

"누구요?"

나는 일부러 침착하게 물었다. 물론 뇌리 속엔 놀라며 물러앉아 녀석들을 기분 좋게 해주자는 장난기가 없었던 건 아니었지만.

"죽인다!"

일부러 변성한 목청이란 걸 대번에 알 수 있었다. 아무래도 어린 녀석들이란 생각이 들었다. 이골이 난 밤손님이라면 벌써 수십 마디쯤 겁을 주었을 것이다. 날선 칼끝을 내 얼굴 가까이에 댄 녀석은 긴장했는지 손목이 떨고 있었다. 애송이들이라는 생각도 들었다. 오히려 이런 녀석들이 다급한 경우 물불을 가리지 않는다는 생각을 했다.

"손님이 왔으면 점잖아야지. 칼 치우고 말로 합시다."

"죽인다!"

칼끝이 더 바싹 디밀어졌다.

"불을 켭시다. 밝은 데서 원하는 거 있으면 말로 하고 주기 싫으면 못 주고 그러는 거지."

여차하면 피하며 칼자루를 빼앗을 준비를 하였다.

"죽인다!"

목청이 떨리고 있었다. 나는 침대에서 일부러 뒤쪽으로 몸을 밀어 내어 칼끝과 거리를 멀리 떨어지게 했다. 더 다가서지 않는 것은 내 태연함을 두려워해서 그런 것 같았다.

"이봐, 난 보다시피 빈손 아닌가. 자네들은 칼을 두 자루씩이나 가지고 있네. 신사적으로 한 자루씩 나눠 갖든가 그렇지 않으면 맨손으로 하든가."

"정말 죽인다!"

아까부터 그 소리뿐이었다.

"얼마를 주면 살려줄 텐가?"

"……"

내 물음에 그들은 함구했다. 얼핏 대꾸하지 못하는 게 당황해서인 것 같았다.

"이거면 되겠지."

침대 머리맡의 재떨이 옆에 굴러다니던 백 원짜리 동전을 한 개 집어 들고 말했다. 그 순간 두 녀석은 멈칫 물러섰다.

"그냥 가면 안 되지. 왔으면 소득이 있어야 할 거 아닌가. 더운데 얼음과자라도 사 먹게."

말 한마디 못하고 주춤주춤 뒤로 물러서며 자꾸 문 쪽을 바라보는 게 도망칠 기회를 엿보는 듯싶었다. 밤손님치곤 되게 시답잖은 녀석들이었다.

"그냥 가면 내가 화낸다. 이거 받아가라. 어서!"

백 원짜리 동전을 내밀며 내가 소리 질렀다. 주춤거리던 한 녀석이 제풀에 엉덩방아를 찧자 다른 녀석이 얼른 문고리를 잡아당겼다. 내가 재빨리 문을 막지 않았으면 두 녀석 모두 우당탕거리며 뛰었을지 모른다.

"칼 던지고 얌전히 앉아라."

두 녀석은 깜짝 놀라더니 엉금엉금 기어와 백 원짜리 동전을 받았다. 나는 다시 백 원짜리 동전을 한 개 더 들고 말했다.

"너도 필요하냐?"

"아닙니다."

똑똑한 대꾸였다.

"아래층에 한패가 또 있지?"

"예, 한 명……."

"이제 복면을 벗어라. 네 동료가 도망가면 너희들 혼찌검 날 테니 고분고분 내 말을 들어야 한다. 알았냐?"

"네."

두 녀석이 똑같이 대꾸했다.

"내가 먼저 내려가 있을 테니 너희들은 복면을 벗고 두 손을 번쩍 든 채 내려와라. 알았냐?"

"네."

여전히 대꾸가 같았다. 마치 심한 꾸중을 듣는 철 덜난 초등학생 같았다. 문을 열고 계단을 한 발쯤 내딛자 아래층에 있던 녀석이 대담한 몸짓으로 칼을 들고 계단 쪽으로 다가서며 소리 질렀다.

"움직이면 죽인다."

"내가 그렇다고 움직이지 않을 것 같냐? 칼 치우고 복면이나 벗어라. 그렇지 않으면 네 친구들처럼 이층에서 내던질 테니까."

"정말 다, 죽인다."

제법 으름장을 놓았다. 세 녀석 가운데 그래도 대가 센 녀석 같았다. 덩치도 만만찮게 컸고 목청도 트여 뱃심도 있어 보였다. 나는 계단을 세단뛰기로 건너뛰어 녀석의 팔목을 잽싸게 걷어 차 녀석을 눕혀놓았다. 그리고 벗지 않으려고 감싸 쥐는 복면을 벗겨냈다. 애송이였다. 스무 살도 안 된 앳된 얼굴에 땀이 배어 있었다.

"내려와라!"

내가 소리치자 이층 방에 있던 두 녀석이 복면을 벗은 채 얼굴을 옆으로 돌리고 두 손을 번쩍 들고 계단을 내려왔다. 불빛에 비친 두 녀석은 아래층에 있던 녀석보다 더 어려 보였다. 바닥에 누워 있던 녀석이 두 애를 노려보더니 이내 고개를 돌렸다.

방문을 열었다. 은주 누나와 계집애가 뒤로 포개듯 묶여 있었다.

"애들은?"

"저쪽 방에 있어. 어서 풀어줘."

겁먹은 얼굴로 말했다.

"애들, 괜찮아?"

"모르겠다."

반울음이었다. 애들 방을 벌컥 열었다.

아무것도 모른 채 곤히 잠들어 있었다. 다행이란 생각이 들었고 애들 방에 들어가지 않은 녀석들이 고맙다는 생각까지 들었다. 어린 것들이 놀라거나 했으면 어쩌나 싶었다.

"너희들 손으로 풀어라. 어서!"

이층에서 내려온 두 녀석이 떨리는 손으로 은주 누나와 계집애를 풀어주고 한쪽 벽에 기대앉았다. 분위기를 눈치챈 덩치 큰 녀석도 무릎을 꿇고 머리를 방바닥에 박은 것처럼 앉았다. 이제 고등학교를 마악 졸업했을 성싶은 애송이들이었다.

"누난 재 데리고 들어가 있어요. 내가 알아서 할 테니까."

"신고해야지."

은주 누나의 첫마디였다. 계집애는 분통한 표정으로 세 녀석을 노려보았다. 그냥 두면 머리채라도 잡아 쥐어뜯을 기세였다. 이미 꼼짝 못하고 기죽어 있는 녀석이어서 계집애가 행패를 놓자면 얼마든지 가능한 일이었다.

"내가 알아서 할 테니까, 어서요!"

"세상에 이런……"

더 말을 잇지 못하고 애들 방으로 들어갔다. 세 녀석의 고개는 더 꺾여질 수 없을 만큼 숙여져 있었다.

"지금부터 묻는 말에 똑바로 지체 없이 대답해라. 그렇지 않으면 경찰에 넘길 수밖에 없다. 알겠냐?"

"네에."

이번에는 세 녀석 대꾸가 꼭 같았다. 두 녀석은 부들부들 떨고 있었고 덩치 큰 녀석도 애써 떨지 않으려고 꼼지락거리는 게 안쓰러워 보였다. 이 애송이들이 무슨 사정이 있어도 또 하필이면 나한테 걸렸을까 싶었다.

"얼마가 필요했냐?"

조금 뜸이 들었다.

"모르겠어요."

"피서 갈 비용이지?"

"아닙니다."

"그럼 뭐냐?"

"……."

아무도 대꾸하는 녀석이 없었다.

"바른대로 대지 않으면 그냥 두지 않는다. 피서 비용 때문였지?"

"절대 아닙니다. 믿어주세요. 정말 아닙니다."

덩치 큰 녀석이 대들 듯이 우겼다. 흔히 이런 철이 되면 바캉스 비용을 마련하려는 속 없는 녀석들이 생기기 마련이어서 그런 부류가 아닌가 했는데 눈치가 그런 것은 아닌 듯싶었다. 생김새나 차림새도 가난에 찌든 애들이 아니라 여유 있는 집 자식이란 걸 느낄 수 있었고 도둑질하러 온 녀석들치곤 뻔뻔스런 얼굴이었다. 물론 순진한 체하는 것인지를 가늠할 수는 없었다.

"너희 모두 친구 사이지?"

고개를 끄덕이기만 했다.

"몇 살이냐?"

"열여덟요."

"고등학교 삼학년이지?"

"재수생입니다."

야무지게 대꾸했다.

"집은 어디냐?"

"저 윗동네입니다."

내 짐작이 맞아떨어진 셈이었다. 녀석들이 가리키는 윗동네는 고급 주택 아니면 호화판 빌라 맨션만 모여 있는 꽤나 여유 있는 자들이 사는 곳이었다. 삼억 대를 호가하는 빌라 맨션도 그 지역에선 축에 끼이지 못한다는 소문이 있을 정도였다. 그런 곳에 사는 부유한 집 자식들이 무엇이 부족해서 남의 집을 기웃거렸는지 모를 일이다.

"어디로 들어왔냐? 문이 다 잠겼을 텐데."

"옆 창문이 열려 있었습니다."

사람 몸뚱아리가 겨우 들어갈까 말까 한 창문이어서 별로 관심 없이 지나쳤던 바로 그 창문으로 녀석들이 들어왔다는 걸 알았다.

"얼마나 필요하냐고 물었다."

"필요하다면 주실래요?"

"이 녀석 말하는 것 보게."

"그럼 자꾸 묻지 마시고 경찰서에 연락해서 잡아가게 하세요. 증거물도 있잖아요. 부엌칼 세 자루도 있고 묶였던 끈도 있고 창문 타고 들어온 발자국도 있고요."

"이 녀석아, 돈이 필요하면 잘사는 부모한테 달라든지 했어야지, 뭐 할 짓이 없어서 남의 집을 털려고 했냐?"

"우리 맘이죠, 머."

당돌하기 그지없었다. 처음 잡힐 때는 오들오들 떨더니 이젠 아주 태연해졌다. 오히려 경찰서에 신고할 일이지 꼬치꼬치 캐묻지 말라는 것이었다. 한 대씩 올려붙이고 싶었지만 상대가 너무 어린것들이어서 애써 참았다.

"그래, 너희들 맘이라 치자. 그 돈을 어따 쓰려고 했냐?"

"가난한 사람들에게 나눠 주려고요."

점점 대답하는 게 가관이었다.

"아무래도 경찰서보다는 너희 집에 먼저 연락해야겠다."

"하고 싶으면 하세요. 그러나 우린 분명히 도둑질하러 왔으니까 경찰서에 먼저 연락해야 돼요. 신고하지 않으면 우리가 자수하러 가겠어요."

무슨 배짱인지 알 수가 없었다. 그러고 보니 아까부터 지금까지 한 번도 용서해 달라거나 비는 경우가 없었다. 그렇게 따지면 괘씸하기 짝이 없었다. 버르장머리를 고치기 위해서라도 몇 대씩 따끔한 맛을 보여주고도 싶었다.

"그래, 도둑질하러 온 것이 그리 잘했다는 거냐?"

"잘못했으니까 경찰서에 신고해 달라는 겁니다."

말을 순순하게 받아주니까 기승하여 그러는지 도둑질하러 들어와서 미수에 그쳤으니 해볼 테면 해보라는 뱃심인지 종잡을 수가 없었다.

"너희들 좀 맞아야 정신 차리겠구나."

내가 주먹을 쥐어 보이며 말했다.

"때리진 마세요. 부모한테도 매 맞아본 적이 없는데 왜 남한테 맞아요. 정당하게 경찰서에 신고하시면 되잖아요."

"세 놈 다 집 전화번호부터 여기다 적고 부모 이름도 적어라."

"그럼 신고하실 건가요?"

"그래."

내 말이 떨어지기 무섭게 녀석들은 메모지 위에 전화번호와 부모 이름을 써서 내밀었다. 아무리 생각해도 이해할 수 없는 녀석들이었다. 숨기려 하고 감추기 위해 통사정을 해도 시원찮을 판인데 우기다시피 신고해 달라거나 신고한 뒤에 부모에게 연락해도 좋다는 뱃심을 부리니 어떤 꿍꿍이인지 알 수 없었다. 멀쩡하고 잘생긴 녀석들이었고 윗동네에 살 정두면 부족한 거 없이 살 녀석들이었다.

"너희들, 집에서 용돈 충분히 받겠지?"

"돈 없어서 이런 짓 하는 줄 아세요? 대학만 들어가면 자동차도 생길 거고 용돈 푼푼하게 쓸 수 있게 준비가 다 돼 있어요."

"그럼 왜 이따위 짓을 했나?"

"우리 맘예요. 묻지 마세요."

수그러드는 법이 없었다. 잘못 가르친 탓인지 반항심인지 알아내기 힘들었다. 그러나 말대꾸하는 버르장머리는 꺾어놓고 따져야 할 것 같았다.

"너희들, 딱 한 대씩만 맞아라. 내 앞에서 그따위로 말대꾸하는 게 아니라는 걸 가르쳐주마."

"왜 때려요? 죄지은 만큼 감옥살이하면 그만 아녜요. 무슨 자격으로 때리려고 그래요?"

"재수 선배에다…… 너희 부모가 못 가르친 걸 내가 대신할 자격이 있다고 생각해서다."

"우리한테 손대면 나중에 어찌 되는지 아세요?"

"어떻게 되겠냐?"

"아저씨는 단단히 혼찌검을 당할 거예요. 명심하세요. 나중에 후회하지 마시고요."

어이가 없었다. 입버릇이 갈수록 가관이었다.

"무슨 일이든 당하마."

그러고는 한 녀석씩 차례로 끌어내어 한 대씩 갈겨버렸다. 세 녀석은 숨넘어가는 비명으로 한동안 방바닥을 기어 다니며 울었다. 평생 그런 혼찌검은 처음이었을 것이다.

한참 만에야 제 숨과 제 혈색을 찾은 세 녀석이 원망의 눈초리로 나를 올려다보았다. 주먹 맛이 얼마나 매웠으면 진한 눈물이 아직도 남아 있을까.

"어려서 손을 대지 않으려 했다만…… 인제부터 그따위로 입을 놀리거나 바른대로 대지 않으면 진짜로 된맛을 보여주겠다."

상대 안 되는 것들에게 손을 댄다는 게 영 개운치 않았지만 도둑질하러 들어와서 큰소리치는 게 여간 괘씸하지 않았다. 끼니를 때울 길이 없거나 무슨 급박한 사정이 있는 것도 아니요, 정말 도둑질을 해야만 할 딱한 처지도 아닌 아이들이었다. 만만찮은 부잣집 자식들이 무슨 할 짓이 없어서, 그것도 깊은 밤중에 도둑질을 하려고 했는지 이해할 수가 없었다. 들어오다 잡혔으면 또 모르는 일인데 이미 은주 누나와 계집애를 결박해 놓았다는 것은 좀도둑으로 보기 어려웠다.

초범 행위라는 걸 눈치챈 것은 칼을 들이대며 벌벌 떤다거나 입으로 매섭게 다루자 시키는 대로 손을 들고 만 것으로 알 수가 있었다. 다만 이층까지 올라왔던 두 녀석에 비해 덩치 큰 녀석은 두 녀석과 달리 뱃심이 제법 두둑한 편이었다. 말대꾸도 반쯤은 그 녀석이 하고 나서는 편이었다.

"왜 도둑질을 하려고 했냐? 너희들, 없는 것 없이 잘사는 놈들이."

"우리 부모 돈이지 우리 돈이 아녜요."

당돌하지만 틀린 말은 아니었다.

"필요하면 달라고 해야지."

"한계가 있습니다."

"공부하는 녀석들이 무슨 돈이 그렇게 필요했냐?"

"우리가 쓸 돈이 아녔습니다."

"너희들이 쓸 돈이 아니라니? 그게 무슨 소리냐? 누가 시켰냐?"

말꼬리가 시답잖아 이렇게 물었다. 무슨 핑계를 대든 핑곗거리를 만드는 것 같았다.

"우린 재수생이라 돈이 별로 필요치 않습니다. 공부하는 데 필요한 것은 걱정 없을 만큼 받으니까요."

"그러니까 더 이상한 것 아니냐."

"말씀드려도 이해 못할 테니까 우리를 경찰서에 넘겨달란 겁니다."

"이놈들아, 나도 옛날에 너희들 같은 재수생이었다. 대학생만 보면 골목으로 데리고 가서 쥐어 패고 싶었고 전쟁이라도 나서 대학이 몽땅 없어졌으면 싶었었다. 그뿐인 줄 아냐? 대학에 합격만 시켜주면 그날 교통사고가 나서 일 년쯤 절룩거리고 다녀도 좋다는 생각을 했었다. 너희들 심정을 내가 안다. 그러나 그따위 나쁜 짓을 하진 않았다. 무슨 얘긴지 알겠지?"

"우리도 마찬가지예요. 우린 도둑질이 목적은 아녔어요."

"그럼 뭐가 목적였냐?"

녀석들은 내가 재수생이었다는 사실을 아는 순간 픽 부드러

워진 눈초리로 변했다. 저희들 심정을 이해해 준다고 생각하는
듯싶었다.

"신문에서 보니까, 부잣집 애들이 바캉스 비용 마련하려고
강도나 도둑질을 하다 잡힌 걸 봤어요. 부모 이름은 이니셜을
썼지만 상당한 부잣집이란 걸 알 수 있잖아요. 무슨 회사 사장
아들이란 걸 알게 되니까요. 우린 달라요. 돈이 필요해서가 아
니라 우리 부모가 정신 차리는 게 필요해요."

"임마, 너희들 칼까지 들고 사람을 결박까지 한 놈들 아니
냐? 그래도 돈이 목적이 아니라니 그게 무슨 뚱딴지 같은 소
리야? 너희 부모가 뭘 어쨌다는 거냐?"

녀석들이 도리어 내게 호기심을 불어넣어주고 있었다. 도둑
질하려고 했던 핑계가 돈이나 바캉스 비용이 필요해서가 아니
라 부모에게 정신 차리라는 어떤 계산이라는 것이었다. 맹랑한
사내 녀석들임이 분명했다. 그렇다고 곧이곧대로 녀석들 말만
믿을 수는 없는 노릇이었다. 처녀가 애를 배도 할 말이 있다는
데 하물며 도둑질을 하려던 녀석들이 핑계가 없을까.

"그러니까 경찰서에 보내주세요. 부탁입니다. 아까 약속했잖
아요."

"보내주는 건 어렵지 않다. 그러나 그전에 너희들 속을 좀
알자."

"솔직히 말씀드리면 일부러 이 집에 들어왔어요. 아저씨가
아침마다 운동하는 것도 봤고 아저씨 소문도 들었어요. 넝마

주이들도 아저씨네 집엔 안 간다는 것도 알고 껄렁거리는 애들이라도 아저씨가 나타나면 슬슬 피한다는 걸 알아요."

"그런 줄 알면서 왜 왔냐?"

"그러니까 집이 허술할 테고요…… 다른 집들은 무섭게 방범 장치를 하고 산다는 걸 알아요. 그런 아저씨니까 틀림없이 우리가 잡힐 테고요…… 또 바로 경찰서로 끌고 갈 거라고 생각했어요."

"그게 너희들 작전이란 말이냐?"

세상에 잡히기 위해 일부러 우리 집을 선택했다니.

"그럼 왜 소리 내고 잡히지 우리 누나를 묶었냐?"

"아저씨가 잠귀 어두워서 그랬어요. 우리가 그렇게 소리를 내고 그래도 아저씨는 모르던데요. 그래서 그 여자분에게 아저씨가 어디 있냐고 했더니 일러줬어요."

"별놈들 다 보겠네."

"그래서 아저씨를 보는 순간 괜히 왔다 싶어 후회도 했지만…… 아깐 진짜 겁났어요. 아저씨 실력을 들은 적이 있어요. 산으로 운동하러 오는 사람들이 아저씨더러 귀신같다고 했거든요."

나는 조잘거리는 녀석들을 물끄러미 바라보기만 했다. 할 말이 막혔다. 내 존재를 알면서 일부러 기어들어왔다는 녀석들의 계획된 뱃심이 이해되지 않았다. 말을 더 시켜봐야 될 것 같았다. 이 정도라면 불안해하는 은주 누나를 빨리 편케 해줄 때가 된 것 같았다.

"누나, 이 녀석들 마실 거나 한 잔씩 주지그래."

내가 방문을 열고 말했다.

"얘가, 미쳤니. 신고해서 데려가게 하잖고 뭘 꾸물거리냐."

"도둑치곤 재미있는 놈들이야, 누날 어떻게 다뤘지?"

"정신이 있었니. 깨우더니 무조건 칼 대고 묶더라. 미안하지만 좀 참아달라더라. 그러더니 이 집 쌈 잘하는 아저씨가 어디 있냐고 묻길래 잘됐다 싶어서 얼른 일러줬지. 좀 이상하다 생각은 했어. 저희들끼리 그러더라. 일단 겁을 줘보긴 하자고…… 안심을 한 건 애들 방이 어디냐고 묻더니 그쪽으로 가지 말라고 서로 주의를 주더라. 그때는 경황이 없어서 앞뒤 가리지 못했는데…… 너하고 말하는 걸 듣고는 도둑질하러 온 게 아니란 생각도 들긴 들더라."

"윗동네 부잣집 애들야."

"놀래라. 그런 집 애들이 뭐가 아쉽다고 그럴까."

"돈 가지고 행복해지지 않는 애들이 많은 법이지."

"모르겠다."

아직도 겁에 질린 얼굴로 구석에 앉아 있는 계집애와 은주 누나는 조심스러운 모습으로 마실 것을 준비하러 갔다. 옛날 같으면 아직도 통행금지 시간이었다. 사내 녀석들은 단정하게 무릎을 꿇고 앉아 저희들끼리 무슨 말을 속삭이다 뚝 끊었다.

"자리 비켜줄까?"

저희들끼리 할 말이 있는 것 같아서 이렇게 물었다.

"괜찮아요."

"그럼 우리 터놓고 말 좀 하자. 사내끼리 무슨 말인들 못하겠냐?"

"이왕 이렇게 된 거 못할 게 뭐가 있겠어요."

"편하게 말해라. 무슨 소릴 하더라도 차분히 들어줄 테니까."

"아저씨는 이해하지 못할 거예요. 우리들 행동을……."

"솔직히 그렇다."

"우리들은 아저씨가 알 듯 부자인 건 틀림없어요. 용돈도 많이 주고 해달라는 거 다 해줘요."

"그래서 이해 못하겠다는 거다."

"그래요. 모두들 그러니까요. 우리 부모가 어떻게 돈을 벌었고 우리 부모가 어떻게 돈을 쓰고 있는지 우리들은 알아요. 우리 마을 저쪽으로 산동네가 있는데, 그 사람들은 무척 가난하고 어려운 사람들예요. 학교 다닐 때 어쩌다 지름길로 가다 보면 그 사람들 생활을 볼 수 있었어요. 도와줬으면 좋겠다고 해봤지만 말이 통하지 않아요. 아프리카에서 굶주려 죽는 사람이 그리 많다고 해서 도와주자고 해도 마찬가지고 심장병 어린이, 등록금 날치기 당한 사람, 어린이가 가장 노릇 하는 소녀, 섬에서 애타게 병원비를 기다리는 초등학생, 전세 사기를 당해서 길거리에서 잠자는 사람들…… 그때마다 조금이라도 도와주자고 했지만 한 번도 도와줘본 적이 없어요. 파티니 접

대비니 술값을 한 번만 줄이면 된다고 해도 막무가내죠."

"그래서 너희들이 그런 불쌍한 사람 도우려고 그랬단 말이냐?"

"아녜요."

"그럼 뭐냐? 앞뒤가 다르잖냐?"

"우리 부모가 정상적으로 부자가 됐다면 그런 일에 돈을 안 써도 우리가 할 말이 없죠. 그런데 그게 아녜요. 우리가 모를 줄 알지만……."

"돈 번 사람이 그냥 번 건 아니다. 잠 못 자고 못 먹어가며 남보다 몇 배씩 노력해서 버는 거다. 또 쓰는 것도 번 만큼, 또는 앞으로 벌 것을 겨냥해서 쓸 수도 있다. 벌었다고 해서 무조건 불쌍한 사람 돕는 데 쓰라는 게 무리일 수 있잖냐?"

말해 놓고 나니까 나도 제법 늙은이 냄새가 나는 말을 하고 있구나 싶었다.

"부정한 방법으로 돈을 무지하게 벌었으니까 하는 얘깁니다."

"부정한지 정당한지 너희들이 뭘 안다고 그러냐?"

"우리도 알 만큼은 알아요. 어리다고 해서 모른다고 생각하면 오산이죠. 우린 그런 돈을 쓰고 싶지 않아요."

"부모가 주는 돈 쓰기 싫다고 도둑질을 하는 놈이 더 나뻐서 아니냐?"

"우린 돈 때문에 이러는 게 아니라고 했잖아요."

"그럼 뭐냐?"

"경찰서에 넘어가면 신문에 날 거 아녜요. 그럼 부모가 쫓아오고 난리가 나겠죠. 그때 우린 말할 거예요. 부정하게 돈을 벌지 말라는 것과 번 돈 가운데 얼마라도 떼어서 불쌍한 이웃을 도와주라고요. 우리 말 안 듣고는 못 배기겠죠. 신문에 크게 보도됐으면 좋겠어요."

"큰일 낼 놈들이구나."

이 성난 젊은 녀석들한테 무슨 말을 어떻게 해주어야 할지 난감하기만 했다. 내 머릿속엔 혼란이 일었다. 덮어둘 수도 그렇다고 까발릴 수도 없는 일이었다. 부모의 행실을 사회에 고발하겠다는 맹랑한 애들의 심중을 다룰 재간이 내겐 없었다. 도대체 자식들이 눈치챌 만큼의 부정한 방법으로 돈을 번 그들의 행실도 궁금했다.

"도대체 너희들 부모가 어떻게 돈 벌어서 그러냐? 너희들이 이해 못할 구석도 있을 거 아니냐?"

"그 정도로 우리들이 어리석지도 않아요."

"너희 세 집이 다 그렇지는 않겠지?"

"그러니까 우리만 답답하다고요."

"그런 식으로 따지면…… 돈 번 사람들이 다 정당하게만 벌었다고 볼 수가 없을 테고…… 그 자식들이 왜 가만히 있었겠냐?"

"그거야 모를 수도 있고 알아도 말 못하는 바보들일 수도 있지요."

"그럼 너희들은 똘똘한 거냐……."

"아뇨. 바보일지도 몰라요. 그러나 불의를 보고 참지 않는 정신은 있어야죠."

"뭐가 그렇게 부정했냐?"

쉽게 대꾸하지는 않았다. 차를 마시며 딴소리를 한참이나 하고서야 조심스럽게 이야기를 꺼냈다.

"부모를 나쁘다고 하는 우리들이 먼저 나쁜 놈들이죠. 그러나 한번 생각해 보세요. 부동산 투기와 어음 사기와 가짜 외제품 만들어 파는 행위가 아무리 우리 부모라지만 용서할 수 있는 건가요?"

녀석은 도리어 내게 물었다.

"너희들 말을 믿어야 할지조차 모르겠다. 셋 다 그러냐?"

"그래요. 우리 세 명의 부모가 모두 동업자니까요. 일류 대학 안 가면 안 된다고 해서 셋이 모두 재수하는 것도 똑같고 집을 지을 때도 세 집이 같이 지어서 나누어 가진 것도 똑같아요."

"형제들이냐?"

"성도 다르고 이름도 다른 남남인데 사업하다 동업자가 됐대요."

"부동산 투기·어음 사기·가짜 외제품…… 못된 짓은 다 하는구나."

"아저씨가 고발해 주세요."

"증거가 있어야 나서지."

"증거는 우리가 있잖아요."

"그 정도 가지곤 안 된다. 명명백백한 증거가 있어야지."

그 대목에서 대꾸를 하지 못했다. 녀석들도 심증만 있었지 증거가 될 만한 것은 가지고 있지 못했던 것이다.

"부동산도 모두 사기술로 벌어요. 예를 들면 남의 땅을 서류 위조해서 팔아먹는다든지, 이름 없고 돈 없는 사람 내세워서 대신 감옥 가게 하고는 뒤를 봐준다든지 말예요. 또 부도날 위험이 있는 회사를 인수하고는, 물론 남의 명의로 사들인 뒤에 어음으로 물건을 사고서 부도를 내버리는 거죠."

"대단하구나. 그런 수법을 너희들이 알아내다니."

"그뿐인 줄 아세요? 시중에 나와 있는 가짜 외제들, 화장품과 약품과 식료품들을 누가 만들어 파는지 아세요? 이만하면 놀랄 겁니다."

"……."

내가 제대로 말대꾸를 못하고 있자 녀석들은 기승한 표정으로 떠들어대었다. 저희들이 아는 대로, 또는 짐작하는 대로 부정한 방법으로 돈 버는 얘기를 늘어놓았다.

"아저씨, 일회용 처녀막이라는 거 혹시 아세요?"

"이 녀석들 못하는 소리가 없구나."

멀찍이 앉아 있던 은주 누나도 어이가 없다는 표정이었다.

"처녀인 척하기 위해 그 비싼 걸 사는 사람이 많은가 봐요. 우리들 부모가 그런 장사까지 한다는 걸 알면 아저씨가 놀랄 거예요."

"너희 부모에게 한 번이라도 이런 얘기를 했냐?"

"아뇨. 아저씨 같으면 할 수 있겠어요? 당장 날벼락이 나겠죠."

"그렇다고 부모를 고발하는 녀석들이 어디 있냐?"

"우리 맘을 몰라서 그래요. 지난번에 우리는 방송국에 전화를 걸어서 얼마씩 내겠다고 말한 적이 있어요. 난리가 났었지요. 누구 맘대로 누구 허락으로 그 많은 돈을 내겠다고 했느냐고요. 우리 수준에 많지도 않았어요. 백만 원씩 삼백만 원였거든요. 결국 취소하고 말았어요. 그런 부모와 무슨 대화가 돼요? 우린 일주일에 한두 번 아버지 얼굴 보기도 어려워요. 우린 더 부자가 될 거고 결국 우리들도 부자가 되겠죠. 그런 부자는 싫어요. 차라리 가난해졌으면 좋겠어요."

"너희들 아버지가 모두 감옥에 가는 걸 원하냐?"

"……."

그 부분에서는 대꾸가 없었다. 이유 없는 반항으로 몰아붙일 수 없을 만큼의 사연을 가진 안타까운 애들이었다. 부모의 간악한 치부 수단을 어찌 알게 되었는지 모르지만 불행한 아이들인 것만은 틀림이 없었다. 부정한 짓을 하는 부모들이 자식한테만은 무슨 짓을 하든 눈속임을 하기 마련인데 그렇다고 자식들이 철들면서 그 사실을 까맣게 모를 리는 없는 법이었다. 말하지 않을 뿐이지 어느 틈엔가는 부모의 부정한 짓을 알게 되는 게 천륜인지 모른다.

이 땅에 얼마나 많은 이들이 그렇게 살고 있을까? 자식이 모를 거라고 생각하면서 못된 짓을 하고 있을 것이다. 자식 앞에선 가장 선량한 체하겠지. 남을 중상하고 못살게 굴면서도 그런 해코지가 자신에게 돌아오리라곤 생각지도 않겠지. 강도의 자식이나 도둑의 자식이 부모의 죄를 모르리라 생각하겠지. 또는 힘 있음과 재물 많음을 빙자하여 제 욕심 차리는 자들도 제 자식이 모르리라고 여기겠지.

세상은 그리 단순하고 간단한 게 아니어서 언젠가는 가면이 벗겨지기 마련이었다. 세상이 복잡하다 보니 세상의 이치가 당분간 통용되지 않는 수도 물론 있기 마련, 그렇다고 세상이 그렇게 어리숙한 것은 아니다.

그러는 사이에 날이 밝았다. 이 맹랑한 녀석들을 붙잡아둘 수만은 없었다. 그렇다고 그냥 보낼 수 없는 노릇, 어디 가서 또 무슨 짓을 할지 모르는 일이었다. 생각다 못한 나는 녀석들의 부모에게 알리는 게 상책이란 생각을 했다. 녀석들은 한사코 경찰서에 신고해 달라고 떼를 썼다. 허물 많은 부모를 가진, 부모의 못된 짓을 알아버린 이 자식들의 장래는 과연 어찌 될까?

전화를 걸어 앞뒤 사정을 짧게 말하고 내가 직접 만나고 싶다는 말을 했다. 제발 경찰서에 신고하지 말아달라고, 그러면 어떤 보상이라도 하겠노라는 말을 똑같이 했다. 성질나는 대로 하자면 심한 소리를 해주고 싶었지만 일단 그들의 낯짝을 보아두는 게 좋을 것 같아 꾹 참았다.

도대체 어떻게 생겨먹은 부류들인지 보고 싶었다.

사내들보다 여편네들이 방정이었다. 들어서자마자 그 잘난 자식들에게 듣기 거북한 욕지거리부터 해대는데, 대가 센 여편네들이란 인상을 지울 수가 없었다. 제 자식한테 해대는 욕설치곤 좀 지나치다 싶었지만 말리고 나설 수는 없었다.

사내들이 여편네들보다는 침착했지만 결국은 주먹을 들었다. 나는 그 순간에 그들을 밀어냈다.

"아저씨들은 이 애들을 때릴 권리가 없습니다. 손대면 그냥 있지 않겠습니다."

내가 모지락스럽게 말했다.

"저런 놈을 그냥……."

개기름이 번드르르한, 덩치 큰 사내애의 아버지가 말리고 나서는 내가 이상한지 이렇게 말했다.

"아저씨들이나 아주머니들은 부모의 자격이 없는 분들입니다."

그들이 들어서며 한꺼번에 내민 명함에는 모두 한다 하는 회사의 사장이었지만 내겐 그렇게 보이지 않았고 그런 대접을 할 생각도 없었다.

"그게 무슨 말씀이오?"

꽤나 얌전한 신사 행세를 하는 사내가 내 팔목을 잡으며 말했다.

"애들한테 욕하거나 손대지 마세요. 손대거나 욕을 하면 경찰에 신고를 하겠어요."

"이봐요 젊은이. 우리가 이렇게 빌겠소. 애들 장래를 생각해서 한 번만 용서를 해주시오. 손해배상은 톡톡히 하겠소."

"난 잃어버린 게 없습니다. 대신에 정신적으로 큰 피해를 입었습니다. 인간에 대한 실망을 진작에 하긴 했지만 말이오."

"뭐든 원하는 대로 해드리겠소."

"내가 원하는 건 저 애들의 부모로 아저씨들의 권위를 찾아주었으면 하는 겁니다."

무슨 말인지 잘 알아듣지 못하는 눈치였다. 알아듣는 게 오히려 이상한 일일지도 모른다.

"일단 편히 앉으시지요. 차근차근 얘길 하겠습니다."

애들을 안방에 들어가 있게 한 뒤에 나는 사람 같지도 않게 느껴지는 여섯 사람을 둘러앉게 했다. 그사이 은주 누나는 친절하게 차까지 마련해 주었다.

"아이들이 어째서 도둑질하러 온 줄 아십니까? 용돈이 없어서도 아니고 바캉스 비용을 마련하기 위해서도 아닙니다. 일류대학 가라고 졸라서도 아닙니다. 집안이 가난해서는 더더욱 아니지요."

"그럼 뭡니까?"

여편네가 따지듯 물었다.

"바로 아저씨들이 부정한 방법으로 돈을 벌기 때문입니다."

"그게 무슨 말이오?"

개기름 많은 사내가 물었다.

"내 입으로 지어낸 게 아니라 아드님들이 발설한 겁니다. 나한테 일부러 잡혀서 경찰서로 신고하면 그때 부모가 얼마나 더럽게 돈을 버는지 밝히기 위해 일부러 잡히는 도둑질을 계획한 겁니다. 부잣집 애들이 왜 도둑질을 했는가 따지면 자연스럽게 부모 때문이라고 털어놓을 계획을 세웠다 이겁니다. 영악하고 맹랑하다고 생각해도 좋습니다."

"……."

찬물을 끼얹은 듯 조용해졌다. 그러나 그들이 쉽게 긍정할 리 없었다.

"애들이 정신적으로 이상해진 것인지 모르오. 재수하느라 여러 가지……."

내가 그 순간 차탁을 치지 않았으면 제 자식을 정신병자로 몰아붙였을지도 모른다.

"헛소리하지 마십쇼. 아드님들은 정상입니다. 당신들이 부동산 사기로 돈 벌고, 어음 사기단의 왕초들이고 가짜 외제 상품 만들어 비밀 조직을 통해 팔아먹는 부류라는 걸 폭로한 애들이 어째서 정신병자란 말이오? 입이 있으면 말해 보세요. 요즘은 일회용 처녀막까지 팔아먹는다지요. 이만하면 자식들이 어째서 일부러 도둑질하려고 했는지 알았을 거요. 내 말이 지어낸 거요? 말해 봐요!"

"세상에…… 그런 거짓말을 내 새끼가 하다니…… 진작에 정신병원에 넣자니까 안 된다고 우기더니 이게 무슨 꼴이란 말예요."

눈꼬리가 예사 여편네가 아니다 싶게 생긴 여자가 이렇게 너스레를 떨더니 금세 철퍼덕 주저앉아 마룻바닥을 때렸다.

"조용히 하십쇼. 그런다고 내가 넘어갈 사람이 아닙니다. 남의 집에 와서 새벽부터 시끄럽게 하려면 경찰서에 가서 우십쇼."

그 한마디가 약이었다. 언제 통곡하며 방바닥을 쳤냐 싶게 조용해졌다. 이들은 경찰서가 꽤나 겁나는 곳임이 분명했다. 아까부터 경찰서 얘기만 나오면 겁을 먹고 주춤거렸다.

"우리 조용히 얘기합시다. 긴한 얘기도 있고 하니, 이왕 용서한다니 애들하고 여자들은 보냅시다. 공부하는 애들이니 좀 선처해 주시지요. 학원에서 종합시험도 있고 하니까요."

"조용히 얘길 하자니, 무슨 얘깁니까?"

"죄는 대신 우리가 받을 테니 애들은 보내주시지요. 우리 남자끼리 얘길 합시다."

"애들은 그냥 보내면 또 무슨 짓을 해서 당신들을 곤란하게 할지 모르는데두요?"

"내 자식이니 내가 책임을 지겠소."

"아무리 날강도라도 자식 앞에선 강도라는 걸 보이지 않는 법이오. 그런데 당신들은 정말 못 볼 것을 자식한테 들켰지요. 천하의 오만 잡것을 말이오. 오죽하면 신고를 못하고 편법으로 이런 짓을 꾸몄겠습니까."

"그러니 조용히 얘기하자 이거 아닙니까."

"입이 열 개라도 할 얘기가 없을 거요. 문제는 당신들이 손을 씻는 것뿐입니다. 아셨소?"

"무슨 얘길 해도 달갑게 받겠소. 그러니 조용히 얘길 합시다."

"당신들은 애들을 용서할 자격도 없습니다."

이렇게 말하고 나는 애들이 있는 방으로 들어갔다. 녀석들은 아까와는 딴판으로 기가 죽어 있었다. 앞으로 어떤 일이 벌어질지 그것이 그들의 관심사일 수밖에 없으리라. 오랫동안 고민해 온 일이지만 어린 그들로선 막상 일이 벌어지자 겁을 먹은 것 같았다.

"아저씨, 우린 어떻게 해야죠?"

당당하고 맹랑하기조차 했던 아까의 모습이 아니었다. 어린 치기와 그들만의 정의를 향한 패기로 한순간에 저지른 일이지만 사태가 이 지경까지 오자 겁이 난 듯싶었다.

"겁나냐?"

"예."

똑같은 대답이었다.

"방법은 서툴렀다만 난 너희들을 존경한다. 공부 열심히 해서 너희들 성질에 맞는 대학엘 가라. 그리고 열심히 공부해라. 그래서 이다음에 너희들의 그 아파하는 정신을 이 세상에 살려놓아야 한다. 외로울 거다. 그렇지만 너희답게 살아야 한다. 이런 너희들을 내가 존경한다고 분명히 말했다. 이 깊은 뜻을 너희가 좀 더 성장하면 알게 될 거다."

"아저씨, 우린 어떻게 되죠?"

"멋있는 인간, 사람다운 사람이 될 거다."

"뭐가 뭔지 모르겠어요."

"지금은 알려고 하지 마라. 알려고 하면 할수록 어려워지는 거다. 오늘은 일단 집으로 가라."

"싫어요. 맞아 죽을지도 몰라요."

"그렇게는 안 될 거다. 내가 최선을 다하마."

아무리 해도 애들의 마음을 편케 해서 돌려보낼 재간이 없었다. 그렇다고 마냥 붙들고 있을 수도 없는 노릇, 겨우 애들을 달래어 여편네들과 함께 집으로 보낼 수가 있었다. 남은 것은 세 사내, 결코 만만찮은 술수와 재간을 가진 인물들과 단촐하게 마주 앉았다. 어떻게 나오리라는 걸 짐작하고 있었다.

"이거, 많지는 않지만 그리 적지도 않소. 다른 뜻이 있어서가 아니라 애들이 소란을 피우고 못할 짓을 한 피해를 달리 보상할 길이 없어서 드리는 겁니다. 우리 성의니까 받아주시오."

경황이 없었던지 봉투 없이 여러 장의 수표를 차탁 위에 곱게 내려놓았다. 내가 피식 웃었다.

"적다면, 지금 경황 중이라 준비를 못했으니…… 우선 받아주시오. 바로 섭섭잖게 사례를 하리다."

"사람을 잘못 보셨군요. 몇천억 원이라면 모를까 이 정도 가지고 나를 구워삶으려는 당신들 수작이 말이오."

"피차 이해할 만한 일 아니오."

"당신들은 나를 이해해도 나는 당신들을 이해하기 어렵지요. 왜냐면 당신들이 사기꾼 동업자란 사실 때문입니다. 제발 그따위 짓 좀 그만둘 수 없겠소? 자식들 장래를 위해서도 말이오."

"무슨 증거가 있소?"

자식들을 빼돌린 마당에 증거를 찾기는 상당히 어려울 터이고 그 자식들도 어쩔 수 없이 부정할지도 모르는 일이고 보면 사내들의 계산은 빤한 이치였다. 일단 애들을 돌려보내고 따지자는 것도 그런 복안 때문이었을지 모른다.

"증거는 찾으면 되지요."

"이봐요. 애들 말만 듣고 그 철없어서 싸대고 돌아다니는 애들 말을 듣고 이런 식으로 나오는 게 아니오."

"그럼 애들 말이 몽땅 거짓말입니까?"

"걔들 정신 상태가 좀 이상하다는 걸 말했잖소."

이런 식으로 말씨름을 하다 보면 결국 나만 이상한 사내가 될 수밖에 없겠다 싶었다.

"이 수표는 넣으시죠. 대신 부탁이 있습니다."

"하시지요."

"이제 부정한 방법으로 돈 버는 짓을 그만두시죠."

"이 사람 너무하네. 보자 보자 하니 이런 사람이 있어."

말꼬리가 길어지면 불리하다고 생각했는지 나를 누르려고 했다.

"당신들 말처럼 지금 나는 증거가 없지요. 그런데 내가 나서면 며칠 내로 증거를 분명히 줍니다. 그땐 당신들도 풍비박산이 나지요."

"이봐, 뭣하는 사람인지 모르지만 남의 약점 잡아서 공갈치면 어떻게 되는지 아쇼? 정 그러면 경찰에 애들을 신고하쇼."

"그 말씀 잘하셨소. 내가 장총찬이란 사람요."

"뭐라구요?"

세 사내의 얼굴이 대번에 납빛으로 변했다. 그런 바닥에서 돈벌이를 한다면 내 이름이야 익히 알 수밖에.

"증거를 보여드리지요. 그리고 그사이에 마음의 준비를 해두세요."

나는 일부러 침착하고 고분고분한 어투로 말했다. 그러고는 표창 세 개를 꺼내 들었다. 멈칫 자리에서 물러나 벽 쪽으로 몸을 기대는데 그 표정이 죽을상이었다. 벽 쪽으로 나란히 서 있는 사내들 바지 끝에 표창 세 개가 또 나란히 꽂혔다. 다리 힘이 쭉 빠졌으리라.

"생각해 보셨나요?"

표창이 바짓가랑이를 꽂은 채여서 낯빛이 굳어 있었다.

"어쩌면 좋겠소?"

그중 덩치가 큰 사내가 비굴한 웃음을 보이며 물었다.

"자식들이 고발한 게 아녔으면 당신들은 지금쯤 이 바닥에서 거품 쏟으며 나뒹굴고 있었을 겁니다. 자식들 원망하지 마십쇼. 그렇지 않았으면 당신들 잡으러 가서 요절을 냈을 거요. 내가 모르고 있는 줄 아쇼? 당신들한테 어음 사기당해서 망한 을지공업이란 회사를 아쇼? 거기서 이미 당신들 뒷조사를 끝내고 나한테 의뢰를 해왔지요. 최근에 팔아먹은 회사가 네댓 개나 된다는 것도 알고 있지요. 그 증거 자료가 나한테 있는데, 보여드리지요. 이쪽으로 오쇼."

내 거짓말을 사내들이 눈치채면 곤란한 일이어서 끝까지 의뭉스럽게 은주 누나의 금고를 여는 체했다.

"됐습니다. 죄송하게 됐소."

다른 사내가 얼른 말리고 나섰다.

"표창을 빼고 앉으시죠."

세 사내는 표창을 빼고 소파에 기대어 앉았다. 이미 무언가는 각오한 표정이었다.

"일회용 처녀막 팔아먹는 비밀 루트도 이미 내 수중에 있지요. 그리고 가짜 통조림과 가짜 화장품 루트도 쥐게 되었습니다. 이건 내가 노력해서 이렇게 된 게 아니고 최근 당신들과 갈라선 패한테서 얻은 거요. 이름을 대드릴까요?"

"됐습니다. 할 말이 없습니다."

"그럼 청산하십쇼."

내 다부진 말에 세 사내는 움찔했다. 그 신 나는 돈벌이를 그만두라는 말은 그들의 목을 조르는 짓이 분명했다. 비밀 루트를 갖고 돈벌이를 한다는 게 쉬운 짓은 아니지만 한번 맛들면 빼낼 재간 없는 마력이었다. 가짜 상품은 그렇다 치더라도 어음 사기단을 통솔한다는 것은 보통 재주꾼이 아니면 불가능한 일이었다.

"당신들, 전과까지 있더군요."

이 말은 그들의 기를 죽이기 위해 일부러 던진 말이었다. 그런 짓을 할 정도면 별이 한두 개쯤 달려 있으리란 추정을 했다.

"죄송합니다."

대번에 긍정을 했다.

"정식이 형님하곤 조직이 어찌 됩니까? 비밀 루트 말요."

"우리가 산하 조직입니다."

"그럼 밀수도 손대나요?"

"아닙니다. 정말 그쪽에서 손 뗀 지 오랩니다."

"이만하면 더 묻지 않겠습니다. 대신 나하고 약속을 할 게 남았지요. 무슨 말인지 아실 거요."

"……."

말대꾸가 없었다. 저희 입에서 무슨 대꾸를 할 수 있으랴.

"청산한다는 각서를 쓰쇼. 그리고 세 분 모두 몇억 원씩 내놓으셔야겠지요. 그것을 내가 먹을 게 아니란 걸 아실 거요."

"알고 보면 우리가 별로 가진 게 없습니다. 잘 알 겁니다."

"현금으로 당장 가진 게 있을 턱이 없지요. 내가 요구하는 건 장총찬이 개인이 요구하는 게 아닙니다. 이건 당신들에게서 피해를 본 사람들과 이 땅의 아픈 이들의 요구입니다. 그동

254

안 별의별 짓으로 돈을 벌고 호의호식했으니 이젠 그만한 일을 남 위해서 할 때가 됐습니다. 그렇지 않으면 당신들 신세는 지금 이 순간부터 끝장이란 걸 명심하십쇼. 난 길게 말하는 성미가 아니지요. 이렇게 신사적으로 대하니까 말이 잘 풀리지 않는군요."

그렇게 말을 끝내자마자 나는 번개처럼 세 사내를 차례로 걷어찼다. 아까 말한 것처럼 나뒹굴며 거품을 쏟았다. 한 오 분여를 그렇게 맥 추지 못하고 바닥을 기어 다니던 사내들이 제정신을 차렸는지 무릎을 꿇었다.

"시키는 대로 하겠소?"

"예."

그 바닥에서 먹고산 무리여서 말귀 하나는 빨리 통했다.

"정당하지 않았으니 당신들 재산은 당신들 게 아니오. 그렇다고 다 내놓으라는 건 아니오. 청산하고 옳게 산다는 약속과 그걸 지키기만 한다면 나도 양보를 많이 하지요."

"약속을 지키겠습니다. 자식들 때문에라도 청산하겠다는 걸 믿으실 수 있을 겁니다."

"자제분들, 너무 잘 두셨습니다. 그 애들이 당신들을 살린 겁니다."

"약속은 꼭 지키겠습니다."

그들이 지킨다는 약속은 어쩔 수 없어서일 게 빤한 일, 그러나 폭로하여 고생을 시키기에는 그들의 자식들이 너무 숭고해 보였다. 이것은 내가 용서할 성질이라고 생각했다.

"이 땅엔 힘없고 가난하고 서럽고 그래서 아프게 사는 이들이 많습니다. 그들에게 작은 힘이라도 되십쇼. 그래서 제안을 합니다. 이유를 달지 마시고 세 분이 지금 살고 있는 집의 시세만큼씩만 내십쇼. 십수억 원이 되겠죠. 그걸 신문사에 갖다 주십쇼. 세 분이 꼭 같이 가십쇼. 딴말 마시고 이 돈을 억울한 일 당하고도 가진 게 없어 발뺌을 못하는 사람들을 위해 써달라고 하십쇼. 변호사 비용도 좋고, 구호 기금도 좋고…… 억울한 사연을 푸는 데 반드시 써달라고만 하십쇼. 이름과 주소와 회사명을 밝히십쇼. 왜 이런 생각을 하게 되었냐고 물으면 세상이 하도 험해서 억울한 일 당하는 사람이 많은데 우리 힘으로 어쩔 수가 없어서 이런 결심을 했다고 하십쇼."

"언제까지 하면 되겠소?"

"언제면 되겠습니까?"

"일주일 정도 여유를 주시죠."

"우리 약속의 징표로 각서를 씁시다. 나도 이 이상 간섭하지 않을 겁니다. 물론 과거는 청산하여야 합니다."

"언제 해도 할 일이죠."

각서를 쓰고 그들은 돌아갔다. 밤잠을 설쳤지만 잠들 수가 없는 아침이었다.

하느님. 용서하시는 게 직업이신 하느님. 세상이 어찌 흘러 가든 내버려두시면 안 됩니다. 살아 있는 모든 것은 잘못할 수가 있습니다만 선별로 용서하고 선별로 복을 주셔선 안 됩니다.

　하느님, 당신의 종들이라면 이제 공평한 분배와 공평한 사랑을 주실 때가 되었지 싶습니다. 그게 당신다우니까요.

요즘 세상살이

    소나기가 억수로 쏟아져 내리는 바깥을 내다보고 있었다. 강풍에 실린 빗발은 가로수들을 뽑아내고 달리는 자동차들을 날려버릴 것만 같았다. 태풍의 영향 때문이라고 했다. 산비탈의 허름한 축대집이나 지붕이 시원찮은 집들은 걱정이 태산 같으리라. 정원의 나무들이 금방이라도 부러질 듯 춤을 추었고 건너편의 작은 산마루는 바람에 뒹굴 것만 같았다. 우산받쳐 든 사람은 없었다. 이럴 때 우산을 펴면 그냥 날아갈 게 뻔했다.

    마른번개와 천둥소리가 들리더니 금세 하늘이 시커멓게 어두워졌는데 이렇게 무서운 비바람이 칠 줄은 몰랐다. 다혜가 요양하러 외가로 떠난 뒤여서 책이나 읽자고 마음 다진 채 여러 날을 집에만 있었다. 책 한 권을 종일 읽고 나면 밤잠을 잘 자리라고 여겼는데 그렇지 않았다. 하루 종일 읽은 책 속의 이야기들을 연상하거나 나 같으면 이리저리 달리 엮었을 거라는 생각을 하느라 더 설치기 일쑤였다.

이렇게 밥 먹고 책만 보아도 일 년 열두 달 동안 겨우 삼백몇십 권, 그러기를 십 년이나 해도 삼천여 권 정도밖에 읽지 못하는 것이었다.

까짓 거, 나도 한번 소설가가 돼볼까?

나는 문득 이런 생각을 했다. 은주 누나가 부지런히 책을 빌려 오는 집은 글깨나 쓰는 작가네 집이었다. 우리 집에서 아래 골목으로 네댓 집 건너에 작가네가 사는데 가끔 텔레비전을 보면 주말 연속극 같은 데 그의 이름이 나오기도 하고 누나가 빌려 와서 그의 소설책을 두어 권 본 적도 있었다. 흔히 그를 방송 작가라고 부르고 있었다.

내가 그에게 관심을 갖게 된 것은 한동네에 살고 바로 동네 가운데의 놀이터나 약수터 가는 길에서 한 번도 그를 본 적이 없다는 것과 철저하게 숨어 사는 작가라고 사람들이 두런거릴 때마다 강렬하게 그 집 담이라도 넘어가서 만나보고 싶다는 생각을 하게 되었다.

양쪽 다리가 불구여서 혼자 외출하기 어렵고 거기다가 다른 병까지 있어서 거의 두문불출한다고 했다. 우리보다 몇 달 먼저 이사를 왔는데도 동네 사람들이 그의 얼굴을 본 적이 없다면서, 아무리 몸이 그렇더라도 그 작가가 집에 없기 때문일 거라고 생각하는 사람들이 많았다. 부창부수라 그랬는지 박병화란 작가의 부인 역시 동네 사람들과 별로 친교가 없는 생활이었다. 그러니 궁금한 것도 많고 호기심도 더 많을 수밖에 없었다.

내가 만약 작가가 된다면……. 자서전이나 한 편 그럴듯하게 쓰고 싶었다. 파란만장하겠지.

외국에선 컴퓨터에다 이야깃거리를 입력시키고 버튼만 누르면 웬만큼 꾸며진 이야기가 쏟아져 나온다는 얘기를 들은 적도 있었다. 그런데 그것이 실용화되지 않는 것은 기계와 인간의 사고 차이 때문에 다른 일은 다 되어도 창작 행위만은 아직까지 기계가 할 수 없다는 얘기도 있었다.

창문이 덜컹거리며 금세라도 바람과 세찬 빗발에 떨어져 나갈 것 같았다. 이번 여름은 유난히 변덕이 심했다. 갈수록 기상 변덕이 심해질 거라는 과학자들의 주장이 맞아떨어질지도 모른다는 생각이었다.

벨 소리가 들려왔다. 이 세찬 빗발과 강풍 속에 누가 찾아왔을까?

"누구세요?"

"박병화란 사람인데요."

"누구요?"

나는 내 귀를 의심하며 물었다.

"박병화라는 사람입니다. 이 동네에 사는데요."

"누굴 찾으십니까?"

우리 집을 찾아올 까닭이 없기에 이렇게 물었다.

"이 집이 은주 씨 댁이죠?"

"예, 맞아요."

"장총찬이란 분이 살죠?"

"예, 제가 장총찬입니다."

"할 얘기가 있어서 왔습니다."

나는 그 순간에 대문을 열어주러 쏜살같이 뛰었다. 그 성치 못한 몸으로 어떻게 찾아왔을까? 대문을 열었다. 두 다리가 없는 사내, 휠체어에 몸을 기댄 사낸, 엉망으로 물벼락을 맞고도 표정 하나 흐트러지지 않는 박병화. 내가 휠체어를 밀고 들어섰다. 그 짧은 순간에 이미 내 몸은 머리끝에서 발끝까지 흠씬 젖어버렸다.

"말씀은 많이 들었습니다만, 갑자기 웬일이십니까?"

"이 몸으로 들어서기가 미안한데 뭣 좀 걸칠 걸 주세요."

첫 대면인데도 스스럼이 없었다. 그는 내 잠옷을 입고 물 범벅이 된 머리칼을 훔쳐내었다. 사십 대 조반의 사내, 반듯한 용모에 빛나는 눈빛이 인상적이었다.

"불쑥 찾아와서 미안합니다."

"저는 선생님을 뵈니 정말 반갑습니다. 그렇잖아도 한번 뵈었으면 했습니다. 주말 연속극도 열심히 봅니다."

"내 생계니까 봐주는 사람이 많으면 조금 편하지요. 그러나 장 형은 가능하면 보지 마세요."

"왜요?"

"아는 사람이 있다 싶으면 괜히 가슴이 철렁합니다. 죄 벗고 있다 들킨 것처럼."

"선생님도 차암……."

차 한 잔을 다 마시도록 은주 누나가 책을 좋아해서 서재의 책을 빌려가 듬성듬성 이 빠져도 기분 좋다는 얘기며 책 아끼는 사람은 남에게 책을 빌려주지 않는 습성도 있다는 얘기, 또 밤부터 새벽까지 글을 쓰고 아침부터 낮까지 잠드는 버릇 얘기까지 일상적인 얘기만을 나누었다.

그러더니 느닷없이 내 어깨를 잡았다.

"나를 좀 도와주시겠소?"

"뭔지 모르지만 제가 할 수 있는 일이라면……."

"보다시피 나는 몸이 불편해서 교제의 폭도 좁고…… 일일이 돌아다니며 사람을 만나 일을 해결하고 하는 체질이 못 되지요. 무슨 일이 있어서 아침나절에 전화를 여기저기 했더니 화를 벌컥 내면서 와서 따지라고 해요. 갈 형편이 못 되니 대신 마누라를 보내마고 했더니…… 전화지만 창피를 줍디다. 나도 답답하니 바쁜 사람 잡고 꽤나 귀찮게 하긴 했지만……."

"무슨 일입니까?"

"신경이 예민해서 무슨 일이 있으면 원고도 못 쓰고 잠도 못

자는 게 글쟁이들의 공통된 생리일 겁니다. 아무리 참으려 해도 왠지 가슴이 가라앉질 않기에 생각다 못해 찾아왔지요."

"선생님, 제가 할 수 있는 일이라면 기꺼이 나서겠습니다."

"어디서부터 말을 해야 할지……."

어린애같이 웃었다. 겸연쩍어하는 그의 얼굴이 사십 대의 사내라고 보기는 어려웠다.

박병화는 비 젖은 종이 석 장을 조심스럽게 꺼내놓았다. 납세 고지서였다. B세무서장 관인이 찍힌 종합소득세 고지서였다. 8월 31일까지 납기일자인데 세액이 무려 이천칠백만 원 정도였다. 1984년 정기분 종합소득세인데 내가 첫눈에 이백칠십만 원으로 착각했었다.

"이 정도 세금 내시려면 적어도 몇억이 아니면 몇십억 이상 버셨다는 뜻인데요."

은주 누나네 세금 처리 때문에 내가 몇 차례 뛰어다닌 경험이 있어서 한 말이었다.

"누가 아니랍니까. 지난 5월에 성실하게 세금을 다 냈는데 이게 또 날아온 겁니다. 더구나 세액이 터무니없으니 사람이 미칠 일 아닙니까. 지난 1월에 자진 신고하고 5월에 확정신고하여 세금을 이상 없이 냈는데…… 이번엔 가산세까지 붙어서 말입니다."

"세무서에서 함부로 내보내진 않았을 겁니다. 무슨 이유가 있겠지요. 추가로 버신 게 있다거나……."

"설령 추가로 내가, 여기 적힌 대로 육천삼백만 원쯤 더 벌었다고 하더라도 지나친 거 아닙니까?"

"그런데요."

"글 쓰는 사람은 내가 알기로 세율이 33인가로 압니다. 그런데 여긴 55를 적용했어요. 성실하게 신고한 사람한테 두 번씩, 같은 세금을 한 번은 정당하게 또 나중엔 터무니없이 징수하겠다 이겁니다. 이럴 수가 있나요? 그래서 알아보려니 연락하니까 무조건 내고 따지라니……."

"제가 지금 말씀드릴 게 없습니다. 세무서에 가서 확인을 해본 뒤라야 말씀을 드릴 일이기 때문입니다."

"분명히 더 벌어먹은 게 없습니다. 방송국 일이란 게 철저하게 정확해서 일 원 한 푼 틀릴 수도 없고 다른 건 몰라도 번 만큼 정당하게 세금 안 내고 챙길 만큼 내가 머리 좋은 사람도 못 되지요. 이거 환장하겠는 게 아무도 나를 믿어주지 않는다는 사실입니다. 따로 번 것이 있으니 그렇지 세무서가 어떤 곳인데 대충 그런 납세 고지서를 보내겠느냐 이럽니다."

"정말 더 버신 게 없나요?"

"없습니다."

"1월에 얼마를 신고하셨나요?"

나도 메모지를 꺼내놓고 하나하나 확인해 가기 시작했다. 세무에 대해선 백지나 마찬가지인 나였지만 박병화의 딱한 일을 거들어주기 위해선 아는 데까지 알아보고 싶었다.

"칠천사백만 원입니다."

"5월에 확정신고할 때는요?"

"같은 액수였습니다."

"그렇게 딱 떨어지게 버셨나요?"

"아니지요. 원천징수 영수증을 모은다고 모으지만 행여라도 빠진 게 있을까 봐서 넘치게 신고를 했습니다."

"세무서에선 뭐라고 했나요."

"컴퓨터로 찍혀 나온 명확한 근거에 의해 M세무서에서 통보해 온 자료대로 세금을 청구한 거니까 하자가 없을 거라는 겁니다."

"왜 M세무서죠?"

"오륙 년 전에 잠시 주소를 사용했던 곳의 관내 세무서입니다."

"이상한데요? 선생님은 B세무서 관내에 사시고 세금도 여기다 내고 여기에다 신고를 했는데요."

"그래서 M세무서 담당자에게 연락했더니 그쪽도 마찬가지 얘깁니다. 컴퓨터로 나온 걸 어쩌라는 식이죠. 그래서 지난번 신고에 이러고저러고, 액수가 얼마냐니까 내가 신고한 액수와 비슷하기에 더 번 게 없으니 같은 세금을 두 번 내는 수도 있냐니까…… 컴퓨터는 사람처럼 거짓말을 하지 않는다는 겁니다. 그래서 주소를 사용하지 않은 지도 벌써 오 년이 넘는데 어째서 아직도 그쪽 주소에서 세금이 나올 수 있느냐고 물었죠. 그랬더니 세금은 주민등록번호대로 추적이 되어 합산되기 때문에 상관없답니다."

"그러니까 선생님의 주소가 지금 M세무서 관내와 B세무서 관내, 이렇게 두 곳에 있는 건가요?"

"그런 셈이죠. 한쪽이 지워지면 이런 일이 없을 거라고 하니까 컴퓨터에 입력된 주소 때문에 행정 착오가 났더라도 주소 변경을 하는 방법을 모른다고 합니다. 그러니 답답한 건 나뿐이고…… 이번에 세금을 안 내면 가산금까지 해서 엄청나게 피해를 볼 판이지요."

그러니까 아직도 주소가 정리되지 않은 채 해마다 세금은 거주지에서 받았다는 것이었다. 세무서 담당자 자신도 주소 변경 절차를 모른다는 것이었고 B세무서 관내로 이사 오기 전인 S세무서 관내에 살 때는 이런 일이 없었다는 것이었다.

컴퓨터에 의한 행정 착오인지 타성에 젖은 세무 공무원의 잘못인지 그렇지 않으면 이런 작태가 다른 데서도 흔히 저질러지는 것인지 또 그게 아니면 박병화란 인물이 억지를 쓰는 것인지……. 박병화는 진지했다. 나는 직감에 세무 공무원들의 어떤 행정 착오 아니면 타성 때문에 생긴 일이라는 생각이 굳어졌다.

"이 등기우편 부치느라 국민이 낸 세금으로 산 사백 원짜리 우표가 붙었고 봉투값, 고지서와 통지서와 납부서의 값, 이걸 쓰고 확인하느라 소비한 시간…… 작은 일이겠지만 우리가 낸 세금이 이런 식으로 쓰여질 수 있습니까?"

"제가 알기론 국세 행정 기본 방향이 공평과 친절이라고 알고 있습니다."

"당연한 구호군요."

박병화가 들고 온 서류를 자세히 들여다보고 이미 세무서에 제출한 자료와 대조해 보던 나는 분명 세무서의 구태의연한 작태라는 걸 눈치챌 수 있었다. 보내는 쪽에선 나중에 정정해주면 그만일지 모르지만 받는 쪽에선 며칠을 뛰어다니며 사정하고 대조해서 부당한 세금 고지라는 걸 증명받는 복잡함과 시간 손해·금전 손해, 특히 심리적으로 여러 가지 타격을 받기 마련이다.

세무 공무원의 볼펜 한번 잘못 휘두른 것의 파급치곤 당하는 쪽 입장에선 큰 타격일 것이다.

그렇게, 그런 식으로 당한 사람이 적잖을 것만 같았다.

우리나라 공무원들에 대한 대접이 야박살스러운 건 널리 알려진 일이었다. 도대체 그 월급으로 생활을 꾸려나가고 자식을 가르치고 가족과 외식 한번을 마음 편히 할 수 있을까 의심이 갈 정도인 것이다. 그래서 공무원의 자잘한 부정이 그리도 흔할 수밖에 없다는 말도 있는 것이다. 세무 공무원이 한 달 월급을 쪼개어 생활을 해보았더니 한 달에 십여만 원이 늘 적자너라고 했다. 그렇다면 결과적으로 정부에서 음성적으로 생계를 유지하라는 암시를 주는 행위가 아닐 수 없는 일이다.

한때는 세무 공무원이 노른자위일 때도 있었다. 그만큼 돈

벼락을 맞는다는 자리였었다. 그래서 한 시절 잘 만난 자들이 지금도 떵떵거리며 살고 있는 것이다.

세무 공무원이 얼마나 좋은 자리였으면, 옛날이야기가 아니라 불과 십여 년 전만 해도 세무 공무원 뒤를 밤낮없이 추적하여 돈 먹는 현장을 덮쳐 그 공무원의 비위를 눈감아주는 조건으로 매달 세무 공무원으로부터 일정액의 눈감아준 보수를 월급처럼 받아먹고 사는 이른바 사설 세무서원이 있었을까.

지금은 서슬이 퍼래져서 그런 일까지야 없겠지만 그 옛날의 타성이 아직도 남아 있을 것만 같았다.

"선생님, 제가 한번 알아보고 처리를 해드릴 테니 마음 편히 가지세요."

"내가 느닷없이 찾아온 건 답답해서이기도 하지만 언젠가 누님께서 이런 얘길 하더군요. 세무서 일을 우리 동생이 다니며 해결해 줘서 조금 편했다고…… 그 생각이 나서 쫓아왔습니다. 좀 아시나 해서 말입니다."

"세무 문제는 정말 모릅니다. 그러나 다녀봤고 아는 곳도 있고 세무사 노릇을 하는 선배도 있으니까 제가 뛰어다니는 게 편할 겁니다."

"바쁘신데 그럴 순 없지요."

"아닙니다. 제가 정말 다녀보고 싶습니다. 이렇게 해서 선생님과 좋은 인연도 되구요."

"이게 무슨 인연입니까. 악연이라면 모를까."

박병화는 내가 세무 일에 꽤나 아는 게 있으리라는 생각에 불쑥 찾아온 것이었다. 오죽 답답하면 나를 찾아왔을까. 은주 누나가 지나가는 말로 내 동생이 세무서 일을 다 해주어 이번 해엔 좀 편했다는 말을 기억하고 찾아왔지만 나는 사실 아무것도 아는 게 없었다. 은주 누나네의 복잡한 세무는 내가 뛰어다녔다 뿐이지 실제는 선배와 동료들이 장부를 대조하고 들랑거려준 덕으로 쉽게 해냈던 것이었다. 그렇다고 은주 누나에게 그런 말을 할 필요가 없어서 그냥 잘됐다고만 했었다.

지체 부자유자 박병화, 움직이기가 불편하여 전화로 확인하려다가 창피를 당하고는 대책이 없어 내게 달려온 것이었다. 세금 액수가 이천칠백여만 원 정도인데도 당사자에게 연락 한마디 없이 고지서부터 발송해 놓고 따지는 세무서의 태도가 달가울 리 없었다.

확인하는 과정이 결코 쉽지 않으리라. 이미 고지된 납세고지서이니 양쪽 세무서를 여러 차례 들랑거려 확인하고 정정통보가 되어 마음이 편해지려면 시간깨나 소비해야 할 것 같았다. 다행스럽게 한 사람에게 같은 종류의 세금이 행정 착오로 두 번씩이나 나갔다는 게 판명되면 몰라도 그게 애매해지거나 복잡한 과정을 겪으며 실마리를 풀어야 한다면 속깨나 탈 것 같았다.

나는 떼쓰다시피 해서 그 일을 맡기로 했다. 세무서의 행정 착오가 괘씸해서가 아니라 그의 불편하기 짝이 없는 몸과 그

의 순박함과 그러면서도 티 없는 그의 맑음이 좋았기 때문이
었다.

아직도 빗발과 강풍은 계속되고 있었다. 박병화는 비바람
속으로 굳이 돌아가겠다고 옷을 챙겨 입었다. 우산을 받칠 수
도 없고 받쳐보았자 바람에 뒤집힐 수밖에 없어서 나는 고집
스럽게 그의 휠체어를 잡았다.

뛰고 싶었지만 그가 얼마나 불편할까 싶어 천천히 걸었다.
몇 발자국 걷지 않아 우리는 흠씬 젖었다. 그의 집 앞에 당도
하자 그는 내 손을 잡고 잠깐만 기다려달라고 했다. 일하는 계
집아이가 달려 나와 박병화를 데리고 들어갔다. 부인은 외출
중인 것 같았다. 굳이 들어오라는 그의 말을 거절하고 잠깐 현
관에서 비바람을 피했다.

박병화는 그가 쓴 소설책 한 권을 들고 나왔다. 비닐봉지에
젖지 않도록 단단히 싼 책을 고맙게 받았다.

"잘 읽어주시면 고맙겠습니다."

"열심히 읽겠습니다."

억수 같은 비바람 속을 달렸다. 이미 엉망으로 젖어서 뛸 필
요는 없었지만 책이 젖을지 모른다는 생각 때문이었다. 헐떡거
리면서도 저자 사인이 든 책을 받았다는 기쁨에 휩싸이기 시
작했다.

지은이의 사인을 받은 것은 처음이었다. 한 자 한 구 꼼꼼하
게 읽고 나중에 소감을 말해 주는 게 예의리라. 돈으로 따져

삼천여 원 짜리 책이지만 엄청나게 좋은 선물을 받은 기분이었다. 그의 피를 찍어 쓴 글, 그의 영혼이 잠긴 글, 그의 사상과 그의 정신을 읽을 수 있다는 것에 벌써 흥분하고 있었다.

젊은 애들이 유명인의 사인을 받아 액자에 넣어 보관하는 그 심정을 이제서야 이해할 것 같았다.

몇 군데 전화를 걸어봐도 세무서에 가서 확인하기 전에는 알 수 없는 일이라고만 했다. 세액이 작으면 몰라도 세액이 이천칠백여만 원씩이나 고지하여 내보낼 때는 그냥 보낸 것이 아니고 여러 가지 확인을 했을 거라는 주장이었고 8월에 추가로 고지하는 것은 컴퓨터 자료에 의해 처리되는 것이니까 엉터리는 아닐 거라는 얘기들이었다.

자료에 의하면 이미 지난 5월에 자진 납부한 세금과 원천징수 세액까지 적혀 있는 것으로 미루어 박병화에게 자신도 모르는 추가 수입이 엄청나게 있었던 게 아닌가 하는 의문도 제기되었다. 조금 위안이 되는 얘기도 없지는 않았다. 주민등록번호가 잘못 입력되어 그럴 수도 있고 어쩌다가는 납세자번호의 착오 때문일 수도 있다는 것 정도였다. 세무에 밝은 사람들은 한결같이 요즘 세무 행정이 그렇게 엉터리가 아니라는 것이었다.

내 가슴이 턱턱 막힐 지경이었다. 빗발이, 그렇게 무섭던 강풍에 실린 빗발이 가라앉았다. 나는 박병화가 주고 간 자료와 영수증들을 챙겨 들고 B세무서로 향했다.

우선 부딪쳐본 뒤에 대책을 세우든 남의 도움을 받든 할 생각이었다. 이런 일은 세무사같이 전문으로 세무를 담당하는 사람에게 의뢰하는 게 옳다는 걸 알면서도 내 오기는 사그라들지 않았다. 내가 믿는 것은 설사 박병화가 거짓말을 해서 수입액을 속인 게 들통 났다 하더라도 저술가인 경우에 세율을 터무니없게 높여놓아 세액이 부당하다는 것을 발견했다. 자유직업 소득자라 하더라도 직업에 따라 세율이 엄격하게 구분되어 있는데 세무서에서 박병화에게 보낸 산출 근거에 의하면 세율 오십오를 적용한 것이었다.

담당자는 출장 중이었고 소득세과의 다른 직원이 내 말을 한참 듣더니 불쑥 한다는 말이 이랬다.

"서류를 봐야 알겠는데…… 담당자가 없으니 내일 오시든가 아니면 퇴근 무렵에 오시지요."

"바쁜 사람이니 좀 봐주십쇼. 원인이라도 알고 가면 마음이라도 편하잖습니까."

"우리가 괜히, 부당하게 세금을 정했을 리가 없잖아요. 그 사람 뭐하는 사람입니까?"

"작가라고 했잖습니까?"

사내는 납세고지서의 산출 근거와 세무서에 비치된 세율 근거를 한참 들여다보더니 싱겁게 말했다.

"세율은 잘못 됐군요. 그 사람, 정말 저술가입니까?"

"그것도 모르고 세금 고지서를 내보냈단 말입니까?"

"왜 본인이 못 오고 대신 왔습니까?"

내가 따질 기색이자 세무서 직원은 이렇게 시비를 걸었다.

"몸이 불편해서 움직이질 못합니다."

"뭐하는 사람인데 이렇게 수입이 좋습니까?"

박병화란 방송 작가를 직원은 모르는 것 같았다.

"방송극을 쓰는 분인데, 지난해 연속극도 쓰고 집도 한 칸 가질 계획이고 그래서 열심히, 정말 눈코 뜰 새 없이 일했답니다. 손가락이 고장 나서 병원에 다닐 만큼 말입니다. 그래서 세금도 거의 육백여만 원 가까이 내고 책도 한 권 내고 말이죠. 정당하게 일한 만큼 받고 세금 낸 사람한테 느닷없이 날벼락 아니겠습니까."

"뭔지 모르지만 더 번 게 있겠죠."

"그렇다면 박병화 선생님 수입이 일억 오천만 원씩이나 된다 이 말 아닙니까?"

"글쎄…… 뭔가 잘못되긴 된 모양인데…… 담당자가 와봐야 알겠네요."

더 이상의 진전이 있을 수 없었다. 나는 할 수 없이 담당자가 돌아올 시간에 다시 오기로 마음을 먹었다.

담당자는 찾아올 걸 예상이나 한 듯 반갑게 맞아주었다. 수더분한 인상에 마음이 놓였다.

"이 자료가 M세무서에서 왔습니다. 그래서 확인을 하니까 담당자는 휴가를 갔고, 할 수 없이 담당 계장님께 확인을 해서 정정해 달라고 말씀드렸죠. 계장님이 그러겠다고 약속을 했는데…… 아마 잊어버렸거나 담당자가 깜빡했을 수가 있습니다. 그리고 바로 나도 휴가를 갔으니 이래저래 이십여 일간이나 상호 연락이 두절된 상태였습니다. 이게 행정 착오 아니면 뭔가 다른 데서 잘못됐을 겁니다."

"담당자가 확인을 더하셨으면 이런 일은 없었겠지요."

나는 그의 비위를 건들지 않으려고 조심스럽게 말했다.

"우린 잘 모르지요. 박병화 씨한테 추가로 다른 수입이 있었는지는……."

"그게 무슨 말씀입니까?"

"M세무서에서 통보가 왔으니 우리는 일단 고지서를 내보낼 수밖에 없었습니다. 규칙상 8월 16일까지 당사자에게 통보해야 할 의무가 있기 때문이죠."

"내가 듣기로는 이런 경우에 당사자에게 미리 통보라도 해서 한 번쯤 확인을 하는 게 공무원의 임무라고 생각됩니다."

"이행 하십쇼. 바쁘고 일이 쌓이다 보면 미처 확인을 못하고 기계적으로 또는 습관적으로 처리를 하는 경우가 있습니다."

"그게 타성이라는 거 아닙니까?"

담당자가 대꾸 없이 피식 웃었다. 별로 할 말이 없다는 것인지 대꾸할 가치가 없다는 것인지 가늠할 수가 없었다.

"그럼 어떻게 해야 됩니까?"

"이 자료를 보낸 M세무서에 가서 사업장별 수입 금액 정정 통보서를 받아와야 처리가 됩니다."

"우리 박 선생님이 잠시나마 M세무서 관내의 주소를 사용한 지가 오 년이나 됩니다. 주욱 S세무서 관내에 사셨다가 작년 말에 이쪽으로 왔는데 주소가 아직도 M구로 되어 있다는 것 자체가 행정 착오 아니면 행정 과실이 아닙니까?"

"나한테 지금 그걸 따지면 어쩌란 말입니까? 주소는 컴퓨터에 입력이 되어 중앙 통제 아래 운용되는 것이니 내가 어쩔 수는 없죠."

"주소가 정리되었다면 이런 불상사는 없었을 거 아닙니까?"

"확인해 봐야죠. 아직 어떻다고 단언할 수는 없습니다."

"만약, 행정 착오로 한 사람에게 두 번씩 세금이 부과되고, 더더구나 두 번째는 꼭 같은 사람, 꼭 같은 세금인데 무려 다섯 배 가까이 세금이 매겨졌다면 어떻게 하시겠습니까?"

"그럴 리가 있겠소?"

"만약 그렇다면요?"

"……고쳐서 이상 없이 정정통보해 주면 되잖소."

"이런 일로 시간 뺏기고 정신적으로 짜증이 나고 왔다 갔다 신경 쓰는 게 세무서 측에선 고쳐주면 되잖느냐고 우습게 보겠지요. 그러나 당하는 사람의 입장을 생각해 보십쇼. 토요일 늦게 우편물을 받고 일요일과 월요일 오후까지 전화로 확인했지만 뾰족한 대안이 없었지요. 다른 사람이 아니고 박 선생님은 글을 써서 먹고사는 분이라 이렇게 터무니없이 억울한 일이 생기면 며칠간 신경이 예민해져 글도 못 씁니다."

"에이, 그랬다고 글을 못 씁니까?"

"이것 보십쇼. 편지 한 장을 쓸 때도 정신이 집중돼야 하는데 하물며 전문적으로 글 써서 먹고사는 사람이 그렇게 아둔한 줄 아셨습니까?"

"⋯⋯."

대꾸 없이 담배만 뻑뻑 빨았다. 착하고 수더분하게 생긴 직원은 내게 담배 한 개비를 내밀고 또 씨익 웃었다.

"이왕 일이 이리 됐으니 귀찮더라도 조금 수고해 주십쇼. M세무서에 가서 확인을 한 뒤에 우리가 잘못된 것이면 깨끗하게 정정해 드릴 테니⋯⋯."

그도 난처한 입장인 것 같았다. 앞뒤 상황을 맞추어보니 내가 하는 말이 틀린 것 같지 않았으니 속으로 아차 싶었는지 모른다.

"내가 M세무서 담당자에게 연락을 할 테니 한번 직접 가서 확인을 해보시죠. 내가 지금 해드릴 수 있는 일은 그것뿐입니다."

"전화로 확인해서 사실대로 정정해 버리면 그만 아닙니까?"

"일이 그렇지 않죠. 이미 서류로 보고되고 납세고지서가 나간 이상 행정적으로 처리해야 합니다."

"이게 누구 잘못입니까?"

"⋯⋯."

대꾸하지 않았다.

그날은 늦어서 되돌아올 수밖에 없었다. B세무서와 M세무서를 적어도 두 번 이상 나다녀야만 해결될 것 같았다. 원천징수 영수증과 B세무서에서 떼어 준 자료들을 봉투에 담아 들고 되돌아섰다. 공무원의 볼펜 끝에서 글씨 몇 개가 첨삭됨으로 해서 국민들이 입게 될 피해는 엄청날 수 있는 것이었다.

컴퓨터로 찍혀 나온 박병화의 사업장별 수입 금액 명세를 찬찬히 살펴보았다. 주민등록번호는 꼭 같았고 이름자는 한 글자가 틀렸다. 박병화가 아니라 박병아였다. 그리고 주소는 작년까지 살던 S세무서 관내가 아니라 오 년 전에 잠시 사용했던 M세무서 관내 그대로였다. 컴퓨터로 처리된 주소와 이름이 틀리는 것이었다.

주소 변경만 제대로 따라와주었으면 이 같은 일이 벌어지지 않았다는 생각이 미치자 오륙 년 전의 주소가 어째서 여태 정리되지 않았는지 궁금했다.

해마다 신고할 때마다 주민등록등본을 두 통씩이나 제출할 터이고, 원천징수를 할 때 주민등록증을 제시하여 복사본 한 장씩을 제출하며 원천징수를 할 때 주소를 정확하게 기재하여 주민등록과 철저하게 대조하는 게 상례였다. 그렇기에 주소가 오륙 년 전 주소로 되어 있거나 이름이 한 자가 틀린 채 방치되어 있다는 것은 쉽게 납득하기 어려운 일이었다.

대수롭지 않게 생각하자면 별 게 아닐 수 있는 일, 그러나 꼼꼼하게 따지자면 이러한 일은 박병화 혼자만 당하는 일이 아니고 많은 사람이 당하고 있을지 모른다. 컴퓨터를 믿고 방만하게 행정 처리가 되는 경우가 세금뿐만이 아니라 다른 것들에서도 많이 등장하고 있었다.

전기 요금의 경우와 수도 요금의 경우는 집 안에 계량기가 있어 확인이 되고 부당한 처사에 신속하게 대처할 수가 있지만 전화 요금의 경우는 일방적인 컴퓨터 처리에 의해 부과되어 수용자가 눈으로 확인할 수가 없는 것이었다. 그러기에 국민은 공공 기관을 신뢰하는 바탕이 있어야 하고 공공 기관은 신뢰의 바탕을 언제라도 마련해 두어야 하는 것이다.

만약 컴퓨터가 잘못 조작되었다면 어찌 될 것인가?

하느님.

요즘 우리나라 사람들이 왜 자꾸 이민을 가고 싶어 하는지 아십니까?

하느님은 아실 겁니다. 우리나라 사람들이 자꾸 이민을 생각하는 횟수가 많아지고 실제 이민 가는 길을 염탐하며 이민 갈 수 있는 길을 찾아 연구하는 것은 이 땅에서 영원히 떠나려는 게 아니라 당분간이라도 이 땅을 떠나 살고 싶은 가슴의 응어리 때문입니다.

이 땅의 사람들이 무엇을 믿으며 누구를 믿으며 또 뭘 의지하며 살겠습니까? 정치가를 어찌 믿습니까. 사리사욕에 저리 눈이 어두워 제 뱃속 채우기에 혈안이 된 무리들이 아닙니까. 여당을 믿어야 합니까, 야당을 믿어야 합니까? 아니면 행정가와 관료를 믿어야 합니까? 그도 아니면 경제인을 믿어야 합니까?

이 시대의 양심이라는 성직자와 법조인과 학자, 교수와 교육에 종사하는 교직자들, 목소리 큰 애국자와 정의를 대변하는 매스컴 종사자들, 옳은 소리를 하고 뒤돌아서면 제 잇속을 위해 흥정을 하는 무리들…….

우린 누굴 믿어야 합니까?

왜 많은 사람들이 이민을 가고 싶어 한단 말입니까?

하느님은 아십니다. 분명하게 아십니다. 이 땅의 사람들이 이 땅을 떠나고 싶어 하는 근원을 말입니다.

하느님. 그러나 천지개벽하더라도 나는 이 땅에 남아 있을 겁니다. 악착같이 남아서 두 눈 부릅뜬 채 이 땅을 지켜볼 겁니다. 이쪽이나 저쪽이나 믿을 만한 작자가 없고 지도층 인사며 잘난 사람들이며가 이 땅과 이 땅의 사람들을 배신하더라도 나는 지켜볼 참입니다.

그리고 하느님도 지켜볼랍니다. 하느님은 과연 누구 편인지 말입니다.

하느님만은 옳은 이들 편이시겠지요.

아침 식사를 부지런히 하고 M세무서로 달려갔다. 박병화가 몇 차례나 전화를 걸었고 B세무서의 담당자도 연락을 해둔 탓에 담당자가 비교적 친절하게 내가 가져간 서류와 M세무서에 비치된 서류를 살펴보았다. 박병화의 추측이 옳았다는 걸 발견했다.

즉, 동일인에게 같은 수입액에 대한 같은 종목의 세금이 두 번씩 부과된 것이었다. 첫 번째 자진 신고한 액수보다 컴퓨터 자료는 소득액이 적었다. 특이한 것은 첫 번째 확정신고에서는 저술가로 세율 33으로 적용하고 가족 공제와 기초공제를 하여 육백여만 원이 채 안 되는 세금을 부과했는데 두 번째는 일반 자유직업 소득자로 처리되고 가산세까지 첨부되어 이천칠백여만 원이란 어마어마한 세금이 부과된 것이었다.

"내가 작성해서 보낸 건 확실합니다. 우리 관내로 자료가 왔는데 확인해 보니 우리 관내를 오 년 전인가 떠나 S구 관내로 간 걸 동회에 가서 확인하고 S세무서로 넘겼지요."

"이사한 지가 오 년이 넘었는데 어째서 아직까지 이쪽으로 주소가 돼 있지요?"

"그건 우리가 알 수 없는 일입니다."

"이해할 수 없는 일이네요. 세금 받을 때는 그리도 정확하면서 어째 주소 정리, 틀린 이름 정리는 몇 년씩이나 못 하는지 말입니다."

"그건 우리 소관이 아니고 국세청 전산 자료실 소관이라 뭐라고 말할 수가 없습니다."

"아까 동회에 가서 주소를 확인했더니 S세무서 관내로 이사

했다고 하셨죠?"

"그랬죠."

"거짓말 마십쇼."

"이 양반이……."

성질 사납게 굴었다.

"박병화 선생님이 M구에 산 적이 없으니 동회에 가도 주소를 찾을 수는 없습니다. 무슨 얘긴지 아세요?"

"그럼 어째서 주소가 우리 관내로 되어 있습니까?"

도리어 내게 물었다.

"한때 박병화 선생님이 이 근처의 어떤 출판사에서 기획을 본 적이 있었습니다. 그때 거처가 마땅치 않아 서류 등에 회사 주소를 잠깐 사용한 적이 있었습니다. 물론 주민등록은 다른 주소였습니다. 그러니 동회에 확인해서 자료를 이첩했다는 건 생판 거짓말입니다. 무슨 말인가 아세요?"

"……."

그 순간 담당자 얼굴은 납빛이 되더니 얼른 외면하고 말았다.

"이유가 있을 겁니다. 솔직하게 말해 주시면 차라리 서로 편하지 않을까요?"

"확인이 되려면 정밀 조사를 해야 하니까 이 서류를 놓고 갔다가 내일 다시 오십쇼."

딴소리였다. 정밀 조사란 원천징수 영수증과 사업장별 수입금액 결정 상황표, 즉 컴퓨터로 찍혀 나온 합산 자료와 일일이 대조하여 진위를 가리겠다는 뜻이었다.

"여기서 즉시 대조가 됩니다. 여기 영수증이 있으니까요. 방송국의 고유 번호와 이 영수증 번호가 같으니 하나하나 대조하면 금방 드러납니다. 이런 일일수록 시간 끌 필요가 없습니다. 다른 생각 마시고 해주십쇼."

"바쁘니까 그렇잖소."

신경질적인 반응이었다. 옛말에 방귀 뀐 놈이 성질낸다더니…….

"당신만 바쁜 게 아니라 정당한 시민이 당신들 때문에 피해를 보고 있습니다. 당신은 대수롭지 않을지 모르지만 당하는 사람 입장이 돼주시죠."

"내일 오쇼. 확인하고 대조하려면 며칠 걸려요."

"며칠 걸린다면 내일은 왜 옵니까?"

"그럼 삼 일 있다 오쇼."

"난 그렇게 못합니다."

"본인더러 오라고 하쇼."

참 할 말이 없었다. 영수증과 합산표를 그 자리에서 대조해 보면 알 일인데 그걸 버티는 이유가 무엇일까? 내가 얼핏 대조를 해도 영수증과 합산표는 일 원 한 장 틀리지 않고 정확했다. 길게 걸려야 이십 분도 채 안 걸릴 텐데 삼 일 후에, 그것도 몸이 불편한 본인이 직접 오라니…….

담당자도 잘못한 것을 시인해 놓고는 신경질을 부리며 본인더러 오라고 큰소리를 쳤다. 나는 어금니를 맞물고 사내를 노려보았다. 참, 미치고 펄쩍 뛸 일이었다.

그렇다고 시끄럽게 대할 수 있는 입장은 아니었다. 내 일도 아닌 데다가 내가 너무 시끄럽게 해서 박병화에게 조금이라도 피해를 주게 될지 모르는 일이기 때문이었다. 아무리 정당하더라도 세무서 쪽에서 감정이 상해 골탕 먹이려 든다면 쓸데없이 신경을 써야 할 것 같았다. 그게 세상인지 모른다.

이것이 이 땅의 현실인지 모른다.

"B세무서에 가서 신고서를 찾아오십쇼. 그게 있어야 대조를 할 수가 있습니다."

한참 옥신각신한 끝에 담당자는 이렇게 말했다. 그것이 타협점이었다. 두 다리가 불편한 박병화가 오지 않아도 좋다는 양보인 셈이었고 대신 오늘은 안 되니 내일 아침까지 B세무서에 신고했던 그 신고서를 가져오라는 선에서 해결의 실마리를 풀자는 것이었다.

만약, 고지된 세금을 내고 따지라는 고자세를 보였다면 심부름 나선 내 입장이 정말 딱해질 뻔했다. 납세고지서 뒷면의 안내 말씀의 제사항을 보면 이 처분에 이의가 있으시면 고지서를 받은 날로부터 육십 일 이내에 이의신청, 또는 심사청구를 할 수 있다고 되어 있었다. 그 과정이 얼마나 복잡할까를 생각하니 담당자에게 토닥토닥 시비를 건 것이 잘못인 것 같았다.

나는 울며 겨자 먹는 셈 치고 M세무서를 나왔다. 그 길로 박병화에게는 세무서 일이 잘되어가니 걱정 말라고 연락했다. 그리고 내친 김에 세무사로 잔뼈가 굵은 선배한테 전화를 걸었다.

"미련한 짓 했다. 그런 일이 있으면 나한테 연락을 할 것이지, 뭐러 쫓아다녔냐? 네 성질대로 될 일이 따로 있고 안 될 일이 따로 있지. 잔소리 말고 우리 사무실로 와라. 내가 알아서 해결해 줄게. 그게 내일 하루 만에 될 일인 줄 아냐?"

공중전화라 길게 얘기할 수가 없어서 나는 선배의 사무실을 찾아가기로 마음먹었다. 선배는 괜히 남의 일에 혈압 올리고 돌아다닌다고 투덜거리기만 했다. 선배 말마따나 남의 일일 수 있지만 엄밀한 의미로 살펴보면 우리 모두의 문제인 것이었다.

선배는 내 설명을 한참이나 듣고 있다가 불쑥 이렇게 말했다.

"그 사람도 잘못된 걸 시인했구먼."

"그렇죠."

"아무리 잘못됐어도 행정적인 절차는 밟아야지."

"물론 그렇다는 건 알아요. 그런데 내가 괘씸해하는 건 확인도 않고 고지서를 무조건 내보내놓고 발뺌하는 것과 이왕 행정 처리상 잘못된 걸 알았으면 자청해서 정정해 주려는 노력을 보이지 않는다는 겁니다. 또 주소가 그렇게 잘못됐으면 어떻게 수정해서 다시 전산실에 입력시키는지를 알아보고 고쳐주어야 할 텐데 그 방법은 고사하고 되레 어째서 주소 변경을 못했느냐고 따지는 겁니다. 원천징수할 때나 세무서에 신고할 때 주민등록을 제시하거나 주민등록 등본을 제출하잖아요. 그런 식이라면 주소 옮긴 사람이 국세청의 전산실을 찾아가 일일이 주소 변경을 시켜야 하잖아요."

"그러게 나를 찾아왔으면 됐잖나. 그 사람들이 착오를 했거나 실수를 할 수도 있지. 그럴 때는 기술이 필요해. 가서 무턱대고 따지면 거부반응을 보이니까 무조건 살살 달래서 봐주도록 저자세로 나가는 게 상책이다. 네 성질 빤한데…… 그러니 누가 순순히 들어주겠냐. 내가 처리해 줄 테니 내놔라."

"죄 없이도 설설 기어 다니라는 겁니까?"

"그게 이 땅에 사는 재주지."

"더러워서……."

"더러워도 살아는 있어야 할 거 아니냐."

"그렇죠."

"너도 오래 살려면 그놈의 성질부터 좀 눕혀라. 옳고 정당하다는 게 별거냐?"

"형은 여전하군요."

"마누라와 새끼들 먹여 살리려면 별수가 없더라. 그렁그렁 설렁설렁 살아야지. 그래서 요즘은 이민이나 갈까 생각 중이다. 이렇게 능글맞게 사는 걸 마누라와 새끼들이 알면 어쩌나 싶어서…… 세상이 그런 걸 어쩌냐. 나 혼자 용빼는 재주가 없는걸."

"그나저나 주소는 변경이 안 되나요?"

"글쎄, 그건 나도 모르겠다. 내가 알기론 자동으로 변경되는 걸로 아는데. 누락이 된 모양인데⋯⋯."

"그럼 그것만은 내가 좀 알아보죠."

말리는 선배의 손을 뿌리쳐가며 나는 전화를 걸었다. 국세
청의 전화 교환원은 불친절해야만 월급을 받게 되어 있는지
꽤 따따거리며 양평동의 계발계 전화번호를, 그것도 세 번씩이
나 전화를 건 뒤에야 알려주었다. 계발계의 담당 직원은 내 얘
기를 한참이나 듣더니 소득자료계 연락처를 다시 알려주었다.

소득자료계의 목청 굵은 남자 직원은 의외로 친절하게 전화
를 받더니 내 복잡한 설명을 메모라도 하는지 가끔씩 되묻곤
했다.

"왜 그렇게 되었는지 잘은 모르겠군요. 제가 알기로는 세무서
의 세대장을 고쳐놓으면 어렵지 않게 처리되는 걸로 압니다. 우
리 전산실은 그런 근거에 의해 입력을 시키고 통보를 합니다."

"오 년 전 주소가 아직도 입력이 되어 있다면 누구 책임입니
까?"

"글쎄요⋯⋯ 그렇게 따지자면 여기 근무하는 제 잘못일 수
밖에 없습니다."

"지금 담당자에게 잘못했다는 게 아니고 과연 이런 경우가
있는가 하는 사실을 묻는 겁니다."

"드물게는 있습니다. 컴퓨터 입력이란 사람이 하는 것이기
때문에 간혹 실수를 할 수도 있지요."

"글쎄, 작년도 주소라면 이해가 갑니다. 내가 옹졸해서 자꾸

주소 틀린 걸 따지는 게 아닙니다. 그 과정을 알고 싶어서죠."

"제가 확인해서 주소 변경을 해드리면 안 되겠습니까? 누구 잘못이든 우리들 잘못이니까요. 제가 대신 사과를 드리겠습니다."

그는 변경된 집 주소와 박병화의 주민등록번호를 또박또박 되풀이하여 불러보고는 또 죄송하다는 말을 했다. 그렇게 친절하고 고분고분하게 대하는 데에야 따질 마음이 사그라들 수밖에 없었다. 나는 할 수 없이 도리어 귀찮게 굴어 죄송하다는 말을 하고 전화를 끊었다.

옆에서 전화 소리를 다 듣고 있던 선배가 씨익 웃었다.

"봐라. 그런 멋쟁이도 수두룩하단다. 넌 공무원이라면 무조건 삐딱하게 보는데 알고 보면 멋쟁이가 훨씬 많다는 걸 좀 알아라. 난 밥만 먹으면 상대하는 사람들인데…… 인정할 건 해야지."

"거, 그 사람이 기를 팍 죽이는데요."

그건 사실이었다. 따따거리고 무뚝뚝하게 대했어도 내 쪽에서 별로 할 말이 없는 상대였는데, 그는 끝까지 잘못되었다는 사과와 어찌 되었든 결과는 자신의 잘못이라고 뒤집어쓰는 멋을 가지고 있었다. 따지려고 전화를 걸었던 내가 슬그머니 물러날 수밖에 없었다.

"이런 경우에 어찌해야 합니까?"

내가 이런저런 얘기 끝에 물었다.

"예민하게 굴지 마라. 사람이 죽고 사는 일 아니면 말이다. 관공서 일이란 다 그런 거 아니냐. 잘못될 수도 있고 어떤 때 너무 쉽게 풀리는 수도 있는 것이고. 이런 경우는 아무래도 세무서 쪽이 잘못한 건데…… 그래서 슬쩍 비켜가거나 빠질 구멍을 주어야 해결이 되는 거지 원칙론을 내세워 자꾸 따지면 의외로 꼬여서 탈만 내게 된다. 내가 명색이 세무사인데 그만하랄 때 쓰윽 엉치를 빼라면 좀 알아들어라."

선배의 말을 알아들을 것도 같고 모를 듯싶기도 했다. 빠져나갈 구멍을 주라는 것으로 미루어 그들의 감정을 건들지 말라는 것 같았다.

"형, 난 그 사람들하고 감정 있는 사람이 아녜요. 개인 감정이 있을 수도 없구요. 다만 잘못된 일이면 그쪽에서 먼저 알아서 빨리빨리 처리를 해주면 좋잖아요. 잘못한 쪽에서 서둘러 일을 처리하는 자세 말입니다."

"세무서·경찰서 좋아할 사람이 어디 흔하겠냐. 그런데 근무하는 사람들도 뻔히 알고 있다. 그러나 그 사람들이 없다고 생각해 봐라. 직책상 어쩔 수 없이 그리 보일 수밖에 없잖냐. 조금만 이해를 해라. 다 우리 동포다."

선배는 군이 덮어두려고만 했다. 그러더니 내가 내밀어놓았던 서류 일습을 금고에 넣어버리고 덜컹 문을 잠갔다.

"내일 내가 세무서 쫓아다니며 이상 없이 처리해다 주마."

"내가 못해서 찾아온 게 아녜요. 악착같이 내가 붙어봐야겠어요."

"너 말귀 되게 못 알아먹는구나."

"내가 틀렸나요?"

"그게 아니고 그 순진하고 불편한 박병화 선생님을 위해서 좀 참아라."

"그게 무슨 말입니까?"

"네가 자꾸 깐죽거리면 결국 박병화 선생님만 더 불편하게 된다. 세상은 그런 법이다. 그러니 더 잔말 말고 내가 시키는 대로만 해라. 무슨 말인가 알겠냐?"

"알 듯도 하고 모를 듯도 합니다."

"관공서에서 제일 싫어하는 사람이 바로 너 같은 사람이다. 둥글둥글하게 살아야지 괜히 박병화 선생님만 곤란하게 된단 말이다."

"그거 참 지랄 같은 놈의 세상이네요."

"어디 지랄 같지 않은 거 봤냐? 너 세상 헛살았어. 밸이 없어서 이렇게 사는 게 아니라 세상이 모두 그 모양이니까 맞춰 사는 흉내를 내다보니 네 눈에 내가 지랄 같아 보이는 거다. 요새 제정신 가지고 사는 사람이 몇이나 되겠냐?"

"그만둡시다."

"할 소리 아니다만 요새 세상에 믿을 게 있냐? 내 자신도 못 믿겠는데 뭘 믿겠냐?"

"이민 가면 될 거 아뇨."

"나도 수없이 떠나야지 했다가……."

"형이 알아서 해주쇼."

"걱정 말고 가라."

"과정이나 궁금하지 않게 알려줘요."

"빤한 거 아니냐. M세무서에 컴퓨터로 된 합산표가 나오니까 무조건 S세무서로 넘겼고 S세무서에서는 다시 B세무서로 넘겼고……."

"그거야 아는 사실이잖아요."

"그러니까 이건 다른 문제가 있을 수 있다 이거다. 예를 들어 B세무서에서 자료만 보고 담당자가 그냥 작성했을 수가 있고 M세무서에서 작성해서 넘겼을 수도 있고…… 아니면 시간에 쫓기니까, 확인하는 과정이 복잡하니까 우선 보내놓고 봤거나. 맞으면 세금 받고 틀리면 당사자가 찾아와 따질 거고…… 아니면 다른 이유가 있거나……."

"다른 이유라뇨?"

"나도 모르지."

"좌우간 형이 알아서 하십쇼. 박병화 선생님께 무슨 일이 생기지만 않는다면 끝까지 물고 늘어질 텐데……."

"그만 잊어버리자. 선배 잘 두고 그런 걱정까지 해서야 되겠냐?"

나는 선배의 말에 일리가 있다고 생각했다. 내 일만 같아도 끝까지 캐어볼 작정을 할 텐데 몸이 불편해 움직이기 거북한 박병화에게 또 다른 누를 끼치지 않기 위해 선배의 말을 듣기로 한 것이었다.

어쨌거나 뒤가 개운하지는 않았다. 선배의 말에 동감하는 부분도 있었지만 선배의 처세에 역한 기분도 들었다. 하기야 세상이 모두 그렇다면 따라가지 않는 게 바보인지도 모르겠다.

저녁 늦게 책을 보고 앉아 있는데 그 선배에게서 전화가 왔다.

"어떻게 됐어요?"

"다 끝났다."

"용하십니다."

"그게 세상이다."

"어찌 된 겁니까? 지금 나갈까요?"

"간단히 말하마. 꼭 같은 세금이 두 번씩 나간 거였다. 주소와 이름이 한 자 틀린 것도 사실이고 세무서 간에 유기적인 연락이 안 된 것도 사실이고 그리고 B세무서에서 확인 않고 내보낸 게 탈였다. B세무서에 가서 서류 떼어다 M세무서 갖다 주고 다시 정정 확인을 받아 B세무서에 넘기도록 조치를 했으니 그리 알아라."

"뭐가 그렇게 싱거워요? 난 헤매고 다녀도 안 풀리던데."

"그래서 세상은 재미있지."

"형은 계속 재미있게 사쇼."

"넌 계속 재미없게 살아라."

"고맙긴 한데 개운치 않아요."

"잊어버려. 그리고 한마디 해둘 게 있다. 박병화 선생님더러 앞으로는 세무서를 상대로 싸우지 말라고 일러드려라. 그 양반도 너를 닮아서 정당하지 않은 일을 보면 악착같이 싸우시나 보더라. 한번 미운털이 박히고 나면 이럴 때 괜히 걸음품을 팔고 신경이 쓰이고 그러는 거란다."

"그게 무슨 얘기예요?"

"나도 자세히는 모른다. 올해 말고 작년엔가 세무서에서 책상 치고 소리 지르고 그러셨던 모양이더라. 세무서란 담당이 바뀌면 그대로 인수인계가 되는 곳이다. 미운털이 박히면 다음 담당에게도 그대로 미운털이 인수인계 된다 이거다."

"차암, 사람 기죽이는 것도 여러 가지네."

"내가 그랬잖아. 그게 세상이라고. 박 선생님더러, 제발 박 선생님 같은 분은 이민 가시지 말라고 해라. 세상이 아무리 그래도 나는 그런 고집불통을 속으로 좋아한다고 말이다. 그런 분이 있어줘야 우리같이 물든 놈들이 살맛 난다고 꼭 전해 드려라."

"나 같은 놈은요?"

"세상 꼴이 이 지경인데 너 같은 놈이 발광 떨어가며 악 써가며 살아줘야지 우리 같은 놈이 위안 받고 살 거 아니냐. 전부 비렁뱅이처럼 사는데 누군가 성질대로 살아줘야 할 거 아니냐?"

"그럼 아까는 왜 성질 죽이고 살라고 했어요?"

"그땐 우선 그렇게 넘길 수밖에 없었잖냐?"

전화를 끊고 곧바로 박병화 집으로 달려갔다. 지금까지 있었던 얘기를 사실대로 다 말해 주고는 선배가 마지막으로 한 말까지 그대로 전해주었다.

박병화는 낄낄 웃더니 내 어깨를 툭 쳤다.

"미운털 박혀가며 악착같이 이 땅에 삽시다."

"작년엔가 그전엔가 무슨 일이 있으셨습니까?"

"있었지요. 난 다 잊어버렸었는데……."

그러더니 담배 한 가치를 빼어 내게도 권하면서 지그시 눈을 감았다.

"작년인지 그러께인지 가물가물한데…… 세무서에 신고하러 갔더니, 이 불편한 몸으로 세 번씩이나 갔는데도 왜 그런지 자꾸 다음에 오라고 하더군요. 내가 그랬지요. 일단 받아주고 내가 불성실했으면 처벌을 하든 벼락을 내리든 하면 될 거 아니냐고요. 그래서 어쩌구저쩌구 핑계를 대길래 소리를 좀 질렀지요. 그래서 조금 미움을 받았을 겁니다. 우리 같은 사람은 거래처가 빤하고 일정해서 일 년에 얼마 벌었다는 게 빤합니다. 내가 연속극을 쓰고 하니까 수입이 많아진 건 사실이지만 소문처럼 그렇게 떼부자 되는 건 아니지 않습니까. 그런데 나중에 담당자가 서랍을 열어 뭔가를 슬쩍 보여주더군요. 국세청에 아마 세원 개발하는 무슨 부서가 있나 봐요. 거기서 보낸 건데 내 수입이 많을 테니 특별히 추적해 보라는 공문이 그 안에 들어 있지 뭡니까? 기가 막히더군요. 그럼 진작 그래서 그랬다든지 추적을 해보든지 할 일이지……."

"저도 선생님이 연속극을 써서 돈을 많이 벌었다는 기사를 읽은 적이 있습니다."

"바로 그거예요. 신문·잡지에 뻥튀기식으로 기사가 나갑니다. 세상이란 그런 거니까요. 백 원 벌었어도 사람들은 일천 원 벌었다 생각하죠. 기자들도 괜히 부풀려서 써대고…… 작가가 돈을 남보다 조금 더 번다면 이제 우리나라도 제대로 돼가는구나 생각하지 않고 옛날 작가들이 어쨌느니 가난해야 제맛이라느니 해가며…… 그런 기사나 소문을 꿰어 맞추려 드는 거죠. 그래서 그 뒤로는 잘 끝났으려니 했는데……."

박병화가 쓰게 웃었다.

"그게 인수인계가 된답니다."

"인수인계란 당연하겠지요. 모든 공무원은 철두철미하게 자기가 맡았던 일을 후임자에게 인수인계해야지요. 그런데 이런 인수인계는 좀 그러네요……."

"팔자라고 생각하죠, 머."

"벌써 걱정이네요. 올해는 일을 잔뜩 줄여서 내년에 신고할 때 액수가 많이 줄어들 텐데…… 그걸 또 꼬투리 잡고 그러면……."

"설마 그럴라구요."

"하긴 그 사람들이 무슨 잘못이겠습니까. 충실하려다 보니 그리 됐겠지요. 공무원이 헐렁헐렁한 거 보다야 낫지요."

"선생님. 한번 박힌 미운털인데 쉽게 빠지겠습니까. 선배 말처럼 선생님처럼 그렇게 성질대로 사는 사람이 있어야 살맛이 나는 거라니까 그렇게 살아주십쇼."

"어디 가겠습니까."

"이 땅엔 정말 성질대로 사는 사람이 너무 적은 것 같습니다."

"자꾸 성질 죽이게 만드는 세상이 문제지요."

의미 있는 한마디였다. 비록 몸은 불구였지만 그의 눈빛엔 기가 살아 있어 좋았다.

차라리 나를 데려가세요

여름이 유난히 길었다. 작년만 해도 불경기니 불황이니 하면서도 그런대로 숨 쉴 여유가 있었던 모양이었다. 은주 누나는 새벽부터 밤늦도록 불황 타개를 위해 경황없이 살았고 나는 고집스럽게 외출을 삼간 채 책 보는 재미로 이 여름을 넘기려고 했다. 세상이 어수선할수록 나가 돌아다니기가 싫어졌다. 사람들은 악이 바쳤는지 모지락스런 낯이었고 매일매일 신문 속의 극렬한 낱말들과 속 좁아터진 사건들만 보게 되었다.

날씨 탓일까?

아니면 정국의 열기와 불황과 먹고사는 일의 빠듯함과 실업자의 누증 때문에 이 여름이 더 무더워 보이는 걸까? 그도 아니면 인간의 욕심이 너무 지나쳐서 생기는 욕심의 열기 때문일까? 어느 날은 한 권, 또 어떤 날은 두 권의 책을 읽으면서 나는 책 읽는 재미와 공부하는 재미를 점점 깨닫기 시작했다. 다혜가 만리타국으로 공부하러 달려간 걸 이제야 이해할 것 같았다.

은주 누나 말마따나 허송세월할 게 아니라 대학원 공부나 해볼까.

차츰 그런 마음을 먹기 시작했다. 그건 엄청난 변화였다. 공부를 한다거나 시험을 치른다는 게 얼마나 지겨운 노릇인지 이 세상에서 그런 낱말만이라도 없애버렸으면 좋겠다고 생각한 게 엊그제 같았다. 몇 해 전엔가 자동차 운전면허 시험을 보면서 이것이 내 일생에서 마지막 시험일 거라고 생각했었다. 차라리 굶어 죽으면 죽었지 시험을 보아서 무엇이 되거나 시험을 치러 인생이 윤택하게 되는 게 있더라도 나만은 빠질 결심이었다.

전화기를 들었다. 그리고 뜬금없이 대학원 전화번호를 확인하고는 전화를 걸었다.

"죄송합니다만, 대학원 시험이 언제 있습니까?"

나는 꽤나 정중하게 물었다.

"11월 중에 있을 예정인데 날짜는 아직 확정되지 않았습니다."

"시험 과목은요?"

"전공하고 영어 두 과목에 면접이 있습니다."

"시험 안 보고 입학하는 방법은 없겠습니까?"

"에이, 여보쇼……."

나는 얼른 전화를 끊었다. 전공과 영어라……. 마음먹은 김에 학원에나 나갈까, 아니면 공부에 도가 튼 녀석을 데려다가 개인 교습을 받을까. 궁리가 많아지기 시작했다.

설마 과외수업 받았다고 잡아가지는 않겠지. 공부 잘하는 녀석 얼굴을 떠올려보았다. 녀석들이 얼마나 배꼽을 잡고 웃어댈까도 생각했다. 내가 새삼스럽게 공부를 하겠다고 과외 선생까지 모셔놓고 하루 종일 책을 파면 애들이 무슨 난리라도 난 줄 알겠지. 어떤 녀석은 다혜와 학벌 맞추려고 그러는 줄 알 테고 또 다른 녀석들은 오래 살다 보니 장총찬이도 별수 없더라고 지껄이기도 하겠지.

상관 말자!

나는 내뱉듯이 말했다. 이번 여름에 족히 칠팔십 권의 책을 읽고 느낀 것은 그동안 내가 얼마나 미련하게 살았나 하는 것이었다.

여기저기 과외 선생을 물색하느라고 전화통에 매달려 한나절을 보냈지만 신통한 녀석이 나타나지 않았다. 그러던 참에 일하는 계집애가 손님 왔다고 퉁명스럽게 말을 던졌다. 전화질 하느라고 초인종 소리도 듣지 못했던 것이었다.

"누구냐?"

"여자지 누구예요."

"임마, 너 지금 질투하냐?"

"헹!"

계집애가 입을 비죽 내밀고 내려갔다. 찾아올 만한 여자가 없다는 생각으로 내려갔다. 계집애가 심심해서 장난질이라도 했을지 모른다는 생각으로.

"불쑥 찾아와서 미안해요."

혜련이었다. 계집애가 토라질 만도 하다 싶었다. 화사한 차림새가 무대의상 같았고 그 세련된 맵시며 뛰어난 용모가 우리집에 영 어울리지 않았다. 계집애가 아마 놀란 듯했다.

"웬일이오?"

"요 근처에 볼일이 있어서 지나가던 길예요. 꼼짝도 않고 지내는 것 같아서⋯⋯."

"올라갑시다."

혜련이는 계집애의 눈치를 살피며 이층으로 올라갔다.

"배운가 보죠."

계집애가 내 뒤통수에 대고 비꼬듯 던진 말이었다.

"나도 모르겠다."

"차는요?"

"주고 싶은 거 줘라."

"맹물에다 고춧가루나 듬뿍 넣어줄까 부다."

혼잣소리였지만 나 들으라고 하는 소리였다. 여자들은 젊으나 늙으나 뛰어나게 예쁜 여자를 보면 이해 상관 없이 질투를 느끼는 것 같았다. 다른 여자가 찾아왔다면 그렇게 투덜거리지는 않았을 것이다. 하긴 뛰어나다는 한 가지 사실만 가지고 도 세상의 질투를 받기 마련인 게 인간의 속성인 것, 혜련이의 생김새도 그랬지만 화사한 차림과 세련된 자태가 계집애의 비 위를 상하게 한 것 같았다.

"맘대로 해라."

그렇게 말하고 웃을 수밖에 없었다.

"이렇게 차리고 나다니면 괜히 미움받는다는 걸 알아요. 오 늘은 이렇게 차리고 나설 일이 있어서 그랬으니 이상하게 보 지 마세요."

내가 이층으로 올라가자 분위기를 눈치챈 혜련이가 먼저 턱 을 짚고 나섰다.

"무슨 날요?"

"축하 받고 싶어서 왔어요."

"무슨?"

"내 생일이거든요. 저녁에 파티가 있는데, 파트너 해주실래 요?"

"축하는 하지만 파트너는 사양하겠소."

혜련이는 샐쭉한 표정으로 대꾸 없이 앉아 있었다. 갑자기 분위기가 어색해졌다. 내가 그녀의 파트너가 될 까닭이 없는데 도 그녀는 일방적으로 청을 넣었다가 혼자 샐쭉해진 것이었다.

"다혜 때문인가요?"

한참 만에 혜련이가 물었다.

"빤히 알면서……."

대꾸하기 싫어 이렇게 말했다.

"다혜의 병명이 뭔지 아세요?"

"별거 아닌 모양입니다. 그냥 피곤해서…… 좀 쉬면 된다고 하던데."

"그럼, 어느 누가 내 병명은 이렇소 하고 내보일 여자가 몇이 나 되겠어요? 안 그래요?"

가슴 뜨끔한 소리였다.

"무슨 병이오?"

꽤 침착한 표정으로 내 뜨끔한 가슴을 보이지 않으려고 천 연덕스럽게 물었다.

"지난번에 말했죠. 괜히 종합진찰을 받거나 입원하는 건 아 닐 거라고. 또 내가 병명을 알아내는 건 쉽지만 알아내려고 노 력하지는 않을 거라고요."

"말의 앞뒤가 다르잖아요?"

"질투라고 생각하세요. 나도 여자예요. 보기 싫은 사람이라 도 생일을 축하해 달라면 울며 겨자 먹기로라도 따라가주는 게 신사의 도리라고 생각했어요."

"난 신사가 못 돼요."

일부러 잘라 말했다.

"아닌 줄이야 진작에 알았어요. 숙녀에게 그러는 법이 아니에요."

서먹서먹한 순간에 계집애가 찻잔을 들고 올라왔다. 계집애의 눈꼬리가 별로 달가운 기색은 아니었다. 차탁 바닥에 소리 나게 내려놓고 내려가는 뒤통수가 꽤 예쁘다는 생각을 했다.

"이게 뭐예요?"

찻잔 뚜껑을 연 혜련이가 의아한 눈으로 물었다. 내가 얼른 들여다보았다. 계집애의 심통이 찻잔 속에 고스란히 들어 있었다.

맹물에 고춧가루를 듬뿍 넣은, 아까 농담으로 했던 바로 그 심통스런 차였다. 웃음이 절로 나왔다.

"손님 접대치곤 좀 너무하셨네요."

혜련이도 따라 웃으며 말했다.

"미안합니다. 그러나 이해는 좀 해주십쇼. 저 나이에 이렇게 화사하고 예쁘고 맵시 나는 여자를 봤으니 심통이 날 만도 하잖아요."

"이해는 해요."

"생일 선물이 이래서 안됐소만…… 아름다운 것도 때로는 죄가 된다는 걸 아십쇼."

"큰 공부했네요."

내 말이 별로 틀린 것 같지는 않았다. 여자가 남보다 빼어나다 보면 괜히 트집 잡히기 마련이고 생긴 것만 가지고 멀쩡하게 미움을 받거나 질투받는 게 소갈머리 없는 세상 사람들 인심이기 때문이었다. 그래서 미인박복이라 했는지 모른다.

"내가 듣기론 다혜가 별로 아픈 데가 없는 걸로 알았어요.

얘기가 나왔으니 터놓고 합시다."

궁금증이 가라앉지 않아 견딜 수가 없었다. 얘기를 듣고 보니 혜련이의 말에 일리가 있었다. 별거 아니라면서 입원까지 해가며 정밀 검사를 받아야 할 까닭이 없을 것 같았다. 여유 있는 사람들이 쉴 겸 해서 건강을 체크하기 위해 건강진단을 받는 것은 알지만 다혜가 몰래 귀국해서 병원에 입원한 까닭이 있을 것만 같았다.

"내가 병원 집 딸이니까 뭔가 알 거라고 생각하면 오산예요. 병원 집 딸이지 의사는 아니니까요. 난 오히려 의사를 싫어해요. 일러달란다고 함부로 일러줄 의사도 없어요."

"그럼 아까는 왜 아는 척했소?"

"여자의 질투심이라고 말했잖아요."

시치미를 딱 떼는 눈치였다.

"어떤 것이든 좋아요. 다혜가 아프면 나나 혜련 씨가 도와야 할 입장이 아닙니까."

"설사 안다고 쳐요. 연적을 돕는 여자를 봤나요? 영화나 소설책에선 물론 있겠죠. 지난번에 분명히 난 총찬 씨한테 고백을 했어요. 나는 자존심도 없는 줄 아세요? 칼을 물고 죽겠느냐, 자존심을 지키겠느냐 하면 차라리 칼 물고 죽을 만큼 나도 자존심이 보통은 넘는 여자예요. 내가 아니꼬워도 전화하고 만나자고 조르고…… 그런 여자가 아녜요. 총찬 씨한테만 이렇게 됐어요. 어떤 때는 내가 생각해도 분통이 터져요. 그러나 나도 오기라는 게 있어요. 나는 승부를 걸었어요. 쉽게 물러나진 않아요. 난 지금까지 누구한테 져본 적이 없어요. 이번엔 더더구나 질 수 없어요."

혜련이의 당찬 발언이 가슴 서늘하게 들렸다. 누가 목에 칼을 대고 위협해도 까딱 않는 나였지만 혜련이의 이 애교스런 협박엔 별수가 없었다.

"그게 오뉴월 서리라는 거요?"

"그래요."

"그럼 어디 서리 한번 맞아봅시다."

"총찬 씨를 얼려버릴지도 몰라요."

"더운데 잘됐네요. 그나저나 다혜 얘기나 좀 해봅시다."

"연적의 얘기는 안 하는 게 숙녀의 도리죠."

그러면서 일어설 채비였다.

"아직 축하를 안 했잖소."

"파트너로 동행해 주시는 건가요?"

"아뇨. 그건 분명히 거절했습니다. 대신 축하주 한 잔 따라드리지요."

"거절하겠어요. 술 마시러 온 게 아니라 동행해 달라고 왔어요. 나를 잡아두고 다혜 얘길 캐내려는 수작이겠죠. 그렇게 넘어가진 않을 거예요."

"알려줄 수도 있잖아요?"

"모른다고 분명히 말했어요."

304

"그럼 가쇼."

"가지 말래도 갈 거예요."

그러면서 발딱 일어섰다. 또박또박 걸어 나가다 말고 돌아서더니 빙긋이 웃었다.

"결국 다혜와 혜련이란 여자 중에 총찬 씨는 혜련이란 여자를 선택하게 될 겁니다. 그 이유는 나중에, 훗날 아시게 되겠죠."

의미심장한 말을 남기더니 뒤도 돌아보지 않고 나가버렸다. 계집애가 그런 혜련이 뒤통수에다 대고 혀를 낼름 내밀었다. 내 자존심은 그녀를 쫓아갈 만큼 되지 못했다. 계집애는 여전히 창 너머로 혜련이의 모습을 쫓고 있었다.

"그렇게 밉나?"

"주는 거 없이 저런 여자는 미워요."

"왜?"

"생긴 거 봐요."

"예쁘고 잘생겼잖냐."

"그러니까 싫은 거죠. 잘생긴 여자만 보면 막 패주고 싶어요."

"참, 별일이다."

그것이 여자 마음인지 모른다. 하긴 잘나 보이기 위해 무슨 짓이라도 하는 게 여자라고 했다. 자신의 외관상 아름다움에 매달리는 게 속성인지도 모른다. 빼어난 미인을 보고 질투심을 품지 않는 게 오히려 이상한 일이었다. 어떤 젊디젊은 처녀는 미인을 앞에 두고 저렇게 미인이 되어 단 일 년만 살아도 좋다고 미인으로 둔갑할 수만 있다면 꼭 일 년만 살다 죽어도 좋다고 하소연하더란 얘기도 있다.

"아저씨 애인예요?"

계집애 호기심은 쉽게 가라앉지 않았다.

"맘대로 생각해라."

"그럼 다혜 언니는요?"

"그만 신경 꺼라."

그러고는 재빨리 올라갔다. 계집애에게 붙잡혀서 말씨름이나 할 정황이 아니었다. 혜련이의 마지막 말이 귓전을 떠나지 않았다. 불길한 생각이 가슴을 메우고 있었다.

다혜네 집에 전화를 걸었지만 다혜 어머니 얘기는 한결같았다. 외가에 내려가 있다는 것과 종합진찰 결과는 피로가 겹친 만성 피로뿐이라고 했다. 다혜의 말이나 마찬가지였다.

"제가 외가에 잠깐 가보면 안 되겠습니까?"

"남 보기도 남사스럽고…… 시골 어른들이 이해하실 리도 없잖아요. 몸이 좀 우선해지면 갑갑해서라도 올라올 거예요. 이럴 땐 저 혼자 마음 편히 있게 내버려두는 게 좋아요. 걱정해 주는 건 고마운데……."

완곡한 거절이었다. 옛날에 다혜가 외가로 쉬러 갔을 때 적어놓았던 전화 생각이 나서 지난 수첩과 노트를 한참이나 뒤졌지만 끝내 찾을 수가 없었다. 보고 싶은 마음이 한 순간순간을 옥죄며 몰려왔다. 그리움이 이렇게 강렬해지는 것이 아무래도 내 가슴속 깊은 곳에 불안을 껴안고 있기 때문인지 모른다. 다혜가 병마와 싸우고 있는데도 나는 그녀의 말만 믿고 천연덕스럽게 놀고 있는 것만 같았다.

혜련이는 뭔가를 알고 있는 게 분명했다. 괜히 버틴 게 아닌가 후회를 하기 시작했다. 그녀의 생일이라 했으니 못 이기는 채 따라가 파트너가 되어주고 기회를 보아 자연스럽게 다혜의 숨겨진 비밀을 캐낼 수 있었을 것만 같았다. 퍼즐 게임을 하듯 머리가 회전되고 있었다. 이리 얽고 저리 풀어보아도 의심스러운 게 한둘이 아니었다.

찾아내자.

내 결론이었다. 이렇게 방 안에 틀어박혀 있어도 책이 눈에 들어오지 않았고 다혜가 신음하며 고통스럽게 지내는 연상만 되었다. 찾아질지 모르지만 이렇게 앉아서 상상으로 가슴 죄이는 것보다는 그 편이 마음 편할 일이었다.

혜련이를 통해 다혜의 병명을 알아내려면 결국 그녀와 어울려야 할 것이고 그러다 보면 그녀의 단수 높은 궁리에 내가 말려들게 될 것이다. 그렇게 되면 혜련이란 여자가 다혜에게 무슨 짓을 하더라도 그런 사실을 귀띔할 테고, 나는 아닌 말로 안큐 곱사등이 신세가 될지도 모른다.

궁하면 통한다더니, 문득 뇌리를 스치고 지나가는 것이 있었다. 다혜의 사촌 가운데 유독 다혜의 사랑을 받는 계집아이가 떠올랐다. 무엇이든 터놓고 말하는 사이라는 얘기도 들었고 다혜가 없을 때는 다혜 대신 다혜 부모의 사랑을 받을 만큼 가까운 사이라고 했었다.

외국은행 서울지점에 근무한다는 것도 기억이 났다. 몇 차례 전화질을 해서 계집아이와 가까스로 통화가 되었다. 잠깐만 만나달라자 그녀는 흔쾌히 승낙했다. 근무 중이라 멀리 나갈 수 없으니 은행 근처의 찻집에서 만나자고 했다.

"아저씨가 딴짓하면 나중에 다혜 언니한테 이를 거예요."

경황없는 내 뒤통수에다 대고 계집애가 싱겁게 던진 말이었다. 찻집은 한낮인데도 바글바글 손님이 끓었다. 카운터에다 내 이름을 대니까 구석 자리를 가리켰다.

"제가 청화예요."

깔끔한 은행 제복을 입고 다소곳하게 앉아 있던 계집애가 먼저 말했다. 부잣집 맏며느리감으로 제격이다 싶게 토실토실한 데다 귀엽게 생겨서 이제 갓 여학교를 졸업했을 성싶었다. 대학에서 외국 문학을 전공했다고 들었으나 퍽 앳되게 보이는 계집애였다. 다혜와는 아주 대조적인 모습이었다. 볼우물이 패이도록 웃음을 담고 있어서 누구라도 마음 편하게 해줄 것 같았다.

"언니한테 말씀 많이 들었어요."

"나도 청화 씨 말씀을 많이 들었습니다. 요즘 언니가 몸이 나빠져서 걱정예요. 실의에 빠진 것 같아서…… 걱정스러워서 청화 씨랑 그 얘기를 할까 하구요. 어쩌면 좋을까 해서요……"

나는 눈치를 살피기 위해서 일부러 다혜의 병을 훤히 아는 척했다.

"언니가 너무 예민해서 그래요. 차라리 수술하라고 해도 ……
버틸 걸 버텨야죠."

내 가슴이 철렁 내려앉았다.

내가 아는 척을 하자 생각 없이 한 말이겠지만 내 가슴은
푹 꺼져 내리는 것 같았다. 수술을 해야 할 만한 병인데도 끝
까지 숨긴 것을 알 수가 있었다. 그것이 다혜의 지나친 깊이라
는 생각이 들자 울컥 치솟는 기분이었다. 다른 사람에게라면
몰라도 내겐 털어놓았어야 했다.

"왜 그렇다는 겁니까?"

"언니가 말 안 해요?"

도리어 내가 모르고 있는 게 이상하다는 투였다.

"그 성미 잘 알잖아요. 어지간해선 자신의 고통을 혼자 삭이
는……"

"언니는 그게 탈예요. 저도 까마득히 모를 뻔했지 뭐예요."

그러고 보니 혜련이의 의미 있는 마지막 말과 전에 청평으로
나를 불러낼 때 이미 다혜의 병명을 알고 있었던 것을 눈치챌
수 있었다. 그녀는 반드시 사랑싸움의 승리자가 된다는 장담
을 했었다. 그렇다면 다혜의 병이 심각하다는 말이 되는 것이
었다. 가슴이 왜 이렇게 뜀질하는지 청화를 붙잡고 소리 내어
울고 싶은 심정이었다.

"외가에 틀어박혀 있으니…… 말을 나눠봐야 그 속을 알죠."

나는 능청을 있는 대로 떨어가며 청화의 입에서 이것저것 궁금한 것을 얻어내려고 했다.

"한번 내려가 보시지 그러세요. 겉으론 그래도 속으로는 퍽 기다릴지 모르잖아요. 평소 내색이 없는 언니라 저도 어떤 때는 답답해요."

"전에 약도를 그려 받았었는데…… 기억도 안 나고 가는 방법도 모르고요."

"제가 그려드릴게요."

그녀는 내가 내민 메모지에다 시외버스 타는 방법에서부터 다혜네 외가를 찾아가는 방법을 상세하게 적어주었다. 자동차를 가지고 가는 경우를 가정해서 시골길을 퍽도 자상하게 그려주기도 했다.

"무슨 병이래요?"

정작 궁금한 게 다혜의 병명이었지만 꾹 눌러 참았다가 물었다.

"그걸 말할 언닌 줄 아세요? 어림도 없죠. 그냥 수술하라는데…… 수술까지 하고 살아야 하느냐고 씨익 웃고 말던데요, 뭘."

"집안에서 도는 말도 없나요?"

"친척들도 전혀 몰라요. 오죽하면 저까지도 몰랐을까요. 며칠 전에 불쑥 전화를 해서 이런저런 얘기 끝에 그나마 캐어물으니까 마지못해 한 걸요. 크게 걱정할 병은 아닐 거예요. 언니가 퍽 여유 만만한 걸 보면요."

사촌이란 결국 남이라는 생각이 들었다. 나처럼 절실하게 느끼지 않는 것이 이상하게 얄미웠다. 만약 죽음을 앞둔 병고에 시달리고 있다면……. 생각만 해도 피가 거꾸로 솟구칠 일이었다. 애써 태연한 척을 하려고 해도 내 불안한 표정을 감출 수는 없었다. 청화도 그것을 눈치챘는지 시무룩한 얼굴로 말했다.

"너무 걱정 마세요. 괜찮을 거예요. 요즘 의학이 발달해서……."

그러고는 더 앉아 있기가 쑥스러웠던지 자리를 오래 비울 수 없다는 핑계를 대고 일어섰다.

하느님.

이러시면 안 됩니다. 차라리 내게 형벌을 주세요. 다혜는 안 됩니다. 죽어도 안 됩니다. 내 생명의 반을 쪼개서라도 그녀를 살려두셔야 합니다. 내 평생이 앞으로 사십 년이라면 그 절반인 이십 년을 기꺼이 내놓겠습니다. 그것을 다혜 영혼 위에 놓아주세요. 그래서 우리 둘이 앞으로 이십 년씩만 살다 가게라도 해주셔야 합니다.

하느님, 이건 욕심이 아닙니다. 그만큼은 살아 있어야 합니다. 그래서 우리가 얼마나 뜨겁게 사는지를 충분히 보셔야 합니다. 하느님은 우리를 지켜보실 의무가 있습니다.

아니 됩니다. 아니 되고 말고요. 다혜만은 아니 됩니다. 내가 사랑하는 여자입니다. 뼈를 깎고 살점을 여미고 영혼을 몽땅 투자한 여자입니다. 그녀는 나의 분신입니다. 지구가 당장 멸망하더라도 나는 그녀 곁에 있어 빛나고 싶습니다. 우린 같이 묻어 살아야 합니다. 하느님도 아시잖습니까.

다혜를 놔주시면 하느님이 하라는 대로 하겠습니다.

제발 하느님…….

나 좀 봐주십시오. 제발 하느님…….

방정맞은 생각뿐이었다. 이렇게 오두방정을 혼자 떨어서라도 다혜가 무사하다면 매일 팔도방정이라도 떨고 싶었다. 누나한테 사정 얘기를 해서 차를 얻어낸 나는 이놈의 자동차 속도계를 원망하기도 했고 날아다니는 자동차를 생산해내지 못하는 자동차 회사와 도로를 널찍널찍하게 만들지 못한 나라 양반들과 육시랄하게도 자동차 대수가 많아져 걸리적거리는 차량들과 박사투성이인 의사들이 뭐하고 자빠져서 다혜 같은 병자를 멀쩡하게 회복시키지 않았나 싶어, 싸잡아 욕지거리를 해대며 액셀러레이터를 밟았다.

성질 같아서는 경주용 자동차를 타고 내달리고 싶었다. 아니면 경주용 자동차에 장갑을 씌워 출랑거리는 자동차들을 밀어붙이고도 싶었다.

그렇게 달렸다.

다혜네 외가에 도착한 것은 점심 새참쯤 되었을 때였다. 마당 밖에 차를 세우고 뛰어 들어갔지만 집 안은 텅 비어 있었다. 불러도 대답이 없어 방문을 죄 열어보기도 했다. 쏜살같이 달려온 자동차를 보고 동네 사람들이 쫓아와 낯선 나를 아래위로 훑어보고 물었다.

"누굴 찾으슈?"

"다혜라고…… 이 집 외손녀인데…… 요즘 몸이 불편해서 외가로 요양하러 왔습니다."

"어떻게 되는 사람이오."

"친구입니다."

"소식 못 들으셨소?"

"무슨?"

또 가슴이 철렁 내려앉았다.

"아침나절에 수술한다고 왼 식구들이 쫓아갔는데."

"어느 병원이래요?"

양쪽 발목에 힘이 쏘옥 빠져 달아났다. 아득하게 먼 곳으로 다혜가 사라지는 것만 같았다.

"서울 큰 병원이라는데……."

"어딘지 모르세요?"

"말을 해야 무슨 병인지 어느 병원인지를 알지."

낙담을 하고 서 있는 나를 또 유심히 살피던 중년 사내, 농사꾼으로 뼈가 굵어 검붉은 살갗이 팽팽한 사내가 혀를 차며 말했다.

"그 처녀, 예쁜 값을 하느라 고역인지 모르겠지만 낯색을 보면 오래 살 처녀가 아녀. 서울 물이 그렇지, 뭐."

혼잣소리처럼 말하고 휘적휘적 걸어갔다. 순박한 그 농부를 한 대 갈기고 싶었다. 시골 사람이 보면 멀쩡한 도회지의 여리여리한 여자들이 모두 병든 여자처럼 느껴질지도 모른다. 더구나 다혜처럼 희디흰 살결에 커다란 눈, 잘룩한 허리와 차가운 표정을 보면 죽을병 든 환자 취급을 받을 염려도 있었다.

이렇게 생각하는 것은 조금이라도 내 가슴을 위로하고자 하는 안타까운 발악인지 모른다. 나는 무조건 안방 문을 열고 들어가 전화기를 잡았다. 주인 없는 집이지만 급한 마음에 전화기를 잡은 것이었다. 다혜네 집의 전화 받는 여자가 퉁명스럽게 강남병원에서 수술을 받는 중이라고 말했다. 경과가 어떠냐, 무슨 병이냐고 꼬치꼬치 캐묻는 내게 도리어 그것도 모르면서 전화를 했느냐고 투덜거렸다. 나는 외가 쪽으로 오라버니 되는 사람인데 지금에서야 소식을 들었노라고 능청을 떨었기에 그만큼이라도 말대꾸를 받을 수 있었다. 집 지키는 여자는 병원 이름만 알았지 무슨 병인지 왜 수술을 했는지조차 모르고 있었다. 집안에서 숨기느라고 일부러 알려주지 않은 듯싶었다.

부엌에 들어가 냉수 한 바가지를 퍼 마시고는 남은 물로 얼굴을 축였다. 정신없이 달려온 보람이란 고작 다혜가 수술을 하고 있다는 사실이었다. 다시 달려갈 생각을 하니 눈앞이 아득했다. 강남병원, 혜련이네 병원, 시설도 좋고 의료진도 최상이라고 했다. 혜련이는 처음부터 다혜의 병명을 알고 있었다는 결론이었다. 그리고 다혜의 병이 수월한 것이 아니라는 것도 짐작하고 있었던 게 확실했다. 내게 본격적으로 접근한 것도 그 때문이라는 게 이제 확연해진 것이었다.

그녀는 거침없이 다혜를 가리켜 연적이라고 했다. 수술하고 있는 것도 지켜보고 있겠지. 설마 그렇게 앙심을 품지 않겠지만 다혜의 불행에 대해 무관심할지도 모른다는 생각을 하자 또 가슴이 메어지는 것 같았다.

이 무슨 팔자란 말인가.

기대하고 왔던 길을 되돌아서는 내 발걸음이 무거웠다. 시골길을 흙먼지 피우며 내달리는 게 몹쓸 짓이라는 걸 알면서 나는 되짚어 내달리기 시작했다. 포장도로와 연결되는 삼거리 다리 못미처쯤에서 자동차가 한쪽으로 기울어졌다. 펑크였다. 이십여 리 길을 무리하게 내달린 탓이었다. 땡볕에 차를 세워놓고 타이어를 갈 수밖에. 온몸은 땀범벅이 되었고 손바닥은 엉망이 되었다. 하필 이럴 때 타이어가 속을 썩이는지 모를 일이었다. 마음이 급하니 타이어 갈아 끼우는 일도 더디기만 했다.

개울가에는 꼬마들의 물장구가 한창이었다. 빨래하는 아낙네들도 물장난을 했고 그 물질을 하는 장정들도 거의 반라였다. 빨랫비누를 빌려 손을 씻고는 머리를 물속에 처박았다. 개울 바닥의 모래 한 알까지 훤히 보이는 맑은 개울이었다. 두 손을 모아 또 물을 실컷 마셨다. 정신이 좀 도는 기분이었다. 마음이 편하면 장정들 마냥 개울물에 몸을 담그고 해질녘까지 노닥거리고 싶은 풍경이었다.

서울 가는 길은 왜 그리 먼 것일까. 달리고 달려도 오던 때보다 멀기만 했다. 이럴 줄 알았으면 축지법을 익혀 한달음에 당도하여 다혜를 만날 수 있을 텐데.

수술하러 들어가며 다혜는 무엇을 생각했을까. 누구를 생각했으며 어떤 마음이었을까. 가던 길엔 코빼기도 볼 수 없었던 경찰이 오던 길엔 마치 아까 참에 내달렸던 내 차를 찾기라도 하려는 듯이 여기 저기 눈에 띄었다. 나는 두 번이나 추격을 받았고 사정을 하느라 또 시간을 빼앗기고 말았다.

가까스로 병원 마당, 그 널찍한 병원 마당으로 들어섰다. 병실마다 찾아다닐 수가 없어서 원무과에 들러 다혜의 입원실을 확인했다.

다혜는 아직 회복실에 있었다. 내가 회복실 복도로 들어서자 다혜 어머니가 재빨리 내 등을 떠다밀었다.

"나랑 얘기 좀 해요."

눈물 마른 얼굴이었지만 얼마나 울었는지 눈두덩이가 꽤 부어오른 낯이었다. 다혜 아버지와 몇몇 나이 든 남자들이 안쪽 의자에 넋 놓은 채 기대앉은 것도 보였고 친척들처럼 느껴지는 여인네들도 별로 좋은 기색들은 아니었다. 아주 무거운 분위기였다.

"그렇잖아도 연락하려던 참였는데…… 하도 경황이 없어서 못 했네요."

"어떻게 된 겁니까?"

어디서부터 물어야 할지 난감했다.

"제 팔자가 그런걸요. 진작에 손을 썼으면 애간장을 이리 말리지도 않았을 걸 미련한 것이 참는 게 능사인 줄 알고 버티다가……."

"수술은요?"

병명을 덥석 묻기가 뭣해서 수술 경과부터 물었다.

"아직은 모르죠. 깨어나 봐야 안대요. 집도한 의사 말로는 그래요. 너무 오래 눙쳐 두어서 장담할 일이 아니라고만 해요."

"이 지경이 되도록 아무도 몰랐나요?"

힐책하듯 말했다. 힐책할 입장이든 아니든 지금 그걸 생각할 겨를이 아니었다.

"진찰 결과가 나오기 전만 해도 본인도 대수롭지 않게 여겼어요."

"병명은요?"

나는 물어놓고 숨을 죽였다. 제발 끔찍한 병명이 아니기를, 급성 맹장쯤 되는 헐거운 병명이기를 바라며 물었다. 다리에 힘을 잔뜩 주었다. 다혜 어머니 입만 뚫어지게 쳐다보았다.

"이제 숨길 게 뭐가 있겠어요. 수술도 안 받겠다는 걸 강제

로 데려다 눕힌 걸요. 의사가 수술을 해도 가능성이 반반이라
고 했어요."

"무슨?"

나는 여전히 숨을 멈추었다.

"그 어린 게 무슨 죄가 있다고…… 암이래요."

그러더니 내 손을 덥석 잡고 울음보를 터뜨렸다.

아! 하느님.

우리는 아무 말도 하지 않았다. 다혜 어머니는 한참을 흐느
껴 울기만 했다. 그녀가 힘주어 내 손을 잡을 때마다 내 눈가
에도 물기가 맺히기 시작했다. 침통한 분위기가 무엇을 뜻하는
지 알 것 같았다. 어떻게 키운 딸자식인데 저리 서럽지 않으랴.

"다혜가 이걸 꼭 전해주라고 했어요. 그 정신에도……."

그러면서 그녀는 또 어깨를 파르르 떨며 울었다. 속울음이었
다. 드러내놓고 울지는 못하는 어머니 심정이 지금 어떨까.

그녀가 내민 작은 상자, 포장지에 쌓여 있는 상자는 어쩌면
다혜의 유품이 될지도 모른다. 이미 주사위는 던져져 있었다.
수술하기 전에 한 번만 마음 편히 얘기를 나누어만 봤어도 이
리 가슴이 메어지진 않을 터인데. 상자를 풀 수가 없었다. 그녀
는 나무 의자에 털썩 주저앉더니 또 내 손을 꼬옥 쥐었다.

"내가 서두르지 않은 게 차라리 잘된 일인지도 몰라요. 한때
는 나를 원망했을 줄도 알아요. 만약에 결혼시켜 놓고 이리 됐
어봐요……. 세상일은 모르니까 혼사가 이루어졌으면 또 이 지

318

경까지 안 갔을지도 모르지만⋯⋯."

여간해서 눈물 보일 여자가 아닌데도 딸자식의 모습 앞에선 어쩔 수 없는 모양이었다.

"수술실에 들어가기 전에 몇 번이나 우리 총찬이 학생을 데려다 달라고 사정했었어요. 화급을 다투는 일이라고 해서 막무가내로 데리고 들어간 것도 마음에 걸리고⋯⋯ 그 상자는 미리부터 준비를 해뒀었는지 시골 외가에서부터 들고 온 거예요. 제 생각에도 가망이 없다고 판단을 했었는지⋯⋯ 뭔지는 모르지만 아껴줘야 해요."

"다혜는 죽지 않습니다. 두고 보세요. 살아납니다. 반드시요."

"그러면 오죽이나 좋아요."

"살아납니다. 안 죽습니다. 의지가 강해서 그까짓 암쯤은 견뎌냅니다. 다혜가 누군데요?"

내 목소리가 떨리며 점점 커져간다는 걸 알았다. 몸이 부르르 떨리기 시작했다. 담당 의사가 곁에 있으면 멱살을 쥐고 흔들고 싶었다. 병원이 떠나가도록 악을 쓰고 싶었다. 김포공항 그 넓은 곳에서 사랑한다고 악을 썼던 생각이 떠올랐다. 그때 많은 사람이 이상한 광경을 보며 피식거리며 웃었지. 이놈의 병원을 불 질러버릴지도 몰라. 다혜를 살려내지 않으면 이놈의 병원을 없애겠어. 그까짓 암을 치료하지 못한다면 이놈의 병원이 무슨 가치가 있어.

내가 부르르 떨자 이번에는 다혜 어머니가 내 손목을 조여 잡았다.

"침착해야 돼요. 다혜를 위해서라도."

내 성깔을 익히 알고 있어서 하는 소리였다. 나는 손목을 빼고 말했다.

"다혜를 만나게 해주세요."

"그래요. 아직 깨어나지 않았으니까 말은 못 나눌 거예요."

풀지 않은 상자를 다시 받아 든 다혜 어머니가 앞장서서 회복실 문을 열어주었다. 역한 마취제 내음이 진동했다. 간호원이 비켜섰다. 다혜는 얌전하게 누워 있었다. 산소 호흡기를 떼어낸 다혜 모습은 너무나 평온했다. 숨소리가 약했다. 아직은 분명히 살아 있었다. 푸른 빛깔이 돌 만큼 하얀 낯빛이었다. 손을 잡았다. 야윈 손가락이 유난히 길어 보였다. 반지 끼었던 자국이 차라리 짙은 피부 빛깔이었다. 그녀가 어머니한테 물려받았다는 반지가 그 상자 속에 들어 있다는 걸 나는 알 수 있었다.

"잠깐만 모두 나가주시겠어요?"

내가 이렇게 말했다. 울먹이는 음성이었다. 간호원이 아니 된다는 눈치를 보내자 다혜 어머니가 내 손을 잡고 어깨를 토닥거려 주었다.

"다혜는 살아납니다. 반드시 말입니다."

내 말에 아무도 대꾸하는 사람이 없었다. 나는 창밖을 쳐다보고 눈부신 채, 창밖의 찬란한 햇살을 내 눈과 내 가슴과 내

심장에 받아 넣은 채 다혜에게로 다가섰다.

그녀의 입술에선 진하디진한 마취제 내음뿐이었다. 나는 다혜의 입술 위에 내 입술을 포개었다. 그리고 기도했다. 내 생명의 반을 잘라 다혜에게 주십사 하고.

이건 마지막 입맞춤이 아니다. 이것은 시작의 입맞춤이다. 다혜, 넌 살아나야 한다. 하늘이 두 조각 나고 천하가 뒤바뀌더라도 살아나야 한다.

좀체 입술을 떼어낼 수가 없었다. 아무도 말 거는 사람이 없었다. 긴 입맞춤이었다. 생글생글 건강할 때도 우린 이렇게 긴 입맞춤을 결코 해본 적이 없었다. 차가운 입술, 말 없는 입술, 살포시 감은 눈, 작고 고른 숨소리, 반듯하게 누워 있기만 한 다혜. 아직은 여리디여리게 맥박이 뛰고 있었다.

하느님. 차라리 나를 데려가세요.

〈1부 끝〉

마감한다는 건 새로운 것을 시작한다는 의미를 담고 있습니다. 더구나 한 작가에게 있어서 종결의 의미는 다른 것을 위하여 잠시 쉰다는 뜻을 포함하기도 합니다. 아직도 변함없는 것은 '『인간시장』이 읽히는 시대는 불행한 시대'라는 것입니다. 만 오 년 일개 월, 햇수로 육 년여 동안 잃은 것도 많았고 얻은 것도 많았습니다. 1980년 여름, 안개 속을 걷는 듯한 흐린 시야 속에서 나는 몹시 웅크리고 좌절하고 오금이 펴지지 않는 어떤 절망감으로 숨도 크게 내쉬지 못하다가 느닷없이 정말 느닷없이 오기라는 낱말과 새벽이란 낱말에 빠져들었습니다.

작가는 모든 것으로부터 자유로워야 하며 작가의 본분 가운데 한 부분은 세상을 풍자하고 비판할 권리가 원초적으로 주어졌다는 걸 새삼 느끼기 시작했습니다. 나는 아직도 믿고 있는 것이 있습니다. 지칠 때까지 기다리면 반드시 내가 꿈꾸던 새벽이 올 거라는 말입니다. 『인간시장』을 한두 권으로 끝냈어야 옳았다는 걸 왜 몰랐겠습니까. 그러나 내 믿음과 오기는 바로 내일 아침, 아니면 모레쯤에 침묵하지 않아도 좋을 신선한 새벽이 오리라고 확신하고 기대하고 또 확신하며 기대하며 기다렸습니다. 지금도 기다리고 있습니다.

어찌 된 셈인지 요즘 사람들은 패 가르고 편을 짜는 것이 큰 낙인지 모르겠습니다. 그래서 편이 많고 패거리가 크면 목청이 높아지고 백성을 위한다던 그 입술의 침이 마르기도 전에 사리사욕에 빠지는 것을 우리는 느끼게 됩니다.

『인간시장』의 장총찬이도 패 나누고 편을 만들려고 했습니다. 그러나 적어도 제 욕심으로 그런 짓을 한 것은 아니었습니다. 최선을 다했노라고 말할 수는 없습니다. 그러기에 장총찬이를 당분간 잠이나 실컷 재우겠다는 것은 아닙니다. 젊어서 한때 그렇게 살았노라는 이력서일 뿐이지 결코 허튼 삶을 살다 가게 하고 싶지는 않습니다.

그사이에 참으로 고귀한 걸 배웠습니다. 관용과 사랑 없이 강자가 될 수 없다는 것과 양심만 믿고 사는 이들이 피해자로 남아왔다는 서글픈 사실과 진정으로 사랑하는 것은 엄청난 고통을 수반해야만 가능하다는 것과 남을 미워하지 않기 위하여는 제 가슴이 넉넉해야만 한다는 것을 말입니다.

넉넉하기 위해 가슴을 한껏 비우려 합니다. 쉽지 않다는 걸 알면서도 그럴 수밖에 없는 것입니다. 내 정신을 지탱하게 해 준 영혼의 소리들을 나는 깊게 간직하렵니다.

살아 있는 것만으로도 무지한 기쁨일 때가 있지만 살아 있다는 것만으로도 처절한 아픔일 때도 있습니다. 인간에 대한 실망으로 이 땅을 차라리 떠나고 싶었을 때, 나를 붙잡고 놓아주지 않은 것은 영혼의 소리들이었고 이 땅의 사람들이었고 그리고 넉넉한 가슴을 가진 이들이었습니다.

할 말이 무지하게 많습니다만, 인간의 감정을 글로는 다 표현할 수 없고 말로도 다 토로할 수 없다는 걸 알기에 내가 기다리는 그 신선한 새벽을 위해 내 목소리를 남겨두려 합니다.

인간시장 10

초판 1쇄 1985년 9월 25일
제2판 1쇄 2004년 3월 10일
제3판 1쇄 2015년 5월 25일
제3판 3쇄 2024년 7월 20일

지은이 | 김홍신
펴낸이 | 송영석

주간 | 이혜진
편집장 | 박신애 **기획편집** | 최예은 · 조아혜 · 정엄지
디자인 | 박윤정 · 유보람
마케팅 | 김유종 · 한승민
관리 | 송우석 · 전지연 · 채경민

펴낸곳 | (株)해냄출판사
등록번호 | 제10-229호
등록일자 | 1988년 5월 11일(설립일자 | 1983년 6월 24일)

04042 서울시 마포구 잔다리로 30 해냄빌딩 5·6층
대표전화 | 326-1600 **팩스** | 326-1624
홈페이지 | www.hainaim.com

ISBN 978-89-6574-500-6
ISBN 978-89-6574-490-0(세트)